女王ロアーナ、神秘の炎

上

LA MISTERIOSA FIAMMA DELLA REGINA LOANA

LA MISTERIOSA
FIAMMA
DELLA REGINA
LOANA

UMBERTO ECO

女王ロアーナ、神秘の炎

上

ウンベルト・エーコ

和田忠彦=訳

岩波書店

LA MISTERIOSA FIAMMA DELLA REGINA LOANA
by Umberto Eco

Copyright © 2017 by Giunti Editore S.p.A., Firenze-Milano
Bompiani, an imprint of Giunti Editore S.p.A.

First published 2004 under the imprint of Bompiani.

www.giunti.it

This Japanese edition published 2018
by Iwanami Shoten, Publishers, Tokyo
by arrangement with
Giunti Editore S.p.A., Milano
through Tuttle-Mori Agency, Inc., Tokyo.

All rights reserved.

目 次

第1部　事 故　L'INCIDENTE

1. いちばん残酷な月　　3

2. 葉のそよぎ　　36

3. 誰かがおまえの花を摘むだろう　　58

4. ぼくはひとりで町をゆく　　84

第2部　紙の記憶　UNA MEMORIA DI CARTA

5. クララベル・カウの宝物　　105

6. 『最新版メルツィ』　　116

7. 屋根裏部屋の8日間　　150

8. ラジオの時代　　200

9. けれどピッポは知らない　　223

10. 錬金術師の塔　　263

引用・図版原典一覧

下巻目次

第2部　紙の記憶　UNA MEMORIA DI CARTA

11. あのカポカバーナで

12. いまに素晴らしいことが起きる

13. 色白の可愛いお嬢さん

14. 三つ薔薇ホテル

第3部　OI NOΣTOI　帰冠

15. わが友霧よ、ついに戻ってきたな！

16. 風が鳴る

17. 賢明な若者

18. きみは太陽のように美しい

第 **1** 部

事 故

L'INCIDENTE

1. いちばん残酷な月

「あなたお名前は？」
「待って、喉元まで出かけているから」

すべてはこうしてはじまった。

長い眠りから覚めたみたいで、まだ灰白色の靄の中にいるみたいな気分でもあった。それとも目覚めてなどいなくて、まだ夢を見ていたのかもしれない。奇妙な夢で、姿かたちはなく、音という音が溢れていた。目には見えないけれど、見えるはずの何かを教えてくれる声という声に耳をすましているみたいだった。きみにはまだ何も見えない、そうぼくに語りかけていた。運河沿いの霞がかったながめのほかは。ブリュージュ、心の中でぼくはつぶやいた。ブリュージュにぼくはいた。死都ブリュージュにきたことはあったかしら。霧が塔と塔のあいだをぬって夢見る香のようにさまようあの街。灰色の街、菊の花に埋もれた墓のように悲しく、霞がつづれ織りの布みたいにファサードというファサードを覆い……。

私の魂は、漂うヘッドライトの霧におぼれようと、市電の窓を拭いていた。霧、私のけがれなき姉……騒音を包み込み形のない幽霊を呼び出す濃くて不透明な霧……最後には巨大な峡谷へと行き着き、とてつもなく背の高い人間のすがたを見ていた。白布に

身を包まれ、その顔は雪のように真っ白だった。私の名はアーサー・ゴードン・ピム。

　私は霧を嚙んでいた。幽霊が行き交い、私の体をかすめ、消えていった。灯りが遠くで墓地の鬼火のように光っていた。

　私の横を誰かが音も立てずに歩く。裸足であるかのように、ヒールもなく靴もなくサンダルもなく歩く。霧の布が頰をすべり、酔っ払いの群れが向こうの渡し場の奥でわめく。渡し場？　私が言っているのではない。声だ。

　霧が小さな猫の足でやってくる……霧で世界がまるごと覆いくるまれたようだった。

　けれど目を開けて電光を見ている気がするときもあった。声がいくつか聞こえていた。「完全に昏睡状態というわけではありません、奥さん……脳波は平坦になってなどいませんから、まったく……反応はあるんですから……」

　誰かがぼくの眼に光をあてていたが、光のあとはまた暗闇に戻った。どこかをピンで刺されたのがわかった。「ほら、勝手に動いたでしょう……」

　メグレは足元すら見えないような濃い霧の中へと入っていく……人間のかたちをしたものたちが溢れ出し、激しく謎めいた生命のうごめく霧。メグレ？　簡単なことだよ、ワトソン君、10人のインディアンだよ、バスカヴィル家の犬が消えたのは霧の中だもの。

　灰色の水蒸気はしだいに色あせてきた。水温は極度に高まり、乳白色がいっそう鮮やかに……そして我々は口を開いて待っている瀑布のふところへと突き進んでいった。

　まわりでみんなの話し声がして、ぼくはここにいる、そう叫んで知らせたかった。音がブンブン途切れず鳴って、まるで鋭い歯

のついた〈独身者の機械〉にむさぼり食われているみたいだ。流刑地にぼくはいた。鉄仮面でもかぶせられたみたいで頭が重たかった。青い光が見える気がした。

「瞳孔の直径が非対称ですね」

思考は途切れとぎれだった。目覚めかけているのは確かなのに体が言うことを聞かない。目覚めてさえいられたら。また寝てしまったのだろうか、何時間、何日、何世紀か。

霧が戻ってきた。霧の中の声、霧についての声。〈*Seltsam, im Nebel zu wandern!*（不思議だ、霧の中を歩くのは!）〉。何語だろう。海の中を泳いでいるようだった。浜辺までもう少しなのにどうしても辿り着けない。誰もぼくに気づいてはくれない。潮がぼくを運び去る。

お願いだ、何か言ってくれ、お願いだ、ぼくにさわってくれ。額に手が置かれたのを感じた。ああよかった。さっきとちがう声がする。「突然目を覚ましたかと思うとその足で誰の手も借りずに病院を出て行く、そんな患者さんもたくさんいます」

チカチカした光と音叉の振動で気分が悪い。鼻の下に辛子壺、それにニンニクをひとかけあてられているみたいだった。土はキノコの匂いがする。

また別の声がする。今度は内側からだ。蒸気機関車の長尾を引く嘆き、霧の中にぼんやり浮かぶ聖ミケーレ・イン・ボスコ教会に向かう神父たちの列。

空は灰でできている。川上も霧、川下も霧、マッチ売りの少女の手を嚙む霧。アイル・オブ・ドッグスの橋を通りかかる人びとは最下層の霧空を見る。まわり一面も霧だから、まるで軽気球に乗って暗い霧の中に浮かんでいるみたい。こんなにもたくさんの人びとが死へと連れ去られたなんて夢にも思わなかった。駅と煤

5

の匂い。

　また光が見える。さっきより弱い。荒野にふたたび響くスコットランドの風笛の音、それが霧を抜けて聞こえてくる気がする。

　また長く眠ったのだろう、たぶん。そして突然あたりが澄みわたる。水とアニス酒の入ったコップの中にいるみたい……。

　かれはぼくの目の前にいた。まだ影のようにしか見えてはいなかったけれど。飲みすぎたあとで目を覚ましたように頭が混乱していた。かろうじて何かつぶやいた気はする。まるでそのときはじめて話しはじめたかのように。「〈*Posco reposco flagito.*（頼むよ、もう一度頼む、後生だから）〉は不定法未来をとるのだったっけ？〈*Cujus regio ejus religio.*（領主の宗教がその領地の宗教）〉って……アウクスブルクの和議、それともプラハの窓外放擲(ほうてき)事件？」。「アペニン山脈の太陽高速道(アウトストラーダ・デル・ソーレ)に霧って、ロンコビラッチョとバルベリーノ・デル・ムジェッロの区間ってこと……」

　かれがやさしく微笑みかけた。「よく目を開けてまわりを見てみて。ここがどこかわかりますか？」今度はかれのすがたがもっとはっきり見えた。なんとか衣、ええと、そうだ、白衣を着ている。あたりも見まわせたし、頭も動かせた。部屋は簡素かつ清潔で、淡い色の金属製家具が少しばかり置いてある。ぼくはベッドに寝ていて、腕にはカニュレ管が通されている。窓のブラインドは下ろしてあって、その隙間からひと条(すじ)陽の光が入ってきていた。あたりは春天気にきらめき、野原をはしゃぎまわる。ぼくはそっと言った。「ここは……病院。そしてあなたは……あなたはお医者さまですね。ぼくはどこか病気だったのでしょうか」

　「ええ、ご病気でした。それはあとで説明します。でもいま意識が戻られたのです。お気を強くもたれるように。私は医者のグ

1. いちばん残酷な月

ラタローロです。すみませんが、いくつか質問させてください。いまご覧になっている私の指は何本ですか？」

「それが手でこれが指。4本。4本ですか？」

「そうです。では6×6は？」

「36。もちろん」。さまざまな思いが頭の中で鳴り響いていたが、答えはほとんど勝手に出てきた。「直角三角形の……斜辺の平方は……他の2辺の平方の和に等しい」

「すばらしい。ピタゴラスの定理かと思いますが、私は高校のとき数学の成績が悪かったので……」

「サモス島のピタゴラス。ユークリッドの原論。けっして出会わない平行線の絶望的な孤独」

「記憶力にはまったく問題がないようですね。ところで、あなたのお名前は？」

そう、そこでぼくは答えを躊躇した。喉元まで出かかってはいたのだ。一瞬置いて、当然の答えをぼくは口にした。

「ぼくの名はアーサー・ゴードン・ピム」

「ちがいます」

もちろん、ゴードン・ピムは別人だ。医者は機嫌を損ねたままだった。ぼくは医者と折り合う道をさぐった。

「ぼくの名前は……イシュメールと呼んでくれ、かな？」

「いいえ、イシュメールではありません。もうひと踏んばり」

たったひと言。壁にぶちあたるようだ。ユークリッドやイシュメールの名を言うのは、アルプス一万尺小槍の上でくらい簡単なのに。自分が誰かを言うのは、ぐるりと向きを変えるようで、そう、そこに壁があるのだ。いや、壁じゃない。ぼくは説明しようとしていたのだ。

第1部　事故

「何か堅いものを感じるわけではなくて、霧の中を歩いている
みたいなんです」

「その霧はどんな具合ですか?」と医者が訊いた。

「霧は木の生い茂る丘に雨を降らせながら昇っていき冷たい北
西風の下で咆える海を白くする……その霧はどんな具合ですか?」

「私を困らせないでください。私は一介の医者なんです。それ
にいまは4月で、霧をご覧にいれるなんて無理です。今日は4
月25日なんですから」

「4月はいちばん残酷な月だ」

「たいした教養はありませんが、なにかの引用ですね。今日は
解放記念日だと言ってもよかったのですよ。いまが何年かわかり
ますか?」

「アメリカ大陸発見以後であることは確かです……」

「何年でもいいのですが何か……目覚める前の日付は覚えてい
ませんか?」

「何年でも?　1945年、第2次世界大戦終結」

「もっとずっとあと。今日は1991年の4月25日。お生まれに
なったのは1931年末のようです。だからもうすぐ60歳になら
れるというわけです」

「59歳と半年にもなりませんよ」

「大した計算能力です。じつはですね、あなたの身には、何と
言いますか、ある事故が生じまして。幸い一命は取りとめられま
したが、無論まだいささか支障がありまして。軽度の逆行性健忘
症とでも言いましょうか。ご心配には及びません、長くはつづか
ないことも多いですから。すみませんが、あともう少し質問に答
えていただきます。ご結婚はしていらっしゃいますか?」

「先生がおっしゃってください」

8

1. いちばん残酷な月

「はい、ご結婚なさっています。パオラさんというとても優しい奥さんで、その方が日夜付き添っていらっしゃった。昨日の夜だけは私が無理に帰っていただきました。そうでもしないと倒れていたでしょうから。こうしてお目覚めになったのでこれからお電話しますが、奥さんには心の準備をしていただく必要があります。それから、その前にまだいくつか検査をしておかなければ」

「もし彼女を帽子と間違えてしまったら？」

「なんですって？」

「帽子と妻を間違えた男がいるんです」

「ああ、サックスのあのよく知られた事例です。どうやら最近の本もよくご存知のようだ。あれはあなたのケースとはちがいます。でなければ、とっくに私とストーブを間違えていらしたはずですから。ご心配には及びません。奥さんだとはおわかりならないかもしれませんけど、帽子と間違えたりはしませんから。あなたの話に戻りましょう。あなたの名前はジャンバッティスタ・ボドーニです。何も思い出しませんか？」

ぼくの記憶は、グライダーみたいに山や谷の間をぬって果てしない地平線へと飛んでいた。「ジャンバッティスタ・ボドーニは有名な印刷者です。でもぼくでないことは確かです。ぼくがボドーニだなんて言うなら、ぼくはナポレオンにだってなれますから」

「どうしてまたナポレオンだなんて？」

「ボドーニはナポレオンの同時代人ですからね、おおよそですけれど。ナポレオン・ボナパルト、コルシカ生まれ、第一統領、ジョゼフィーヌと結婚、皇帝になり、ヨーロッパ大陸の半分を征服、ワーテルローの戦いに敗れ、1821 年 5 月セント・ヘレナ島で歿する、〈かれはびくともしなかった〉」

9

第1部　事故

「次にお会いするときには百科事典を持ってこなければいけませんね。でも私の記憶と比べても、あなたはよく覚えていらっしゃるようだ。なのに自分が誰かは覚えていらっしゃらない」

「それが深刻な問題なのですか?」

「正直申し上げて、あまり歓迎すべき事態ではありません。でもこうしたことが起きるのはあなたがはじめてというわけではありません。きっといっしょに乗り越えていけます」

　右手を上げて鼻をさわるようにと言われた。右や鼻が何なのかはよく心得ていた。ぴたり的中。しかし感覚はといえばまったくはじめてのものだった。鼻をさわることが、人差し指の先に目が付いていて自分の顔を見ているような感じがした。ぼくには鼻がある。グラタローロは小槌のようなもので膝、そしてぼくの脛や脚のあちこちを叩いた。医者というやつはよく反射を調べるものだ。ぼくの反射は正常らしい。しまいにぼくはぐったりして、また眠ったようだ。

　そしてどこか知らない場所で目を覚ましたぼくは、映画に出てくる宇宙船の船室みたいだとつぶやいた(どの映画かとグラタローロに訊かれ、何もかも、どれでもいい気もするけれどと断ったうえで、『スター・トレック』を挙げた)。見たこともない機械のあれこれで訳のわからないことをされた。頭の中を診ていたのだと思うが、ぼくは何も考えずされるがまま放っておいた。かすかな振動音に揺られているうちに、また時どきまどろんでいたらしい。

　そのあとしばらく経って(あるいは翌日だったか?)、グラタローロが戻ってきたとき、ぼくは寝床をさぐっていた。シーツにさわると、軽く滑らかでさわり心地がよかった。毛布はそうでもな

1. いちばん残酷な月

くて、指の腹が少しちくちくした。からだの向きを変え、手で枕をたたいて中に沈むのを楽しんでいた。パン、パンとやって遊んでいた。ベッドから起き上がれませんか、とグラタローロに訊かれた。看護師の助けを借りて起き上がることはできた。頭はまだふらついたけれど、自分の足で立ってはいた。足が床を押し頭が上にあると感じていた。立つというのはこういうことなのか。ピンと張った綱の上、人魚姫みたいだ。

「その調子。洗面所に行って歯を磨いてみてください。奥さんの歯ブラシがあるはずです」。他人の歯ブラシで歯を磨くものではないと言ったら、妻というのは他人ではないと言われた。洗面所でぼくは鏡の中の自分を見た。少なくとも、ぼくであることにはかなりの確信があった。なぜなら鏡は、周知のように、前にあるものを映すのだから。青白くやつれた顔、長い髭、両目の隈。結構なことだ。自分が誰かはわからないけれど、怪物であることは弁えていた。夜ひとけのない道で会いたくはない。ハイド氏。ぼくは物体を2個確認した。ひとつは確実に歯磨き粉と呼ばれるもので、もうひとつは歯ブラシだ。まずは歯磨き粉を手にとってチューブを押すことからはじめる必要がある。この上ない快感。これはしょっちゅうやらなければ。ただし、ある時点で止める必要がある。あの白いペーストは最初ブクブクして泡みたいだが、そのあと一気に出てくる。〈le serpent qui danse（踊る蛇）〉みたいに。それ以上押しちゃいけない。さもないと、ブロリオがストラッキーノでやったのと同じことになってしまう。ブロリオって誰だっけ？

ペーストは素晴らしい味がする。素晴らしい、と公は言った。ウェラー流の洒落だ。するとこれが味というものなのだな。舌を撫でる何かだが、口蓋も撫でる。しかし、味を知覚するのは舌で

あるらしい。薄荷の味──〈y la hierbabuena, a las cinco de la tarde（薄荷と、午後の5時に）〉……ぼくは意をけっして、こういう場合に誰もがすることをした。考えすぎずに手早く。まずは上下、それから左右、それからひとまわり、ブラシをかけた。ふたつの歯の間にブラシが入る感覚はおもしろい。今日からは毎日歯を磨くことだろう。気持ちがいい。舌の上にもブラシをかけた。身震いのようなものを感じるが、結局は強く押しすぎなければ大丈夫なのだ。口の中がいかにもねばねばしていたので、これが必要だった。次は、とぼくは考えた。口をすすげばいい。蛇口からコップに水を入れ、口に移した。自分がたてた愉快な音に驚く。もっとすごい音がするのは、頭を上に向けて……ゴボゴボするというのだったっけ？　ゴボゴボは気持ちよい。頬を膨らませ、全部外に吐き出す。全部吐き出した。サワサワー……滝だ。唇を使うと何だってできる。唇はとても柔らかい。ふり返るとグラタローロがいて、サーカス見物でもするみたいにぼくを観察していた。これでいいかとぼくは訊いた。

　完璧です、とかれは言った。機械的行為に関しては問題ないのだそうだ。

　「ほとんど普通の人間と言ってよさそうですね。ぼくではないかもしれないが」と言ってみた。

　「うまいことをおっしゃいますね。これもいい兆しです。また横になってください、手伝います。教えてください。いまさっき何をしましたか？」

　「歯を磨きました。先生がそうするように言ったんです」

　「その通りです。では歯を磨く前は？」

　「ぼくはこのベッドにいて、先生が話していました。いまは1991年の4月だと」

1. いちばん残酷な月

「そうです。短期記憶は正常に働いていますね。ひょっとして歯磨き粉のメーカー名を覚えていたりしませんか？」

「いいえ。いけませんか？」

「まったく問題ありません。もちろんチューブを手に取ったときにメーカー名を見たはずですが、受けた刺激をすべて記録・保存しなければいけないとしたら、私たちの記憶は大騒ぎになってしまいます。ですから、私たちは選び、フィルターをかけるんです。ボドーニさんは誰もがしていることをしただけです。ただ、歯を磨いている最中に起きたことでいちばん大切なことを思い出してみてください」

「舌に歯ブラシをかけたときのことです」

「どうしてですか？」

「口の中がねばねばしていて、ブラシをかけたら、気持ちがよくなったので」

「ほらね。ご自分の感情や欲求、目的により直接的に結びついたものを選んだわけです。また感情を持つようになったのですよ」

「舌にブラシをかけると、気持ちがよくなる。でも以前に舌にブラシをかけた記憶はないんです」

「そのうち思い出せるようになりますよ。いいですか、ボドーニさん。むずかしい言葉は使わずに説明してみますが、例の異変が脳の数ヶ所に影響をあたえたことは明らかです。毎日新しい研究が発表されてはいますが、脳の局在機能に関してはいまのところまだじゅうぶんにはわかっていないのです。特に多様な種類に及ぶ記憶については。もし今回起こったことが10年後に起こったとしたら、もっとよい対処ができると言ってよいでしょう。ええ、最後まで聞いてください、そうです、100年前に起こってい

13

たらすでに精神病院に入れられて、おしまいだったでしょう。いまではあのときよりもっとよくわかっていますが、10分というわけではありません。たとえば、仮にいま話すことができないのだとしたら、どの部位が影響を受けたかはすぐにわかります……」

「ブローカ野ですね」

「お見事。しかしブローカ野というのは100年以上前から知られています。それとちがって脳が記憶を保存する場所についてはまだ答えがでていないのです。関係している部位はもちろんひとつだけではありませんしね。専門用語を羅列してうんざりさせてもいけませんから止めましょう。頭の中の混乱を拡大させてしまいかねない。歯医者で歯に何かされたときは、何日かそこを舌でさわりつづけますよね。もし私が、たとえばですが、海馬よりは、むしろ前頭葉、あるいはもしかしたら右眼窩前頭皮質に心配が、なんて言ったら、きっとその部分をさわろうとするでしょう。でも、それは口の中を舌で探るのとはちがいます。終わることのないフラストレーションです。ですからいまさっき言ったことは忘れてください。それに、人の脳はそれぞれ他人の脳とはちがっていて、私たちの脳には並外れた可塑性があります。損傷した部分ができなくなってしまったことを、しばらく時間が経って、ほかの部分に肩代わりさせる可能性だってあります。おわかりになりますか？　説明はわかりにくくありませんか？」

「とてもよくわかります。先をつづけてください。でも、ぼくがコッレーニョの記憶喪失者だと先におっしゃらないんですか？」

「有名なケースであるコッレーニョの記憶喪失者のことはご記憶でしょう？　あなたが覚えていらっしゃらないのは、そんなふ

うに有名ではない、ご自身に関する事例だけなのです」

「コッレーニョのことは忘れても自分の生まれた場所を思い出せるほうがいい」

「それはさらに珍しいケースでしょうね。ほら、先ほど歯磨き粉のチューブはすぐにわかったのに、ご結婚なさっていたことは覚えてらっしゃいませんでしたね。実際、自分が結婚した日を思い出すのと歯磨き粉を認識するのとは、脳にあるふたつそれぞれ別のネットワークを使って行われるのです。人間には多様な種類の記憶が備わっています。ひとつは潜在記憶というもので、これがあることによって私たちは、一度学んだいろいろなことを難なくこなすことができます。歯を磨いたり、ラジオを点けたり、ネクタイを結んだりといったことです。あの歯磨きの実験結果を考えると、ボドーニさんは、きっと書くこともできるし、たぶん車の運転だってできると思います。潜在記憶に助けられているときは、思い出していることを意識もしないで、自動的に行動するものです。それから顕在記憶というものがあって、これが意識的に物事を思い出すときの記憶です。ただし、この顕在記憶にはふたつあります。ひとつは、意味記憶、公的記憶などと今日では呼ばれることが多いのですが、この記憶によって私たちは、燕が鳥であること、鳥には羽があって空を飛ぶこと、さらには、ナポレオンが死んだのが、ええと、さっきおっしゃった年だということを知っているんです。この記憶はきちんと機能しているようですね。機能しすぎなくらいかもしれません。たったひとつのインプットだけで、それを学校の記憶とでも呼びたくなるような記憶に結びつけたり、決まり文句を出してきたりするんですから。でもこれは、子どもがいちばん初めに形成する記憶でもあるんです。子どもは早くから車や犬を認識し大まかなカテゴリーを形成すること

を学びます。ですから子どもは一度シェパードを見て犬だと言われたら、ラブラドールを見ても犬と言います。一方、2番目の種類の顕在記憶、エピソード記憶、自伝的記憶と呼ばれますが、これを子どもが発達させるのにはもっと時間がかかります。たとえば犬を見ても、先月おばあちゃんの家の庭にいて犬を見たこと、そしてこのふたつの経験をしたのは同じ自分であることを思い出せるようになるまでには時間がかかります。今日の私たちと昨日の私たちとのつながりを固定しているのは、このエピソード記憶なんです。さもなければ、人が私と言うときには、たったいま感じている自分だけが言及されることになります。その場合、以前に感じていた自分というのは言及されていなくて、まさに霧の中に消えてしまう。失くされたのは、意味記憶ではなく、エピソード記憶、言い換えれば自分の人生の中のエピソードなのです。つまり、他人も知っていることに関してはすべてを知ってらっしゃるんだと言っていいでしょう。日本の首都はどこかと訊いてもきっと……」

「東京。広島の原爆。マッカーサー将軍は……」

「はい、もう結構です。まるで、なにかの本を読んだり人から聞いたりして知るようなことはすべて覚えているのに、直接的な体験に結びついたものは覚えていないかのようだ。ナポレオンがワーテルローの戦いで負けたということは知っていらっしゃるとして、お母さまのことは思い出せますか?」

「母は1人しかいない、母はいつも母……でも、自分の母は覚えていません。母はいたのでしょうけれど。人間という種の法則ですから。でも……また……霧です。先生、気分が悪くなってきました。ものすごく。また眠れるようになにかください」

「いま差し上げます。いろいろ要求しすぎてしまいました。横

になって、はい、そうです……繰り返しになりますが、こういったことが起こってもいずれ回復しますから。忍耐力さえあれば。なにか飲み物を持ってこさせましょう。たとえば紅茶とか。紅茶はお好きですか？」

「そうかもしれないし、そうでないかも」

紅茶が運ばれてきた。看護師が、枕に寄りかかるようにぼくを座らせ、前にワゴンを置いた。そして小さな袋の入ったカップの中に熱湯を注いだ。熱いからゆっくりですよ、と言った。ゆっくりとは？　カップを嗅ぐと、煙のとでも言いたくなるような匂いがした。紅茶の味を試したかったから、カップをつかんで飲み下した。おそろしく痛い。火、炎、口に食らった平手打ち。これが熱い紅茶というものなのか。コーヒーとか、よく話題に上るカモミールティーとかでも同じにちがいない。「焼け処」するというのがどういうことかわかった。火にさわってはいけないということは皆知っているが、どの時点から熱い湯にさわってもいいのかをぼくは知らなかった。境界線がわかるようにならなければいけない。それまでは触れられないが、それからはさわれるという瞬間が。反射的に液体の上に息を吹きかけ、もう一度試してみてもよさそうだと思えるまで、ティースプーンでかき回した。今度は、紅茶は温く、飲むとおいしかった。どちらが紅茶の味でどちらが砂糖の味なのかはよくわからなかった。ひとつは苦く、もうひとつは甘いはずだったが、どちらが甘くどちらが苦いのか？　しかし、その組み合わせは気に入った。これからはいつも砂糖入りの紅茶を飲もう。ただし熱すぎないものを。

紅茶を飲んで気分が安らぎ、ぼくは眠りについた。

第1部　事故

　ぼくはまた目覚めた。たぶん眠っているあいだに股の付け根と陰嚢を掻いていたからだろう。毛布の下で汗をかいていた。床擦れ？　股の付け根は湿っているが、手で強くこすりすぎると、はじめの激しい快感のあとには、不快な摩擦感がくる。陰嚢だともっと気持ちがいい。睾丸を圧迫してしまわないように、やさしく指でつかむと、何かざらざらして少し毛深いものを感じる。陰嚢を掻くのは気持ちいい。痒みがすぐなくなるというわけではなく、むしろ逆に、痒みはより強くなるのだが、そうするとつづける楽しみが増すのだ。快楽とは苦痛の止むこと、しかし痒みは苦痛ではなく、快楽を得ることへの誘いだ。肉体の欲望。許してしまえば罪を犯すことになる。賢明な若者は、眠っているあいだに不純な行為を犯さないように胸の上で手を組んで仰向けに寝る。奇妙なものだ、痒みとは。そしてぼくの金玉。金玉が縮み上がる。金玉が上がったり下がったりする。

　ぼくは目を開けた。目の前に1人の女性がいた。あまり若くはなくて、目のまわりの小さな皺からして50過ぎに見えるが、表情は明るさとつらつさを保っている。髪には白いものも混じっているが、ほとんど気がつかないくらいだ。「若ぶるつもりはないけれど、年のわりには若く見られるの」と媚びるようになるのを承知で染めているみたいだった。いまでも美しいけれど、若いときはすこぶる付きの美人だったはずだ。その彼女がぼくの額をなでていた。

　「ヤンボ」とぼくに言った。

　「ヤンボって誰ですか？」

　「あなたがヤンボよ。みんなそう呼んでるの。私はパオラ。あなたの妻よ。私のことわかる？」

　「いいえ、奥さん。失礼、パオラ。ほんとうにすまない。医者

が説明してくれたんだろうね」

「説明してもらったわ。自分に起きたことはもうわからないけれど、ほかの人に起きたことはまだよくわかっているのよね。私はあなた個人の歴史の一部だから、あなたは私たちが30年以上も前に結婚していることがもうわからない。私たちにはカルラとニコレッタという2人の娘、それから3人の素晴らしい孫がいるの。カルラは早くに結婚して、息子が2人いる。アレッサンドロが5歳で、ルーカが3歳。ニコレッタの息子ジャンジョ（ジャンジャコモ）も同じ3歳。双子のいとこってあなたよく言ってたわ。あなたは素晴らしいおじいちゃんだった……いまでもそうだし……これからもね。あなたはとてもいい父親でもあった」

「で……ぼくはいい夫なの？」

パオラは、やれやれといった顔をして言った。「いまもこうしていっしょにいるじゃない？　30年の結婚生活のあいだにはいいときも悪いときもあったわ。あなたはいつも皆からいいひとだと思われて……」

「今朝、昨日、10年前、鏡の中におそろしいものを見たんだ」

「あんなことがあったんだもの、仕方ないわ。でもあなたはいいひとだったし、いまでもそう。あなたの微笑みには抵抗できない魅力があって、なかにはその魅力に抵抗しなかった女性もいた。あなただってそう、よく言ってたわ。ぼくはすべてのものに抵抗できる、誘惑以外ならって」

「ごめん」

「そう、スマート爆弾をバグダッドに落としておいて、少しばかり民間人が死んだからって謝るひとたちみたいにね」

「バグダッドのミサイル？　『千一夜物語』には出てこないけど」

19

第1部　事故

「戦争があったのよ。湾岸戦争。いまはもう終わったけど、ま
だ終わっていないかもしれない。イラクがクウェートに侵攻して、
西洋諸国が介入した。何も覚えていない？」

「医者が、エピソード記憶、ぼくの頭の中で故障してしまった
らしい記憶のことなんだが、それは感情と結びついていると言っ
た。きっとバグダッドの爆撃はぼくの感情を強く動かしたものな
んじゃないかな」

「そうよ。あなたはずっと根っから平和主義者だったから、こ
の戦争のことで苦しんだ。200年近く前、メーヌ・ド・ビランは
3種類の記憶を識別した。観念と感情と習慣。あなたは観念と習
慣は覚えているけど、いちばん個人的なものだった感情は覚えて
いない」

「どうしてそんなにいろいろ知っているんだ？」

「心理学者なのよ。私の仕事は。でも、ちょっと待って。いま
さっき記憶が故障したって言ったわね。どうしてその表現を使っ
たの？」

「そういう言い方があるから」

「そうだけど、それはピンボールに起こることで、あなたは子
どもみたいにピンボールが大好きじゃな……大好きだったのよ」

「ピンボールが何かは知っている。でも自分が誰かはわからな
い。いいかい？　ポー川流域に霧がかかっている。そういえば、
ここはどこなんだい？」

「ポー川流域。私たちはミラノに住んでいるのよ。冬のあいだ
は家から公園の霧が見える。あなたはミラノに住んでいて、古書
販売業をやっていて、古書置き場を兼ねた仕事場も持っている」

「ファラオの呪いだな。ボドーニ家に生まれジャンバッティス
タと名づけられたのなら、そうなるしかない」

20

「そうなってよかったのよ。仕事では認められているし、私たちは億万長者ではないけれど、暮らし向きはいいの。私が手助けすれば少しずつ元に戻るわ。だって考えてみたら、もう目を覚まさなかったかもしれないのよ。ここのお医者さんたちがうまくやってくれて、間に合った。あなたが戻ってきてくれてよかったって言ってもいいかしら？　あなたは私にはじめて会うみたいだけど。いいわ。いまはじめて会ったとしてもやっぱりあなたと結婚する。いい？」

「やさしいんだね。ぼくにはきみが必要だ。これまでのぼくの30年間について教えてくれることができるのはきみだけだ」

「35年。私たちは大学で出会ったの、トリノのね。あなたは卒業間際で、私はカンパーナ館の廊下で迷子になった新入生だった。どこかの教室の場所をあなたに訊いたら、たちまち私の気を引いて、無防備な高校生を誘惑したの。それから、次から次にいろいろなことがあって、私は若すぎたし、あなたは外国に3年間出かけた。そのあと私たちはつきあうことになって、ためしにってね。結局私が妊娠して、私たちは結婚した。あなたがいいひとだったからよ。いいえ、ごめんなさい、お互いほんとうに好きだったからでもあるの。それにあなたは父親になることを喜んでいた。元気を出して、お父さん。いまに私が全部思い出させてあげるから」

「すべてが陰謀だったりしなければね。ほんとうのぼくの名前はフェリチーノ・グリマルデッリで、職業は強盗で、きみとグラタローロが嘘を吹き込んでいるんじゃなければ。たとえば、きみたちが秘密警察で、ベルリンの壁の向こうを偵察させるためにぼくの身元を捏造しているとか。〈*Ipcress Files*（国際諜報局）〉、それから……」

第1部　事故

「ベルリンの壁はもうないの。壁は壊されたし、帝国ソヴィエト連邦はガラガラと崩れつつある……」

「そんな、何てことしでかしてるんだ。わかった、冗談だ、信じるよ。ブロリオのストラッキーノって何だい？」

「え？　ストラッキーノっていうのは柔らかいチーズだけど、ピエモンテ州の呼び方。ミラノではクレッシェンツァって呼んでる。どうしてストラッキーノの話をするの？」

「歯磨き粉のチューブを押しているときだった。ちょっと待て。ブロリオという画家がいた。絵では食べていけなかったが、かといって働こうともしなかった。神経症を抱えているという理由で。それは姉に養ってもらうための言い訳だったようだが、やがて友人たちがチーズを作るか売るかしている会社の仕事をかれに見つけてやった。一つひとつ半透明の蠟紙で包まれているストラッキーノの大きな山の前を通りかかると、ブロリオは誘惑に打ち勝つことができなかった。神経症のせいだ（と言っていた）。ひとつずつ手にとり、プニュッと押しつぶして、ストラッキーノを小袋から出していた。100個ストラッキーノを無駄にしたあと、ブロリオは解雇された。すべては神経症のせい。自分はストラッキーノをつぶすのがたまらないんだと言ってた。何てことだ、パオラ、これは子どものときの記憶だよ。ぼくは過去の経験の記憶を失ったんじゃないのか？」

パオラは笑い出した。「いま思い出したわ、ごめんなさい。もちろん、あなたが小さいころに知った話よ。でもあなたは始終この話をみんなにして、いわば十八番のひとつになっていたの。食事の相手を、いつもこの画家のストラッキーノの話で笑わせて、その相手はそのあとまた別の人にその話をしてた。あなたは自分の経験を思い出しているんじゃないわ、残念だけど。何回も人に

話すことであなたにとっては公共財産（と言ってもいいかしら？）になった話を覚えているだけなのよ。赤頭巾ちゃんの話みたいに」

「もうきみなしではいられなくなっている。きみが妻でよかった。パオラ、きみがいてくれて感謝しているよ」

「まあ、一ヶ月前のあなたなら、そんなのテレビドラマの陳腐なセリフだって言ったわよ……」

「しょうがない。心から出てくるような言葉は何も言えないんだ。ぼくには感情がない。覚えやすい決まり文句しかないんだ」

「かわいそうなあなた」

「それもよくある言い回しみたいだ」

「ばか」

このパオラという人物はぼくのことがほんとうに好きなのだ。

穏やかな夜を過ごした。グラタローロがぼくの静脈に何か入れたのだろう。ぼくは少しずつ目を覚ましていった。目はまだ閉じていた気がする。パオラがぼくを起こさないように小声で話しているのが聞こえた。「心因性記憶喪失ではないんですか？」

「その可能性がないとは言えません」とグラタローロが答えていた。「まわりにはわからないような精神的緊張がこうした出来事の原因になっている可能性はいつだってあります。でもカルテをご覧になったでしょう。損傷はあるんです」

ぼくは目を開け、おはようと言った。そこには2人の女性と3人の子どももいた。会ったことはなかったが、誰なのかを想像した。おそろしいことだ。妻は仕方ないとしても、血のつながった娘がわからないなんて。孫となればなおさらだ。女性2人は嬉しさで目を輝かせ、子どもはベッドに上りたがり、ぼくの手をとり、おじいちゃんおはよう、と言っているのに、ぼくはといえば

何も感じなかった。それは霧でもなくて、何と言えばよいのか、〈アパティア〉だった。あるいは〈アタラクシア〉というのだろうか？　動物園の動物をながめているみたいで、かれらが子ザルでもキリンでも同じだった。もちろんぼくは微笑んで、やさしい言葉をかけたけれど、なかは空っぽだった。〈ズグラート〉という言葉が頭に浮かんだが、意味はわからなかった。パオラに訊いた。ピエモンテの言葉で、鍋をよく洗い、金束子（たわし）のようなもので中をこすって、新品同様ピカピカに、これ以上ないくらいきれいにするときのことを言うのだそうだ。そう、ぼくは完全に「ズグラート」な気分だった。グラタローロやパオラや娘たちは、ぼくの人生のさまざまな細部をぼくの頭に詰め込んでくれたけれど、それはまるで乾いた豆みたいだった。鍋を動かすとその中で豆は滑るのだが、生のままでどんなスープにも溶けない。まったく味覚を刺激せず、もう一度味わいたいと思う味もまったくない。自分に起きたことを、他人に起きたことのように学んでいったのだ。

　子どもたちを撫で、匂いをかいだ。どんな匂いかと言えば、妥当かどうかわからないが、とても柔らかい匂いだった。ぼくの頭に浮かんだのは、「香りは子どもの肌のようにさわやかで」という言葉だけだった。実際、ぼくの頭は空っぽではなく、自分のものではない記憶が渦巻いていた。人生の道半ばで侯爵夫人は5時に外出し、エルネスト・サバトと少女が畑のほうからやって来て、アブラハムはイサクをもうけ、イサクはヤコブをもうけ、ヤコブはユダとロッコとその兄弟をもうけ、鐘は聖なる真夜中に鳴り、ぼくが振り子を見たのはあのときで、コモ湖の支流には翼の長い鳥が眠り、〈*messieurs les anglais je me suis couché de bonne heure.*（イギリス人諸君、私の就寝時刻は早い）〉、ここでイタリアを作るか、さもなくば死んだ男が死ぬかだ、〈*tu quoque alea.*（賽よ、

お前もか）〉、逃げる兵隊はもう一度使える、止まれお前は美し
い、イタリアの兄弟たちもうひとがんばりだ、畝を耕す鋤はもう
一度使える、イタリアは作られたが降伏はしない、我々は暗がり
の中で戦う、そしてすぐに日は暮れる、３人の女がぼくの心のま
わりに、風もなく若い娘が手を伸ばす無意識の蛮族の槍、光に狂
った言葉をもとめないで、アルプスからピラミッドまで、戦に行
き行き兜をかぶる、ぼくの言葉は夜に新鮮だ、あのつまらない冗
談のために、黄金の翼の上でいつも自由、水にそびえる山よさよ
うなら、でもぼくの名前はルチア、まだら葦毛のヴァレンティー
ノ、ヴァレンティーノ、グイド、ぼくは空で色あせてほしい、ゆ
らめき、武器、愛を知った、〈de la musique où marchent des colombes.
（鳩が歩く音楽について）〉、涼しく澄んだ夜と大尉、ぼくは照ら
される、敬虔な牛、話すことが虚しくともぼくはポンティーダで
かれらを見た、９月には行こうレモンの花咲くところに、アキレ
ウスの冒険がはじまる、月影のナポリ、何でもすると言ってくれ、
地球は最初動かないようだった、〈Licht mehr Licht über alles.（光
を、もっと冠たる光を）〉、伯爵夫人、人生とは何か？　小槍の上
で。名前、名前、名前、アンジェロ・ダッローカ・ビアンカ、ブ
ランメル卿、ピンダロス、フロベール、ディズレーリ、レミジ
オ・ゼーナ、ジュラ紀、ファットーリ、ストラパローラと楽しい
夜、ポンパドゥール夫人、スミス＆ウェッソン、ローザ・ルクセ
ンブルク、ゼーノ・コシーニ、パルマ・イル・ヴェッキオ、始祖
鳥、チチェルアッキオ、マタイ・マルコ・ルーカ・ヨハネ、ピノ
ッキオ、ジュスティーヌ、マリア・ゴッレッティ、くそだらけの
爪の娼婦タイス、骨粗鬆症、サントノレ、バクトリア・エクバタ
ナ・ペルセポリス・スーサ・アルベラ、アレクサンドロスとゴル
ディオスの結び目。

第1部　事故

　百科事典が何枚にも散らばって降りかかってきて、ぼくはそれを蜂の群れみたいに手で払いのけたくなった。そのあいだも子どもたちはおじいちゃんおじいちゃんと言っていて、自分よりかれらを愛しているくらいでなければいけないとわかっているのに、どれがジャンジョでどれがアレッサンドロでどれがルーカなのかわからなかった。アレクサンドロス大王のことはすべて知っているのに、ぼくの小さなアレッサンドロのことは何も知らなかった。

　具合が悪いので眠りたいと言った。かれらは出ていき、ぼくは泣いていた。涙が塩辛かった。ぼくには感情がまだある。そう、けれどそれはその日出来立ての感情。かつての感情はもはやぼくのものではない。果たしてぼくが敬虔だったことなどあるのだろうか。いずれにせよ、ぼくは確実に魂を失ったのだ。

　次の朝、パオラも同席しているところで、グラタローロはぼくを小さなテーブルの前にすわらせ、色とりどりの小さな四角いピースをたくさん見せた。そしてひとつさし出しては何色かとたずねた。ディンディンディン、ちっちゃな赤い靴、ディンディンディン、何色だ？　えんどう豆の緑色、シクラメンの赤紫、出てこい、おお、ガリバルディン！　ぼくは自信をもって最初の5、6色を見分けた。赤、黄色、緑などなど。むろんぼくは、A は黒、E は白、I は赤、U は緑、O は青、母音たちよ、おれはいつかおまえたちの秘められた誕生について語ろう、と言ったのだが、詩人にせよほかの誰かにせよ、嘘をついていると思った。Aが黒とはどういう意味なのだろう。そんなことより、さまざまな色をはじめて発見しているような気がした。赤はとても陽気で、火のような赤、しかし激しすぎる――いや、黄色のほうが強烈だったかもしれない。目の前でぱっと明かりがついたみたいに。緑はおだや

26

かな感じがした。問題になったのはそれ以外のピースだった。これは何色でしょうか？　緑、とぼくは言ったが、グラタローロはさらに質問を重ねた。どんな緑でしょう、こっちのとはどう違いますか？　さあ。パオラが説明してくれた。ひとつはゼニアオイの緑でもうひとつはえんどう豆の緑だと。ゼニアオイは草だ、とぼくは答えた。グリーンピースは食べる野菜で、丸くて細長い、ぼこぼこしたさやに入っている。しかしゼニアオイもグリーンピースも見たことはありません。ご心配なく、とグラタローロが言った、英語には色を表す言葉が無数にありますが、普通は多くても8つしかあげることができません。平均すれば、虹の色なら見分けることができます。赤、オレンジ、黄色、緑、空色、藍色、そして紫、しかし藍色と紫の区別はもうあやしい。色調を識別して、その名前をあげるには豊富な経験が必要なのです。画家は比較的得意ですし、そうですね、たとえばタクシーの運転手だったら信号の色を見分けられればじゅうぶんなのです。

　グラタローロは紙とペンをよこして、書いてくださいと言った。「何を書かなきゃいけない」と書いたが、いままでそれ以外何もしたことがなかったような気がした。フェルトペンのタッチは柔らかく、紙の上をさらさら走った。「頭に浮かぶことを書いてください」グラタローロは言った。

　頭？　ぼくは書いた。わが心のうちに語らう愛、太陽とそのほかの星々を動かす愛、孤独のほうがましだ、悪い仲間といるよりは、しばしば生きることの悪に出会った、ああ人生、ああ我が人生よ、ああこの心の心よ、心に命じることはできない、デ・アミーチス、友人たちは神が見ていてくれる、おお天にまします神よ、もし私がツバメだったら、もし私が火であったなら世界を焼き尽くす、焼き尽くしながら生きろ、悪を感じるな、正しくふるまえ

ばおそれる必要はない、おそれは 90、80、70、1,860、千人隊の派遣、1000、そしてもう 1000 ではない、2000 年の驚異、驚きは詩人の目的。

「あなたの人生について何か書いて」とパオラが言った。「20 歳のとき、何をしていた？」ぼくは書いた。「ぼくは 20 歳だった。それが人生のうちで最良の年齢だなんて誰にも言わせない」医者は、意識をとり戻したとき最初に心に浮かんだことは何だったかとたずねた。ぼくは書いた。「ある朝、グレゴール・ザムザは目を覚ますと、ベッドの中で巨大な虫になっているのに気づいた」

「もういいでしょう、先生」とパオラは言った。「あまりこの人をこういう連想にのめりこませないでください。でないと頭が変になってしまいます」

「つまり、きみたちにはいまのぼくが健康にみえるってこと？」

突然グラタローロが命じた。「それでは、ここにサインしてください、何も考えないで、小切手だと思って」

ぼくは何も考えずに"GBBodoni"と線を描き、最後に飾り書きをして、i の上に丸い点をつけた。

「見ましたか。頭は自分が誰だかわからないが、手は知っている。予測できたことだ。もう一度試してみましょう。あなたはナポレオンについて話してくれましたね。どんな人でしたか？」

「姿かたちは考えられません。言葉だけでしかね」

グラタローロは、ぼくがデッサンすることができたかとパオラにたずねた。芸術家ではなかったにしろ、下手くそながら何かしら描けたらしい。

ナポレオンを描いてくれと言われ、それらしきものを描いた。

1. いちばん残酷な月

「いいですね」とグラタローロは評した。「ナポレオンの心象を描いたんですね、三角帽子、チョッキに当てた手。これからいくつか絵を見ていただきます。まずは、最初の絵から」

うまく答えることができた。〈モナ・リザ〉、マネの〈オランピア〉、これはピカソか、ピカソの腕のいい贋作者によるもの。

「そう、わかりますね。こんどは現代の著名人にいきましょう」

次は、写真だった。こちらも、何も思い浮かばない顔がいくつかあるほかは満足できる程度に答えられた。グレタ・ガルボ、アインシュタイン、トト、ケネディ、モラヴィア、そしてどんな職業だったか。グラタローロはかれらに共通することは何かとたずねた。有名だったこと？　いや、それだけではないんです、ほかのことで。ぼくは躊躇した。

「みんな既に物故者だということです」とグラタローロが言った。

「ほんとですか、ケネディもモラヴィアも？」

29

「モラヴィアは去年の末に死にました。ケネディはダラスで
1963 年に殺されました」

「ああ、かわいそうに。なんとも残念です」

「モラヴィアのことを覚えていないのは当然かもしれません。
亡くなったばかりですから、意味記憶の中に出来事として確立す
るには至らなかったようです。しかしケネディについてはわかり
ませんね、古い話ですから、百科事典的な」

「この人にとってケネディ事件はとてもショックな出来事だっ
たんです」とパオラが言った。「たぶんケネディは個人的な記憶
と混ざってしまったのでしょう」

グラタローロは別の写真を取り出した。そこには 2 人の人物
が写っていた。1 人はもちろんぼくで、髪の毛をとかし、きちん
とした格好をしている。パオラの言う逆らえない笑顔をうかべて。
もう 1 人の顔にもなじみ深いものを感じたが、誰だかわからな
かった。

「ジャンニ・ライヴェッリ、あなたのいちばんの親友」パオラ
が言った。「小学校から高校まで机を並べた友だちよ」

「この人たちは誰ですか?」グラタローロがもう 1 枚の写真に
軽く触れながらたずねた。それは古い写真で、女性は 30 年代の
ヘアスタイル、襟ぐりが控えめに開いた白い服を着ている。そし
て小さなだんご鼻、小さな、ちいさな、ちっちゃな。男性は、薄
くポマードをつけているらしくきちんと髪を分けている。突き出
た鼻、明るい笑顔。誰かはわからなかった(アーティスト? にし
てはそれほど魅力的でもないし、芝居がかってもいない、新郎新
婦のようだ)。しかしみぞおちに一突きくらったような気がして
――なんと言えばいいのか――おだやかに気を失っていくような
感じを受けた。

パオラはそれに気づいた。「ヤンボ、あなたのパパとママよ、結婚式の日の」

「まだ生きているの？」ぼくはたずねた。

「いいえ、ずいぶん前に亡くなった、車の事故で」

「この写真を見て動揺なさいましたね」とグラタローロが言った。「ある種の写真はあなたの中にある何かを呼び覚ます。これがひとつの方法です」

「何の方法ですか、呪わしいブラックホールからパパとママをひき上げることもできないとしたら」ぼくは叫んだ。「あなたたちはこの2人がぼくの母と父だと言う。いまぼくはそれを知っているが、それはあなたたちに与えられた記憶だ。この先ぼくが思い出すのはかれらではなくて、この写真だ」

「この30年のあいだにあなたは何度ご両親のことを思い出したでしょうね、しかもずっとこの写真を見ていたんですから。記憶というのは、思い出をいったん預けておいて、あとから最初とまったく同じ状態でとり出してくる倉庫ではありません。そうは考えないでください」とグラタローロは言った。「あまり専門的な話はしたくないのですが、記憶というのは、神経細胞の興奮の新しい履歴がつくられることなのです。あなたがある場所で、以前とはちがう不愉快な経験をしたとしましょう。あとでその場所を思い出すとき、神経細胞の興奮の最初のパターンを再活性化するのですが、その履歴はもともとあった刺激の履歴とは同じではありません。ですから思い出しながら、いやな感じがする。要するに思い出すとは再構築することです。あとから知ったことや言ったことをも土台にしてね。普通のことですよ。そうやって私たちは思い出すんです。こう申し上げるのは、興奮の履歴をもう一度取り戻していただきたいからなんです。あったはずのものを、

最初にしまいこんだときと同じ状態で見つけようとして、毎回取りつかれたみたいにほじくり返そうとはしないでください。ご両親の写真の中のすがたは私たちがお見せしたものであり、私たちが見るものです。あなたはこの写真から出発して、ほかの事柄を組み立てなおさなければならない。それだけがあなたの思い出なのです。思い出すというのはひとつの作業であって、暇つぶしじゃないんですよ」

「悲しい、いつまでもつづく記憶」私は引用した。「この死の跡、私たちが生きながら残していく……」

「思い出すのはすてきなことでもあります」とグラタローロは言った。「誰かが言っていましたが、記憶はカメラ・オブスキュラの収束レンズのような働きをします。すべてを集中させる、そして結果として生じるイメージは本物よりずっと美しい」

「タバコが吸いたい」とぼくは言った。

「あなたの体がふだんの調子をとり戻しはじめたしるしだ。しかしタバコを吸わないなら、それにこしたことはありませんが。それから家に帰ったら、アルコールはほどほどに、食事のときにグラス1杯だけにしてください。あなたは血圧に問題があります。でなければ明日は退院させませんよ」

「退院させるんですか」パオラは少し驚いてたずねた。

「ひと区切りつけるときですよ。奥さん、ご主人は身体的にはじゅうぶん自立しているようです。自由にしたからといって、階段から落ちるわけではありません。ここにいたのでは山ほど検査して消耗させるだけだし、すべてが人工的な経験で結果はもうわかっています。もといた環境にもどることはよい結果をもたらすと思いますよ。家庭の味とか匂いとかですね、そういうものをまた感じることのほうがもっと役に立ちます。これについては神経

学よりも文学に学ぶことのほうが多いですが……」

　知ったかぶりをするつもりはなかったが、とにかく残っているのがこの呪わしき意味記憶だけなら、それくらいは使わなければ。「プルーストのマドレーヌ」とぼくは言った。「菩提樹の花のハーブティーとマドレーヌの味が、かれを身震いさせた、激しい喜びを感じた。そしてレオニー叔母とともにコンブレーで過ごした日曜日の情景が再び記憶に浮かび上がった……四肢には無意識の記憶があるようだ、脚と腕は無感覚な記憶に満ちている。そしてもう１人は誰だったか？　匂いと炎ほど、記憶をよみがえらせるものはない」

　「私が何を言っているかわかっていらっしゃいますよね。ときには科学者たちも、専門分野の知識より作家たちのほうを信じる。奥さん、あなたはほとんど専門家です。神経学者ではありませんが心理学者です。少しだけ読む本を差し上げましょう。いくつかの臨床例の有名な報告書です。ご主人の問題がどれに当たるのかすぐにわかりますよ。奥さんやお子さんたちのそばにいたり、仕事にもどったりするほうが、ここにいるよりもご主人の役に立つでしょう。１週間に１回私のところに寄ってくだされればじゅうぶんです。そしてご主人の回復を見守っていきましょう。家にお帰りなさい、ボドーニさん。まわりを見て、さわって、匂いをかいで、新聞を読み、テレビを見て、モノの実際のすがたを見つけに行ってください」

　「やってみます。でも実物がどんなものか覚えていないんですよ、匂いも味も。覚えているのは言葉だけなんです」

　「そうとは限りませんよ。ご自分の反応を日記に書いてください。それをもとに治療を進めましょう」

　　　　　　　　　　第1部　事　故

　ぼくは日記をつけるようになった。

　次の日、荷物をまとめてパオラと一緒に下におりた。病院には
エアコンがあったのだとわかった。すぐさま、そしてそのときはじめて、太陽の熱がどういうものかわかったからだ。まだ春のはじめの弱々しい太陽のぬくもり、そして光、私は目を細めなければならなかった。太陽を見つめることはできない。太陽よ、太陽よ……光輝く錯誤よ。

　車（見たことのない）のところまで来て、パオラはやってご覧なさいと言った。「乗ったら、すぐにニュートラルに入れて、それからエンジンをかけて。そのままニュートラルでアクセルを踏んでみて」。まるでそれしかしたことがなかったように、すぐにどこに手と足を置けばいいのかわかった。パオラは横にすわって、ローに入れ、クラッチから足を離してアクセルをそっと、少しだけ踏むようにと言った。するとほんの1メートルか2メートル動く。それからブレーキをかけ、エンジンを切る。まちがっても最悪庭の茂みに突っ込むだけだった。うまくいった。とても誇らしい気持ちになった。ためしにバックも1メートルやってみた。そこでぼくはいったん車から降りると、パオラに運転をまかせて出発した。

　「世界はどんなふうに見える？」とパオラがたずねた。

　「わからない。猫は窓から落ちて鼻を打つと、そのあとはもう匂いを感じなくなるっていう。嗅覚で生きているから、もうモノを識別することができないんだ。ぼくは鼻を打った猫なんだ。ぼくはモノを見る。もちろんどんなものかはわかる、向こうの店、すぐそこを自転車が通り過ぎていく。ほら、木、でも……よそよそしいんだ。他人の上着を着ようとしているみたいなんだ」

34

「鼻を使って上着を着ようとしている猫。まだ場違いなたとえを持ち出すのね。グラタローロに言わなきゃ。でもそのうちよくなるでしょう」

車は走っていた。ぼくはあたりをながめて、見知らぬ街の色と形を発見していた。

2. 葉のそよぎ

「パオラ、これからどこへ行くの？」。「家よ、私たちの」。「それから？」。「それから中に入って、くつろぐの」。「それから？」。「それからゆっくりシャワーを浴びて髭を剃ってきちんとした服を着て、食事をしましょう、それから……何がしたい？」

「まさにそれがわからない。目が覚めてから起こったことは全部覚えているし、ユリウス・カエサルのことは何でもわかるのに、そのあとにつづくことを思いつかない。今朝までこれからのことなど心配したことなくて、ことによるとすんだことすら思い出せなかったのに。ともあれ、さあ行こう……何かに向かって。前にも霧がある、後ろだけじゃなくて。いや、前にあるのは霧じゃない、足に力が入らなくて歩けない感じ。跳ねてるみたいだ」

「跳ねてる？」

「うん。跳ねるには前に跳ばなきゃならないが、そのためには助走が必要だ。つまりあと戻りしなきゃいけない。あと戻りなしには前に行かない。要するにこれから何をするかをいうにはそれより前にしたことをしっかり考えなければならないんじゃないか。前にあったことを変えて物事を行う準備をするわけだ。いまきみがぼくに髭を剃るようにいえば、ぼくにはその理由がわかる。手をあごにやると毛に覆われているのを感じるから、その髭を取り除かなきゃならないとね。きみが食べるようにいっても同じこと

で、前回食べたのが昨晩で野菜スープとハムと梨のコンポートだって思い出す。だけど、髭を剃ったり食事をすることと、そのあと何をするかということは、結局別のことじゃないだろうか。長い道のりの意味するところがわからないのは、その前の行程がぼくには欠けているからだ。わかるかい？」

「もはや時間の中に生きていないということね。人間とは生きている時間そのものなのに。あなたは昔、聖アウグスティヌスの時間に関する書物がとても好きで、いままで生きた人の中でいちばん頭がいいっていつも言ってた。聖アウグスティヌスは今日の私たち心理学者にも多くのことを教えてくれる。人間は待機と留意と記憶という3つの契機を生きていて、どれも欠けてはならないってね。あなたは過去を失ってしまって未来に向かうことができない。しかも、ユリウス・カエサルがしたことはわかっても、それは自分がすべきことを知る手立てにはならない」

パオラはぼくがあごを硬直させたのを見て話題を変えた。「ミラノはわかる？」

「見たことないね」。ところが、道が広くなったところに着くとぼくは言った。「スフォルツェスコ城。それからドゥオモがある。そして〈最後の晩餐〉にブレラ美術館」

「じゃあ、ヴェネツィアには？」

「ヴェネツィアには大運河があって、リアルト橋、サン・マルコ広場、それにゴンドラ。ガイドブックに書いてあることは全部知ってるよ。もしかしたらヴェネツィアには行ったこともないかもしれないけどミラノには30年住んでいる。でもぼくにとってミラノはヴェネツィアみたいなものさ。あるいはウィーンみたいかな。国立美術史美術館に『第三の男』かも、プラター公園の観覧車の上でハリー・ライムはスイス人が鳩時計を発明したって言

うけどでたらめさ。鳩時計はバイエルンのものだから」

　家に入った。素敵なアパートで、公園に面してバルコニーがついていた。ぼくはほんとうに「並木」を見た。よく言うけれど、自然はきれいだ。アンティーク家具があるってことは、つまりはぼくが裕福な人間だということだ。どう動けばよいのやら、居間がどこで台所がどこなのかわからない。パオラは家の手伝いをしてくれるペルー人のアニータを紹介するが、かわいそうに、楽しく振る舞うべきか客人のように挨拶すべきかわからないので、ぼくの前を行ったり後ろになったりしながら浴室のドアを示して、「ヤンボさま、ここにタオルがありますから、おかわいそうなヤンボさま」と言いつづけている。

　病院を出て興奮してはじめて日に当たって家まで帰ってきたから、汗をかいた気がしてわきの下の匂いをかぎたくなった。汗の匂いを不快と感じなかったのは、匂いがあまりきつくなかったからだけれど、そのあたりにいる生き物みたいだと感じた。パリに戻る3日前ナポレオンはジョゼフィーヌに体を洗わないよう伝言を送った。ぼくはセックスをするとき体を洗ってたっけ？　あえてパオラには訊かなかった。もしかするとパオラとのときは洗って、ほかの女性とのときは洗わなかった、あるいはその逆だったかもしれないから。シャワーを浴びてすっきりして、顔に石鹸をつけてゆっくり髭を剃った。淡い清々しい香りのアフターシェーヴ・ローションがあったから、それをつけて、髪もとかした。さあこれできちんとした感じだ。パオラがぼくを洋服ダンスへと案内した。ぼくはもちろんビロードのズボンと、ちょっと粗織の上着、薄い色のウールのネクタイ（紫がかったピンク色、黄緑色、エメラルド・グリーンというのかな？　名前はわかるけど、そう

2. 葉のそよぎ

呼んでよいのかはまだわからない）、チェックのワイシャツがお気に入りだ。結婚式や葬式用の黒色の服もあるようだ。「以前とかわらず素敵」と、ぼくが普段着に着替えるとパオラは言った。

　パオラは、一面に本がたくさん詰まった棚のある長い廊下にぼくを通した。背表紙を見ると大体見覚えがあった。『いいなずけ』、『怒りのオルランド』、『ライ麦畑でつかまえて』といったタイトルに覚えがあった。はじめて自分が居心地よく思える場所にいる気がした。1冊取り出すと、まだ表紙を見ないうちから右手で裏側をつかんで左の親指でさあっとページを逆に繰った。その音が気に入ったので数回繰り返し、それからパオラに、ボールを蹴るサッカー選手が見えるはずだねとたずねると、彼女は笑った。小さいころ出回っていた、貧乏人の映画みたいなもので、ページごとに選手のポジションが変わるので、急いでページを繰ると選手が動くように見えた。ぼくはそれが周知のことなので安心した。だって、思い出じゃなく単なる基礎知識なのだから。

　その本はバルザックの『ゴリオ爺さん』だったので、本を開かずにぼくは言った。「ゴリオ爺さんは娘たちのためにがんばった。娘の1人は確かデルフィーヌといって、コランと野心家のラスティニャックが登場して、ぼくたちふたりのパリ。ぼくは読書家だった？」

　「疲れを知らない読書家で、鋼鉄の記憶でたくさんの詩を覚えていたわ」

　「書くほうも？」

　「自分のものは書かなかった。不毛の天才と自分で言って、世の中は読む人か書く人にわかれていて、書く人は仕事仲間を茶化したり時どき良書を得たりするために書くんだって」

　「ぼくはたくさん本をもってる。ごめん、ぼくたちか」

「ここには5000冊あるんだけど、いつも例によって家に来る愚か者が、何冊あるんですか、全部読まれたのですか、ってたずねるの」

「で、ぼくは何て答えるの?」

「普通こう答えるの。どれも読んでいません。そうでなければ、ここにとっておいたりしませんよ。あなたは肉を取り出したあとの箱をとっておかれたりしますか。読み終えた5000冊は刑務所と病院にあげるんですって。愚か者はあせるわ」

「外国の本がたくさんあるところを見ると、ぼくは何ヶ国語かわかるらしい」すると詩行が自然とぼくの口をついた。「秋の無気力な霧が立ち込め……空虚な都会。冬の夜明けの茶色の霧の下を、人の群れがロンドン・ブリッジの上を流れていった。夥しい人の数。これほど夥しい数の人を死が破滅に追いやったなんて……晩秋の霧と冷たい夢が山谷を覆う。嵐がすでに葉を取り去った木々は裸の亡霊のごとく……しかし博士は知らなかった、今日はいつもまだだということを」とぼくは締めくくった。

「おもしろいわ、4つの詩のうち3つが霧についてなのね」

「霧の中にいるみたいだ。霧が見えないだけでね。自分以外の人たちが霧をどんなふうに眺めたかはわかるよ。曲がり角では輝かない太陽が輝き、純白の霧の中ミモザの花かごが」

「あなたは霧に魅せられていたわ。霧の中で生まれたと言って。だから何年も前から、本で霧の描写に出くわすと余白に印をつけてた。それから徐々に仕事場でそんなページをコピーするようになった。仕事場には霧のファイルがあると思う。とにかく待っていれば霧は戻ってくるわ。昔のようでないにしてもね、ミラノには明かりが多すぎて夜でもショーウインドーが輝いているから、霧は城壁からすり抜けて行ってしまう」

2. 葉のそよぎ

「黄色い霧が窓ガラスの背をかすめ、黄色い蒸気は窓ガラスに鼻面をこすりつける。霧は夜の隅を舌で触れ、排水溝の澱んだ穴の上に太ゆたい、背中に煙突の煤が降るのにまかせ、家のあたりに丸まって眠りについた」

「この詩は私も知っていたわ。幼いころ見た霧はもうないって嘆いていたわよね」

「ぼくの子ども時代か。ここにぼくの子ども時代の本がとってある場所はある?」

「ここにはないわ。ソラーラに、田舎の家にあるはずよ」

こうしてソラーラの家とぼくの子ども時代の歴史を学習することになった。ぼくはソラーラでちょっとしたまちがいで1931年のクリスマス休暇に生まれた。幼子イエスみたいだ。生まれる前、母方の祖父母は亡くなっていて、父方の祖母は5歳のとき亡くなった。父の父は残ったから、ぼくら一家は祖父にとって唯一の親族だった。祖父は変わった人だった。ぼくが生まれた街に古書の倉庫みたいな工房をもっていた。アンティークでも価値があるわけでもなく、ぼくと同じただの古書で、ほとんどが19世紀のものだった。そのうえ旅が好きでよく外国に出かけた。あのころ外国に行くというのは、ルガーノか、最遠の地でもパリかミュンヘン行きを意味していた。そして旅先の露店で、本だけでなく、映画のポスターにブロマイド、葉書、雑誌を集めた。当時は、いまみたいに郷愁目当ての蒐集家はいなかったが、愛書家の顧客がいて、もしかすると自分の趣味として集めていたのかもしれないとパオラは言っていた。たいした儲けにならなくても楽しんでいた。そうして20年代以降、大叔父から祖父はソラーラの家を相続した。広大な家で、ヤンボ、あなたも見ればわかるけど、屋根

41

裏部屋だけでポストイナの洞窟のようだった。まわりに敷地がいっぱいあるから小作農地になっていて、おじいさまは苦労して本をたくさん売らなくても生活していけるだけの実入りがあったの。

　ソラーラでぼくは子ども時代の夏は必ず、そしてクリスマスや復活祭の休暇に国民の祝日、都市部で爆撃がはじまった44年と45年にわたる2年間を過ごしたようだ。だから、祖父の物すべてとぼくの学校の本やおもちゃがまだあるはずだった。

　「どこにあるかわからない。だって、そんなもの見たくないって感じだったから。あなたとあの家の関係はいつも変わっていた。おじいさまはあなたの両親が例の自動車事故で亡くなったとき、悲痛な思いをして亡くなられたの。あなたが高校を終えるころのことで……」

　「両親の仕事は？」

　「お父さまは輸入会社で働いていて、最後にそこの取締役になられた。お母さまはいいお家の奥さまがみなそうしてらしたようにお家にいらっしゃった。お父さまがついに車を、それもランチャをお買いになって、で、あの事故が起こったの。その件についてあなたがじゅうぶんに知らされることはなかった。あなたが大学に上がるときで、あなたとアーダは突然家族全員をなくしてしまったのよ」

　「姉がいるの？」

　「妹よ。アーダはお母さまの弟さんとその奥さまのところに引き取られたから、この叔父さまと叔母さまがふたりの法律上の保護者になったの。けれどアーダは早々に18歳で結婚して、結婚相手がオーストラリアに住むために彼女を連れて行った。ふたりが会うことはほとんどなくて、イタリアで法皇さまが亡くなられるごとに一度くらいかしら。叔父さまたちはあなたたちの街の家

2. 葉のそよぎ

とソラーラの土地をほとんど全部売ってしまった。土地から上がるお金で勉強の分はまかなえたけど、あなたは大学寮に入る奨学金を得て、すぐに叔父さまのもとから独立してトリノに行って住んだわ。あのとき以来ソラーラのことは忘れたようにみえた。カルラとニコレッタが生まれたとき、私はあなたを無理やりソラーラに、夏を過ごしに連れていった。子どものために空気がいいからと、私は必死になっていま私たちがいる翼廊を片づけた。あなたは行きたがらなかったけれど、娘たちはあの家が大好きで、ソラーラは娘たちの子ども時代そのもの。いまでも行けるときは子ども連れで必ずソラーラで過ごしている。あなたは娘たちのために行くだけで、2, 3日いて、あなたが「聖域」と呼んでいた昔のあなたの部屋や、祖父母と両親の部屋や屋根裏部屋に再び足を踏み入れることはなかった……もう一方の翼廊には3家族がかち合うことなく暮らせるほど部屋がある。あなたは少し丘を散歩しただけで、いつもミラノに帰らなければならない急用があった。気持ちはわかるわ、いかに両親の死があなたの人生を以前と以後のふたつに分けたかは。おそらくソラーラの家は永遠に失った世界を思い起こさせたから、それを断ち切ったのね。私はそんなあなたの困惑を尊重しようとしたけど、何度か嫉妬して、ミラノにひとりで戻るのは何か別の用事の言い訳だと思った。ねえ、話を変えましょう」

「抵抗できないほど魅力的な微笑。でもどうしてきみは笑う男と結婚したの？」

「あなたはいつも楽しく笑って私を笑わせてくれた。小さいころ私は小学校にお気に入りの友だちがいて、いつでもどこでもルイジーノって、毎日帰宅するとルイジーノがしたことを話していたの。だから母は私が好きなんだと思って、ある日どうしてルイ

43

ジーノがそんなに好きなのって訊いたの。で、私は答えたわ。笑わせてくれるからって」

　経験はすばやく回復された。いくつか食べ物の味を検査してみた。というのも、病院食は何だって同じ味がしたから。芥子を添えた茹で肉はたいそう食欲をそそったが、ほぐれた肉が歯のあいだにつまってしまう。爪楊枝の使い方の習得（再習得か？）。前頭葉をかき回して残滓を除去する……パオラが2本ワインを味見させてくれて、ぼくはその1本を比べるものがないほど美味しいと言った。ぼくの勘は鈍っていないとパオラは言った。1本目は料理用ワインで最高でも煮込み用で、2本目はブルネッロだった。やれやれ、とぼくは言った。頭はこんなだけど味覚は問題なし。

　午後は、ものをさわったり、コニャックのグラスを握ってみたり、コーヒーメーカーの中でコーヒーがどんなふうに濾し出されるかを目で追ったり、蜂蜜を2種類とジャムを3種類舌で試したり（お気に入りはスモモのジャムだ）、居間のカーテンの手ざわりを調べたり、レモンを搾ったり、セモリナ粉に手を突っ込んでみたりした。それからパオラがちょっと公園を散歩しに連れて行ってくれたので、樹の皮をなで、葉を集める人の掌の葉のそよぎ（桑の葉だったか？）を聞き取った。カイローリ広場の花屋に寄って、パオラが道化役者みたいに雑多な花の混じった花束を作らせるものだから花屋は抵抗したが、家でぼくはいろんな草花の香りをかぎ分けてみた。そして、「それは極めて良かった」［『創世記』1−31］と、ぼくは解き放たれて言った。パオラがぼくに神を感じるかとたずねたので、ぼくはただ引用してみただけと答えたが、確かにぼくはエデンの園を発見したアダムだったかもしれない。のみ込

みの早いアダムといった感じで、実際、棚の上に小さな瓶や洗剤の箱があるのを見て、ぼくは即座に善悪の樹にさわってはならないと判断した。

　夕飯のあと、居間で腰をおろした。揺り椅子があったので衝動的に乗って身をまかせた。「いつもそうしていたわ」とパオラが言った。「夜はここでウイスキーを飲んだものよ。グラタローロ先生なら許してくれるわ」。ラフロイグを1本持ってきて、氷なしでなみなみと1杯注いでくれた。ぼくは液体を口の中で飲み込む前にころがした。「うまい。ただちょっとガソリンの味がするけど」。パオラは大喜びだった。「戦後50年代初めになってはじめてみんなウイスキーを飲みはじめたの。なんと、もっと前からファシスト幹部はリッチョーネで飲んでいたけど、普通の人は飲んでいなかった。でも私たちは20歳になってからウイスキーを飲みはじめたわ。といっても高かったからめったに飲まなかったけれど、通過儀礼みたいなものね。家の年寄りが私たちを見て、あんなガソリンくさいものよく飲むわねと言ってた」

　「ねえ、味覚はコンブレーを呼び起こさないよ」

　「味覚によるわよ。生きていればぴったりの味を発見するはず」

　サイドテーブルに黄色いとうもろこし紙にくるんだジタンがひと箱あった。火をつけて肺一杯に吸ったら、咳き込んでしまった。さらに数口吸って煙草を消した。

　揺り椅子でゆっくり揺られていたら居眠りをはじめた。振り子時計が鳴る音で目が覚めて、あやうくウイスキーをこぼすところだった。振り子時計はぼくの後ろにあって、それだとわかる前に音が止み、ぼくは「9時だ」と言った。それからパオラに向かって言った。「何が起こったかわかる？　うとうとして、振り子時計で目が覚めた。初めの音ははっきり聞こえなかったから数えな

かった。それなのに数えようと決めた瞬間に、すでに３つ鳴っていると気がついて、４つ５つというふうに数えることができた。４つだと言って５つ目を待ったのは、１つ２つ３つとあったからだと理解したからで、とにかくわかっていた。もしはじめて気がついたのが４つ目の音だったら、ぼくは６つ鳴ったと思ったかもしれない。ぼくらの人生もこんなふうになっていて、過去を呼び戻すことができたときだけ、何が起こるかを先取りできるんじゃないか。ぼくが自分の人生の音を数えることができないのは、これまでいくつ音があったかわからないからだ。一方、ぼくが眠りに落ちたのはしばらく前から椅子が揺れていたからだ。ある瞬間に眠りに落ちたのはそれ以前の瞬間があったからで、ぼくがそれにつづく瞬間を待つにまかせたからだ。でも、もし最初の瞬間に正しい位置にいなかったり、それより前の瞬間に揺れはじめたりしたなら、起こるべきことを期待することはできず、目が覚めたままだったかもしれない。眠るにも記憶が必要なんじゃないかな」

「雪だるま効果ね。雪崩が谷へと動き落ちるにしたがい加速するのは、次第に大きくなって前より重くなるから。そうでなければ雪崩なんかなくて、小さなままの雪の玉が落ちていくことはない」

「昨夜、病院で退屈だったからちょっと歌を口ずさみはじめた。歯を磨くように自然に口をついて出た。なぜその歌を知っているのか理解しようとして、もう一度歌を歌いはじめて考えていたら、二度とひとりでに出てこなくなったから、ある音のところで止めてみた。その音を長く、少なくとも５秒間、セイレーンか哀歌よろしく引っ張ってみた。それからあとはもう前に進めなくなった。前に進めなくなったのは、その前に来るべきものを見失った

2. 葉のそよぎ

からだ。まさにぼくはそんな感じだ。ある長い音に立ち止まって、故障したレコードみたいに、最初の音が思い出せないから歌を終えることができない。ぼくはいったい何をなぜ終えなければならないのかを自問する。考えないで歌っているあいだぼくは、ちょうど自分の記憶の持続の中にいるぼくで、この場合記憶そのものであり……喉の記憶とでもいうか、以前と以後がいっしょに結びついて、ぼくは完結した歌になった。歌いはじめるたび、声帯は早くも出てくるべき音を震わせる準備ができていた。ピアニストも同じようにするのではないだろうか。ある音を奏でると同時にあとにくるべき鍵盤をたたく指の準備をする。最初の音がなければ最後に辿り着かず、音階は外れて、最初から終わりまでうまくいくのはぼくたちの中にある程度完結した歌があるときだけだ。ぼくは完結した歌をもはや知らない。ぼくは……燃える木みたいなものさ。燃えているが、かつて丸太だった意識もなく、それを知る術さえもなく燃えはじめてしまった。だから燃え尽きて終わり。ぼくは完全な喪失のうちに生きている」

「哲学をもちだして大げさなことを言うのはやめましょう」とパオラは小声で言った。

「いや、大げさに言ってみようよ。アウグスティヌスの『告白』はどこに置いたかな」

「あの棚に百科事典と聖書とコーランと老子と哲学書があるわ」

ぼくは『告白』を探しに行って、目次で記憶に関するページを探した。すべてに下線が引かれているということは、読んだことがあるにちがいなかった。〈記憶野と広大な領域に辿り着くと、その内部で私が欲するあらゆるイメージが呼び覚まされ、瞬時に生じるイメージがあるかと思えばより長く持続するイメージもあり、極秘の隠し場所から引き出されたようである……これらすべ

ての物事を記憶は広大な穴倉、すなわち何とも名状しがたい秘密
の襞に集め、記憶の広大な館の中で私は空や大地や海を同時に思
うままにし、そこで自分自身にも遭遇する。記憶の機能は壮大で、
いやはやその無限で深遠な複雑さには畏敬の念を覚える。それは
魂というか私そのものであり……野や洞窟の中、観測不可能な記
憶の穴倉の中は、計り知れないほど計算不可能な種類の物事で溢
れ、私はこれらいずれの場所も通り、今度はあちこちに飛ぶが、
どこにも境界を見つけられない〉［『告白』10, 17］……「さあ、パオラ」
ぼくは言った。「きみはぼくにおじいさんのことや田舎家のこと
を話してくれて、そのどれもがぼくに知識を取り戻させようとす
るけれど、そんなふうに知識を集めて、まさにこれらの穴倉をい
っぱいにするには、いままで生きてきた60年すべてを盛り込ま
なければならない。いや、そんなことはできない。ぼくは自力で
洞窟に入っていかなければならない。トム・ソーヤーみたいに
ね」

　パオラが何と答えたかは知らない。なぜなら椅子を揺らせつづ
けるうちに、また眠ってしまったからだ。
　少しのあいだだったと思う。呼び鈴が鳴るのが聞こえた。ジャ
ンニ・ライヴェッリだった。学校の友だちで大の仲良しだった。
ぼくを兄弟のように抱きしめ、興奮していたが、あらかじめぼく
との接し方は心得ていた。「心配するな、きみよりぼくのほうが
きみの人生を知っているから」と言った。「詳しく話してやるよ。
ありがとう、でもいいんだ」とぼくはかれに言った。もうパオラ
がぼくたちのことを話してくれたから。ぼくらは小学校から高校
まで一緒だった。それからぼくはトリノへ勉強に行き、ジャンニ
は経済と商業を学びにミラノへ行った。でも、交流が途切れるこ

2. 葉のそよぎ

とはなかったようで、ぼくは古書店を営み、かれは人が税金を払う、あるいは払わないですむように手助けする仕事で、それぞれの道を歩いたには違いないけれど、実際には家族みたいにかれの孫はぼくの孫と遊んで、クリスマスとお正月はいつもいっしょに過ごしている。

「ありがたいけど、いいんだ」と言っても、ジャンニは黙っていられなかった。自分が覚えているから、ぼくが覚えていないことがわからないようだった。「覚えているかい」と言った。「ぼくらが数学の女の先生を驚かそうと教室にネズミを持っていった日のことを、詩人アルフィエーリを見ようとアスティへ遠足に行ったときのことを、その帰り道トリノのサッカーチームが乗った飛行機が墜落したことを知って、それからあのときは……」

「いや、覚えてない。でもジャンニ、きみがうまく話すからぼくは覚えているみたいだ。ぼくらはどちらのほうが優秀だった？」

「もちろんイタリア語と哲学はきみで、数学はぼくだ。三つ子の魂百までさ」

「そうだな。パオラ、ぼくは学部で何を専攻したの？」

「文学で、『ヒュプネロトマキア・ポリフィリ』〔マスティウス版〕について論文を書いたの。読解不可能よ、少なくとも私には。それから古書の歴史を専攻しにドイツへ行ったの。こんな名前をつけられたからにはそうしないわけにはいかないと言って。そうして、おじいさまもそうだったけど、帳面に埋もれる人生。戻ってから、書誌の仕事場を立ち上げ、最初は小さな部屋で、残っていたわずかな資本ではじめた。それが上手くいったの」

「きみはポルシェより高価な本を売るんだぜ」ジャンニは言った。「素晴らしい本は手にすると500年の歴史があるのがわかる。

紙が指の下で、印刷機から出てきたばかりのようにまだかさかさ鳴るんだから……」

「ねえ落ち着いて、それくらいにして」パオラが言った。「仕事のことは近日中にはじめるとして、いまはまず主人が家に馴染むようにしてね。ウイスキーは、ガソリンの匂いがするものだったわね？」

「ガソリンが何だって？」

「私とヤンボとの話よ、ジャンニ。私たちはもう一度秘密をもとうとしているわけ」

帰宅するジャンニを玄関まで送ったとき、かれはぼくの腕をつかむと内緒でささやいた。「ということは、まだ美人のシビッラには再会してないってことだな」

「シビッラって誰だい？」

昨日はカルラとニコレッタが家族全員、夫連れでやってきた。みんな感じがいい。午後を孫たちと過ごした。可愛くて気に入る。でも困ったことに、ある時点までは、子どもたちにキスをして抱っこしてミルクとシッカロールの清々しい匂いを感じていたのに、自分はこの見知らぬ子どもたちと何をしているのだろうかと自問した。まさか小児愛者だったなんて？　子どもたちとは距離を置いて一緒に遊んだ。クマになってと言われたが、いったいおじいさんグマは何をするのだろう。とにかくアー、ウォーと言いながら四つんばいで歩いたら、子どもたちが背中に乗ってきた。ゆっくり、おじいちゃんは年だから、背中が痛いよ。ルーカが水鉄砲でパンパンやってきたので、死ぬふりをしたほうが賢明だと思い仰向けになった。ぎっくり腰の危険があったが、大丈夫だった。まだ体がしっかりしていなくて起き上がるとき目が回った。「そ

2. 葉のそよぎ

んなことしてはだめ」とニコレッタが言った。「起立性血圧なんだから」。そう言ってから訂正した。「ごめんなさい。まだ知らなかったのに。でも、そういうことなの」。ぼくの自伝の新たな一章。ではなくて、みんなが書いてくれるぼくの物語。

引きつづきぼくは百科事典的な日々を送る。壁に向かって独り言を言い、けっして後ろをふり返ることはできない。ぼくの記憶は2,3週間の厚みしかない。ほかのみんなの記憶は何世紀にもわたるというのに。数日前の晩、小さな胡桃を食べて、ぼくは「苦いアーモンドの独特の香り」と言った。公園で騎馬警察を2人目にして、「ああ、仔馬、白斑の仔馬よ」。角に手を打ち付けてできた小さなひっかき傷を吸って自分の血の味を確かめようとして言った。「しばしば生きることの苦難に遭遇した」。にわか雨が降ってきて止んだときには大喜びをした。「嵐が止んだ」。いつも早く寝るのだがそんなときは、「長いあいだ、私は早く寝るのだった」と言う。

信号機は大丈夫だったが、先日、安全だと思ったときに道を渡ろうとしたのに車がちょうど近づいてきていて、パオラがどうにか間に合ってぼくの腕をつかんだ。「でも距離を測ったから、行けるはずだったんだけど」とぼくは言った。

「行けないっていってるんじゃなくて、ああいう車は速いの」

「おいおい、ぼくはそんな間抜けじゃないぞ」と反発した。「よくわかってるよ、車が歩行者やニワトリまで轢いて、それを避けようとブレーキを鳴らせば黒い煙が出てきて、クランクで車を再始動させるにはいったん降りなきゃならない。コートを着て大きな黒メガネをかけた男が2人に、ぼくの耳は空まで届きそうだ」。このイメージはどこからきたのだろう？

パオラはぼくをじっと見た。「ねえ、最高時速がいくらか知っ

てる？」

　「さあ、時速 80 キロとか……」。それどころか、いまはもっと
ずっと速いらしい。ぼくには免許取得時の知識しかないらしい。

　驚いたことに、カイローリ広場を渡りながら 2 歩ごとにライ
ターを売る黒人に遭遇する。パオラがぼくを自転車で回ろうと公
園に連れて行くと（自転車は支障なく乗れる）、小さな池のまわり
に何人もの黒人がいて太鼓を鳴らしているのに驚いた。「ここは
いったいどこだ？　ニューヨークか？　いつからミラノに、こん
なに黒んぼがうようよいるようになったんだ？」

　「しばらく前からよ」とパオラは答えた。「もう「黒んぼ」とは
いわないで「黒人」というの」。

　「なんの違いがあるんだ？　ライターを売ってここに来て太鼓
を鳴らすのは、バールに行くお金がないかバールでいやがられる
からだろうが、この黒人たちは「黒んぼ」と同じように絶望して
いるはずだ」

　「要するにいまはそう呼ばれていて、あなたも以前はそう呼ん
でいたわ」

　パオラはぼくが英語を話すと間違うのにドイツ語とフランス語
を話すと間違わないことに気づいた。「明らかなことだと思うけ
ど」パオラは言った。「フランス語は小さいころ吸収したはずだ
から足が自転車を覚えているように舌に残っていて、ドイツ語は
大学のとき教科書で勉強していまでも全部覚えている。一方で英
語はそのあと旅行しながら習得したから、この 30 年の個人的な
経験の一部になっていて、部分的にしか舌に結びついていないの
ね」

　ぼくはまだ全然しゃんとしていなくて、何をするにも 30 分か、

2. 葉のそよぎ

最長でも1時間しかつづかなくて、ちょっと横になりにいったりする。パオラはぼくを毎日薬局へ血圧を測りに連れていく。食事も、あまり塩分を取らないよう注意しなければならない。

　テレビを見るようになったのは、これがいちばん疲れないからだ。見知らぬ男たちが大統領だったり外務大臣だったりスペイン王だったり（フランコ将軍はもういないよな？）昔のテロリストだったりして（テロリストだって？）、何を言っているのかよくわからないけど、たくさん物事を学習する。アルド・モーロも「歴史的妥協」も覚えているけど、モーロを殺したのは誰だったっけ？あるいは、農業銀行の出口に墜落した飛行機で死んだのだっけ？歌手たちが耳たぶに小さなイヤリングをつけている。しかも男だ。テレビ番組『ダラス』に出てくる家族の悲劇のシリーズ物やジョン・ウェインの古い映画が好きだ。アクション映画がいやなのは、機関銃を持った男たちが一斉射撃で部屋を吹き飛ばしたり車をひっくり返して爆発させたりランニングシャツの男衆がこぶしを振り上げ殴りかかり、殴られたほうは窓ガラスを突き破ってまっさかさまに海へと、部屋も車も窓ガラスもあっという間に落ちていくからだ。早すぎて目が回る。それになんという騒々しさだ。

　このあいだ夜パオラがレストランに連れて行ってくれた。「心配ないわ、みんなあなたのことを知っているから。いつものを注文すればいいのよ」。大歓迎される。これは、ボドーニ先生、お久しぶりで。今夜は何にいたしましょうか？　いつものやつ。お好みは存じ上げております、と店の主人は口笛を吹かんばかりだった。アサリのスパゲッティに魚のグリルにソーヴィニョンのワイン、それからリンゴのタルト。パオラはぼくがグリルのお代わりをしないように干渉しなければならなかった。「どうして？

53

食べたいのに」とぼくは訊いた。「そうしてもいいのだけれど、高いわけじゃないし」。パオラは考え込み、ぼくを見つめると手をとって言った。「ねえヤンボ。あなたはあらゆることを自動的に無意識的に覚えていて、ナイフとフォークの使い方やワインの注ぎ方はよく知っている。だけど、個人的な経験をとおして選んだり選ばなかったりしながら少しずつ大人になるの。子どもは好きなものを何でも食べたがってお腹をこわす。お母さんは少しずつ子どもの衝動を調整するように、オシッコをしたくなったらどうするのかと同じように説明するの。そうして子どもはおしめでうんちしつづけたり、ヌテッラを食べすぎて病院に運ばれたりして試されながら、満腹になっていなくても食べるのをやめるタイミングを学ぶの。大人になるとは、たとえばワインを2杯とか3杯とか飲んでやめること。だって1本飲み干したら眠れなくなるってわかっているから。こんなふうにあなたもまた食事との正しい関係をつくっていくの。ゆっくり考えれば2,3日でできるようになるわ。ということで、お代わりはなし」

　「もちろんカルヴァドス酒ですね」と、タルトを運びながら主人が締めくくった。ぼくはパオラが同意して頷くのを待って答えた。「言わずもがなのカルヴァドスだ」。主人はぼくの言葉遊びがわかっていて繰り返した。「言わずもがなのカルヴァドス」。パオラがぼくにカルヴァドスが何を呼び起こすか訊くので、美味しいっていうことで終わりだよと答えた。

　「ノルマンディに旅行したとき中毒になったんだけど……まあ、考えないでおきましょう。とにかく「いつもの」は気のきいたおまじないで、このあたりにはあなたがお店に入って「いつもの」って言えばそれですむ場所がいっぱいあるのよ」

2. 葉のそよぎ

「じゃあ、信号機はだいじょうぶね」とパオラが言った。「車がどれだけ速いかわかったでしょ。ひとりで、スフォルツェスコ城のまわりと、それからカイローリ広場を歩いてみて。角にアイスクリーム屋さんがあって、あなたはアイスクリームが大好きだから実際お得意さんなの。「いつもの」で試してみて」

「いつもの」も言う必要はなく、アイスクリーム屋はすかさずコーンをチョコチップ・アイスで満たした。さあ、いつものです、先生。ぼくのお気に入りがチョコチップ・アイスだったとすればそれもそのはず、とても美味しい。60歳になってチョコチップ味を発見するなんて、アルツハイマーについてジャンニが言ったあの笑い話みたいに愉快じゃないか。毎日何人も新しい人に会うのは楽しい。

新しい人といえば……アイスクリームを食べ終えるとすぐに、コーンを最後まで食べないで先っちょを捨てたのは、なぜだろう。パオラがあとで説明してくれたのだが、それは昔の変な癖で、小さいころぼくの母が先っちょまで食べなくていいと教えたそうだ。なぜなら先っちょはアイスクリーム屋が汚い手でつかんでいたから。アイスクリーム屋が荷車で売っていたころのことだ。と、そこに1人の女性が近づいてくるのが見えた。上品なたぶん40歳と思われる、ちょっと高慢な顔だったから、〈アーミンを抱いた貴婦人〉が浮かんだ。まだ遠くなのにほほ笑みかけるのでぼくのほうも素敵な笑顔を準備した。パオラがぼくの笑顔は抗えないほど魅力的だと言っていたから。

女性がやってきてぼくの両腕をつかんだ。「ヤンボ、びっくりしたわ！」だがぼくはさぞかしぼんやりしてみえたにちがいない。笑顔が足りなかったのか。「ヤンボ、私は誰かわからないほど年

を取ってしまったかしら。ヴァンナ、ヴァンナよ」

「ヴァンナ！　きみはいつだってきれいだよ。眼科医に行ってきたところで、瞳孔を広げるために目に何か入れられたからしばらく見えにくいんだ。アーミンを抱いた貴婦人さん、元気かい？」。以前にも同じことを言ったことがあるのだろう。彼女の目が潤んだような気がした。

「ヤンボ、ヤンボ」と、ぼくの顔を撫でてささやいた。香水の匂いがした。「お互い音信が途絶えてたけど、私はいつも会いたくて、すぐ会えるって信じてた。たぶん私のせいだけど、私にとってはずっととても大切な思い出だったわ。素敵だった……」

「ほんとうに素敵だったね」とぼくは感慨をこめ、快楽の庭を思い起こさせる感じで言った。最高の演技だ。ぼくの頬にキスをして、私の名前は昔のままよとささやいて行ってしまった。ヴァンナか。彼女の誘惑こそぼくが抗うすべを知らなかったものだ。デシーカ主演の『殿方は嘘つき』。いまいましいな、友だちにも言えず時折嵐の夜にベッドの中でおおっぴらに楽しむわけにはいかない恋愛をしていたなんて、悪趣味だもの。

　最初の晩からベッドでパオラはぼくの頭を撫でながら寝かしつけてくれた。パオラが近くにいてくれてありがたかった。性的欲求だっただろうか。ついにぼくは羞恥心を乗り越え、ぼくらはまだセックスをするのかどうかきいた。「節度をもって、というか習慣かしら」と言った。「したい？」

「どうだろう、まだあまりしたくない。ただちょっと知りたくて……」

「知らないでいいから眠って。まだ本調子じゃないんだから。それに、知り合ったばかりの女性となんて絶対セックスしてほし

くないわ」

「『オリエント急行殺人事件』だ」

「モーリス・デコブラの小説〔『寝台車の マドンナ』〕じゃあるまいし、滅相
もない」

3. 誰かがおまえの花を摘むだろう

　屋外を動きまわることもできるし、挨拶をよこす人への応対も学んだ。相手の微笑、しぐさ、そして丁寧の度合いを観察して、こちらの微笑、驚きのしぐさ、そしてよろこびと丁寧さをかけ合わせるのだ。エレベーターで、同じ建物の住人に試してみた。社会生活は見せかけにすぎないことがはっきりしたよ、そう言うとパオラはよろこんでくれた。この出来事のせいでぼくは皮肉屋になったと言われる。どうしたって、すべては喜劇だと考えるようにしないと、自殺しなきゃいけなくなるわ。

　だったら、もう事務所に行けるころね、そうパオラに言われた。ひとりで、シビッラに会って、仕事場でどんな感じがするかご覧になってみて。ジャンニが小声で言っていた麗しのシビッラのことを思い出す。

「シビッラって誰だっけ？」

「あなたの助手で、あなたの何でも屋さん。とても優秀で、ここ数週間事務所を切り盛りしてくれているの。今日電話したら、なんだかわからないけど最高の取引をまとめたとかでとても誇らしげだったわ。シビッラよ、名字は訊かないで、誰も発音できないから。ポーランドからきた女の子。ワルシャワで図書館学を専攻して、あちらの体制が崩壊しはじめたころ、ベルリンの壁崩壊よりも前に、ローマに就学目的の渡航ビザがもらえたんですって。

可愛らしいわよ、可愛すぎるくらい。だからきっとどこかの大物を動かす手立てを見つけたのね。こちらにやってきてからはもう帰国はせずに、仕事をさがしたってわけ。そうしてあなたをみつけた。それともあなたが彼女をみつけたのかしら。あなたを手伝ってもうほぼ4年になるわ。今日はあなたを待っている。あなたに起こったことも、だからどう振る舞うべきかも心得ているわ」

　事務所の住所と電話番号を渡された。カイローリ広場を過ぎてダンテ通りに入ったらメルカンティの回廊——肉眼でも見える回廊よ——その手前を左に入れば到着。「何かあったらバールに入って彼女に電話なさい、あるいは私に電話して。救急消防隊でも派遣してあげるから。まあそんな必要があるとは思えないけれど。そうそう、覚えておいて、シビッラがまだイタリア語を覚えていなかったから、あなたたちはフランス語で話しはじめて、それかららずっとそのままなの。ふたりだけのお遊びね」

　ダンテ通りにはたくさんの人がいるが、見知らぬ人の群れをかすめても、いちいち人びとを気に留めなくてもいいのが素晴らしい。安心するし、ほかの人も70％は自分と同じ状況にいるのだと理解できる。結局のところぼくだって、この街に着いたばかりで、少しさみしいが、慣れてきている、そんな1人かもしれないのだ。ただぼくの場合この惑星に着いたばかりだということだ。誰かがバールの入り口から挨拶を寄越したが、これといって大げさな素ぶりをみせるまでもなく、挨拶代わりに手を振れば事は円滑に運ぶ。

　件の通りと事務所を発見。ボーイスカウトの宝探しみたいだ。低い位置に簡素な表札。《STUDIO BIBLIO》。たいした想像力はなかったらしい。とはいえ、おさまりはいいし、ほかにどう呼べ

ばよかったというのか？　《ALLA BELLA NAPOLI（麗しのナポリ）》とでも？　ベルを鳴らし、あがっていくと、2階にすでに開いている扉があった。入り口にはシビッラ。

　「ボンジュール、ムシュー・ヤンボ……。パルドン、ムシュー・ボドーニ」まるで彼女のほうが記憶を失くしたみたいだ。ほんとうにとびきりの美人だった。金色のさらさらした長髪が顔の完璧な楕円を縁取っていた。化粧気はまったくなくて、せいぜい目元にごくごくわずか。頭に浮かんできた唯一の形容詞は〈甘美〉（ありきたりなのは承知しているけれど、ぼくが世間を渡れるのもそうしたありきたりの表現のおかげでもある）。着ていたのはジーンズに、スマイルとかなんとか描いてある類のTシャツで、そこからつつましやかに、ふたつの若々しい胸の隆起が突き出ていた。

　ぼくたちはどちらも困惑していた。「マドモワゼル・シビッラ？」そうたずねる。

　「ウィ」彼女は答えた。それから素早く「ええ、ええ、お入りください」

　まるで弱々しいしゃっくりのよう。最初の〈ウィ〉はまあ普通に、そのあとすぐ2回目を息を吸うように短く喉を鳴らしながら、それから3回目はふたたび息を吐き出しながら聴きとれないくらいかすかに咎める調子で音に出す。こうしたすべてが子どもっぽい戸惑いと、併せてセクシャルな臆病さを連想させた。脇によけてぼくを通してくれる。洗練された香りがした。

　書籍商の事務所というのがどんなものか言えと言われたら、いま目にしているのとそっくりの描写をしたことだろう。暗色の木材でできた棚には、古書が満載、重厚な四角いテーブルの上にも古書。角の隅にはコンピューターの載った小机。曇りガラスの両

3. 誰かがおまえの花を摘むだろう

側に色つきの地図。柔らかくひろがる光、かさの大きな緑色のランプ。扉の向こうには細長い小部屋。本の梱包と発送の作業場らしい。

「ではあなたがシビッラさんですか？　それともマドモワゼル某（なにがし）とお呼びすべきでしょうか。あなたのお名前は発音不可能だと言われたもので……」

「シビッラ・ヤスノルツェヴスカ、ええ、イタリアにいると厄介なこともありますわ。でもあなたはいつも私をシビッラとだけ呼んでいらっしゃいました」。彼女が微笑むのをはじめて見た。仕事場に慣れたいから、高価な本が見たいと彼女に伝える。その奥の壁です、そう言うと、お目当ての棚を示そうとそちらへ向かう。スニーカーを床にかすめるような静かな歩き方。いやもしかするとモケットが足音を和らげていたのかもしれない。〈おまえの上には / うら若きおとめよ / 聖なる影があるようだ〉。あやうく声に出して言うところだった。実際に口にしたのは、「誰でしょう、カルダレッリって？」

「なんです？」顔を向け髪の毛を揺らし訊き返してきた。「何でもありません」そう答える。「見せてください」

古びた味わいのある美しい本。すべての背表紙に中身を示唆するタイトルが付いているわけではない。一冊取り出してみる。反射的に開いてタイトルページを探すが見つからない。「インキュナブラということか。16世紀風製本で豚革に空押ししてある」。表面に手を滑らせて、心地よい手触りを味わう。わずかに背（クッフィエ）の上部がくたびれている。めくりながら指でページにふれて、ジャンニが言っていた乾いた音を確かめる。たしかにする。「保存状態もいいし余白も広い。ああ、終わりの数枚にはわずかに染み、最後の背丁が虫に食われているが、テクスト本体はバラバラ

になってはいない。いい写本だ」。奥付——こう呼ぶことは知っていた——まで進んで、ぼくはつぶやく。「ヴェネティイス　メンセ　セプテンブリ……1497年。いやまさかひょっとして……」。最初のページに戻る。『イアンブリクス・デ・ミステリイス・アエジプティオルム（エジプト人、カルデア人、アッシリア人の秘儀）……』。「フィチーノ訳『イアンブリクス』の初版、ちがいますか？」

「そうですが……ムシュー・ボドーニ。見憶えがおありですか？」

「いや、見憶えがあるわけもない。これは覚えておいてほしいのだけれど、シビッラさん、ただ最初のフィチーノ訳『イアンブリクス』が1497年だと知っているにすぎないのです」

「ごめんなさい、慣れないといけませんね。その写本をとても自慢にしていらしたものですから。ほんとうに見事なものです。それにこうおっしゃっていました。いまは売りには出さない。出回っているのはごくわずかだから、どこかの競売かアメリカのカタログに出てくるのを待とう。かれらは値段を釣り上げるのが上手いから、それからぼくらの写本をカタログに載せよう、と」

「ということは、ぼくは商売人として抜け目がない」

「私は言っていたんです、それは言い訳で、ご自分のために少し取っておいて、たまに眺めたいんでしょう、って。それよりオルテリウスを犠牲にする決心をなさったムシュー・ボドーニに、いいお報せがあります」

「オルテリウス……のどれですか？」

「1606年のプランタンです。166枚の彩色タブローと補遺。年代物の製本。叙勲者であるガンビさんの図書館をまるまるわずかな費用で買い取ったときに、それを掘り出してとても喜んでおら

れました。それからついにカタログに載せる決心をなさいました。それでボドーニさんが……ボドーニさんのお加減があまりすぐれなかったあいだにあるお客様に売ることができたんです。新しい方で、純粋な愛書家にはみえませんでした。むしろ、いまは古書の値段がすぐに上がるからと言われて、投資目的で買う類の人にみえました」

「残念です。せっかくの写本なのに。それで……いくらで？」

値段を言うのを恐がっているようで、カードを取るとぼくに見せた。「カタログには〈価格応相談〉と載せておいて、交渉をなさるおつもりでした。私はすぐに最高額を言ったのですが、その客は値引きをしようともせずに、小切手にサインをして去りました。ミラノでいうところの、即金で」

「ここではもうそんなに跳ね上がっているのか……」。相場一般の基礎知識がぼくにはなかったのだ。「おめでとう、シビッラさん。ぼくらの出費はいくらだったのですか？」

「1銭もと言ってもいいですわ。つまり、ガンビさんから買い取った残りの本で、わずかずつ確実に、支払った総請負額の元は取れます。小切手は銀行に振り込んでおきました。それからカタログには値段がなかったので、ライヴェッリさんが助けてくだされば、税金についてはきっとうまくいくはずです」

「ということはぼくは税務署から隠れて何かする類の人間なの？」

「いいえ、ムシュー・ボドーニ。あなたは同業者と同じようになさっているだけです。だいたいは全部払わなくてはなりませんが、ある種の恵まれた手続きについては、なんと言いましょうか、端数を切り捨てるんです。95％は正直に納税していらっしゃいます」

「この取引のあとだと 50％になるでしょうね。どこかで読んだのですが、市民は最後の１セントまで税金を払わなくてはならないとか」。傷ついたようだった。「とりあえず、その心配は要らないよ」。ぼくは父親みたいにこう言った。「ぼくがライヴェッリと話すから」。父親みたいに？　ぞんざいもいいところに言った。「さてと、ほかの本も少し見ておくとしようか」。彼女は後ろに下がると、静かに、コンピューターのところへ行って腰掛けた。

本を見て、ページをめくっていく。ベルナルディーノ・ベナーリ版『神曲』（1491 年）、スコトゥスの『リベル・フィシオノミアエ』（1477 年）、プトレマイオスの『テトラビブロス』（1484 年）、レジョモンターノの『カレンダリウム』（1482 年）。しかしその後の世紀についてもまるで欠けているというわけではなかった。まずゾンカの『ノヴォ・テアトロ』、さらにラメッリは驚嘆すべきものだ……。これらの作品を残らず知っているということは、古書商誰もが巨大なカタログを暗記しているのと同じことだが、当の写本を所有しているとは思わなかった。

父親みたいに？　本を取り出しては元に戻す。だがほんとうはシビッラのことを考えていた。ジャンニのあの言い方は、どうみてもいわくありげだったし、パオラはシビッラのことを最後まで話そうとしなかった。それにあの表現にはあてこすりめいた感じもあったし、口調はさりげなかったけれど、可愛すぎるくらい、ふたりだけのお遊びだなんて、特に恨みがましくはなくとも、あの娘は油断がならないなんて言い出しそうな気配もあった。

シビッラとのあいだに関係があったなんて？　少女がひとりぼっちで東欧からやってくる。何ごとにも好奇心旺盛な少女が１人の成熟した男性に出会う──とはいえ彼女がやってきたときぼくはいまより４歳若かった──男には威厳もあるし、つまると

3. 誰かがおまえの花を摘むだろう

ころボスでもあり、本に関しては彼女が知っているすべてより多くを知り、彼女は学び、その言葉に耳を傾け、男を崇め、男のほうは美しく聡明で理想的な生徒に出会い、しかもあのおずおずとしたしゃっくりのごとき〈ウィウィウィ〉、いっしょに働きはじめ、来る日も来る日も一日中事務所にふたりきり、大小山ほどある掘り出し物の共犯者、ある日ドアのところでかすかに触れ合い、一瞬後には情事がはじまる。どうしたというんだ、ぼくの年齢からすれば、きみは少女だ、頼むから同じ年ごろの男の子を探すんだ、本気にしてはいけない、それでも彼女は、いや、こんな感じははじめてなの、ヤンボ。これは誰もが知っている映画のあらすじか？　だったら映画か小説のようにつづけよう。あなたのことは愛している、でも奥さんの顔をこれからもまともに見る自信はないわ。あんなに可愛らしくて親切で、あなたには娘さんが2人いて、おじいちゃんでもある。もう死臭がしていることを思い出させてくれてありがとう、いや、そんなふうに言わないで、あなたはいままで知り合ったなかで、いちばん、いちばん、最高の男なの、同じ年ごろの男なんて笑っちゃうわ、でもたぶん私はいなくなったほうがいい。待ってくれ、いい友だちでいることはできるじゃないか、これからも毎日会うだけでいいんだ。毎日会っているからこそ友だちではいられないのがわからないの。シビッラ、そんなこと言わないでおくれ、いっしょに考えよう。彼女はある日事務所に来なくなる、ぼくは死んでやると電話する、彼女は子どもみたいなことしないでと言う、すぐに昔話になるわ、けれど戻ってくるのは彼女のほうだ、耐えられなかったのだ。そしてそのまま4年が経った。それとももうつづきはないのか？

　あらゆる紋切り型は知っているようだが、似つかわしいかたちに組み合わせられはしない。だがひょっとすると、こうしたお話

第1部　事故

が恐ろしくも素晴らしくもあるのは、まさにあらゆる紋切り型が
似つかわしくないかたちで絡まり合って、もはや解くことさえでき
ないからかもしれない。しかし、紋切り型を生きるとなると、
まるではじめてみたいで、恥じらいなどみじんも感じないものだ。

　ありうる話だろうか？　ここ数日はもう欲求は感じないものと
思っていたが、彼女を見るやいなや欲求とは何かがわかった。そ
う、初対面の女に対してだ。彼女と共に過ごし、彼女を追い、彼
女が水面を歩くように自分のまわりを滑ってゆくのを見ているな
んてすがたを想像してみろ。もちろん口で言っているだけで、い
ま自分が置かれている状況を考えれば、そんな情事をはじめるつ
もりはないし、それにパオラに対してはまさに最悪のろくでなし
ということになる。シビッラはぼくにとって処女マリアみたいな
ものだ。考えることすらできない。それでいい。けれどあちら
は？

　彼女はいまだに情事の真っ最中かもしれない。ひょっとしたら
ヤンボと名前で呼びかけたかったのかもしれない。さいわいフラ
ンス語ではベッドインするときも「あなた」を使う。もしかした
ら首に飛びつきたかったのかもしれない。彼女だってここ数日ど
れだけ苦しんだかわかりゃしない。それなのに現れたぼくときた
ら太陽のように快闊で、ご機嫌いかが、マドモワゼル・シビッラ、
お願いですから本を見させてください、ご親切にどうも、ときた。
それで絶対に真実を話すことはできないと理解する。たぶんその
ほうがいいのだ。若い恋人を見つけるべきだ。そしたらぼくは？

　ぼくがまるでまともでないことは病院のカルテに書いてある。
何をうだうだ考えているんだ。事務所に綺麗な女の子がいればパオラ
が嫉妬深い妻の役を演じるのは当たり前じゃないか。古女房
との冗談にすぎない。じゃあジャンニは？　ジャンニが麗しのシ

3.誰かがおまえの花を摘むだろう

ビッラのことを言ったんだ。もしかすると惚れているのはあいつなのかもしれない。しょっちゅう税金をだしにして事務所にやってきては、ページの音にうっとりしたふりをして居座るんだから。熱を上げているのはあいつで、ぼくは関係ない。ジャンニこそ、自分だってもう死臭のする年格好のくせに、我が人生唯一の女性を奪おうとし、奪っていったのだ。これじゃあ堂々巡りじゃないか。我が人生唯一の女性？

　見ず知らずの人たちともうまくやっていけると思っていたが、これは最難関かもしれない。すくなくともこんな老年の妄想を頭に吹き込んでしまった以上は。つらいのは彼女につらい思いをさせているかもしれないということだ。いいか、考えてみろ……そうだ、養女につらい思いをさせたくないと考えるのはあたりまえのことだ。養女？　こないだは小児愛好者かと思ったら今度は近親相姦？

　それにつまるところ、神よ、ぼくらがセックスをしたなんて誰が言った？　もしかしたら一度だけ、それもキスだけだったのかもしれないし、あるいはプラトニックに惹かれあっただけで、お互い相手の感じていることはわかってはいても、ふたりのうちのどちらも言い出さなかったのかもしれない。〈円卓の恋人〉。4年のあいだ剣を挟んで寝てきたのかもしれない。

　おや、『阿呆船』もある。初版にはみえない。しかもたいして美しい写本でもない。ではこのバルテルミ・ラングレの『事物特性の書』は？　上から下まで朱書きがびっしりだが、造本が今風なのが惜しい。昔のやり方だ。仕事の話をしよう。「シビッラさん、『阿呆船』は初版ではありませんね？」

　「残念ですが違います、ムシュー・ボドーニ。私どものは1497年のオルペ版です。初版もやはりバーゼルで出たオルペ版ですが、

1494 年で、ドイツ語の『阿呆船』です。ラテン語初版は、私ど
ものと同様、97 年刊ですが、3 月のもので、私どものは奥付を
ご覧になれば 8 月とありますが、その間に 4 月のものと 6 月の
ものがあります。とはいえ日付よりも、写本ですね。さしてそそ
られない品だとおわかりになるでしょう。研究用とまでは言いま
せんが、大げさに浮かれるものではありません」

　「ほんとうになんでもご存知だ、シビッラさん。あなたがいな
かったらどうしましょう？」

　「ボドーニさんが教えてくださったのです。ワルシャワを去る
ときは大学者で通してもらいましたが、もしお会いしていなか
ったとしたら、イタリアに到着したときと同じ馬鹿のままだった
でしょう」

　称讃、献身。何かを伝えようとしているのだろうか？　ぼくは
つぶやいてみる。「熱烈な戀に耽った戀人も、謹嚴な學究たちも
……」先を越す。「いやいやなんでもありません。詩が一節頭に
浮かんできましてね。シビッラさん、いくつかはっきりさせてお
いたほうがいいでしょう。おそらくこのままいくと、ぼくはほと
んど普通に見えるかもしれない、けれどそんなことはないのです。
以前ぼくに起こったすべてのこと、いいですね、すべてですよ、
まるまるすべてがスポンジで消されてしまった黒板みたいなもの
なのです。矛盾を許してもらえるなら、ぼくは黒といっても真っ
白というわけです。あなたにはぼくの状態を理解し、絶望したり
しないで……そばにいてほしい」。うまく言えただろうか？　完
璧な気がした。意味がふたつにとれたはずだ。

　「ご心配なく、ムシュー・ボドーニ。すべてわかっています。
私はここにおりますし、いなくなったりしません。待っています
……」

3. 誰かがおまえの花を摘むだろう

　きみはほんとうに油断ならない人間なのか？　ぼくが回復する
のを待つということ？　みんな当然のことみたいに。それともぼ
くがあのことをもう一度思い出すのを待つということ？　もしそ
ういうことなら思い出させるために、これから何をするつもりな
の？　それとも全身全霊思い出すことを願いながら、何もしない
つもりなの？　油断ならない人物などではなく、恋する女性とし
て？　ぼくを煩わせないために黙っているつもり？　苦しんでも、
疑いようもなく素晴らしい存在だからそんなことは見せず、でも
ほんとうは、きみもぼくも、頭を冷やすいい機会がようやく訪れ
たと自分に言い聞かせているの？　自分を犠牲にして、ぼくに記
憶を取り戻させようなどとはせずに、マドレーヌを味わわせよう
と、偶然をよそおってでも、ある晩ぼくの手に触れようともしな
い。恋に墜ちた者みんなと同じ自尊心をもち、ほかの人間ではぼ
くにひらけゴマの香りをかがせることはできないけれど、自分だ
けは望めばできる、カードでも渡そうとかがんだときに、髪の毛
でぼくの頬を撫でるだけでいい、そうわかっているきみが？　あ
るいは、偶然みたいに、４年前きみがはじめて発し、ふたりで４
年のあいだ慈しみ、まるで魔法の呪文みたいに繰り返したあのあ
りふれた言葉、きみとぼくだけが、ふたりの秘密の中でひっそり
と、その意味と魔力を知っていたあの言葉をもう一度口にするだ
けでいいのに？　たとえば……だってあたしのお勤めは？　いや
これはランボーじゃないか。

　すくなくともひとつははっきりさせよう。「シビッラさん、も
しかするとあなたがぼくをムシュー・ボドーニと呼ぶのは、まる
で今日はじめて会ったみたいだからで、でも実際にはいっしょに
働いていくうちにくだけた呼び方をするようになったのではない
の？　よくありがちなことだからね。きみはぼくをなんと呼んで

いたの？」

　彼女は顔を赤らめる。またあの抑揚のついた柔らかなしゃっくりをもらす。「ウィ、ウィ、ウィ、そうよ、ヤンボと呼んでいたわ。すぐに私の気持ちを楽にしてくれたの」

　喜びに輝く瞳。まるで心の重みが取り除かれたみたいだ。とはいえ砕けた呼び方は何も意味しない。ジャンニだって、──先日パオラとかれのオフィスに行ったのだが──秘書と親しげに呼び合っていた。

　「それだったら！」とぼくは快闊に言う。「以前とまったく同じようにやり直しましょう。以前と同じようにやり直すことがぼくの役に立つかもしれないのは知っているでしょう」

　どうとっただろうか？　彼女にとって以前と同じようにやり直すとは何を意味するのだろうか？

　家では寝つかれない一夜を過ごした。パオラが頭を撫でていてくれた。不義を犯しているような気もしたが、とはいえ何をしたわけでもなかった。それに心配していたのはパオラのことではなく、自分のことだ。愛したということの素晴らしさは、愛したことを思い出すことにある、そうつぶやいてみる。たったひとつの思い出に生きる人だっている。たとえば、ウジェニー・グランデ。けれど愛したと考えるだけで思い出せないとしたら？　さらに悪いのは、愛したかもしれないが、それを思い出せず、愛さなかったのではないかと疑いをもつこと。あるいは、自惚れのせいで思いも付かなかったような話とか。気も狂わんばかりに恋に墜ち言い寄るが、彼女は親切に、やさしく、しかも断固としてぼくを諭す。それでも彼女がここに残るのはぼくが紳士だからで、その日からぼくはまるで何ごともなかったかのようにふるまう。彼女

にとっては、つまるところ仕事場の居心地はいいし、もしかした
ら恵まれた仕事を失うわけにはいかないのかもしれない。ひょっ
としたらぼくの行動にまんざらでもなかったのかも。自分でも気
づかないまま、女性としての自尊心をくすぐられ、自分でも認め
ないけれど、ぼくにある種の影響をおよぼしていることには気づ
いている。思わせぶりな女（アリュメーズ）? もっと悪い。この油断ならない女
はぼくの金を大量に食い潰し、望みどおりにぼくを動かしてきた。
何もかもぼくが彼女に任せていたのは明らかだ。入金と支払いは
もちろん、銀行での引き出しも。ぼくはラート教授よろしくコケ
コッコーと鳴いたわけで、ぼくは破滅者なのだから、もはや逃れ
るすべはない。もしかしたらこの幸運な不幸のおかげで逃げ出せ
るかもしれない。すべての悪が害をなすために訪れるとはかぎら
ない。なんて卑しいんだ、ぼくは。どうやったら触れるものすべ
てをここまで汚すことができるのか? ひょっとしたらまだ処女
なのに娼婦扱いしているのかもしれない。ともかく、疑いにすぎ
なくても、否定されれば状況は悪化する。愛したことを覚えてい
ないのであれば、愛していた人間が自分の愛に相応（ふさわ）しかったかど
うかもわからない。数日前の朝に出会ったあのヴァンナ、あの場
合は明らかだ。遊びで、一晩か二晩、それから幻滅の数日間があ
って、お仕舞いになったのだろう。だがいま問題なのは、ぼくの
人生の4年間。ヤンボよ、お前はもしかするとたったいま恋に
墜ちつつあるのではないのか? 以前は何もなかったのかもしれ
ないのに、いま破滅に向かって駆けだしているのではないか?
かつて地獄に落とされたと思い込み、天国をもう一度見つけ出し
たいと望むからというただそれだけで? それに狂人の中には、
忘れるためにのむ、あるいは薬物をやる者もいて、ああ、すべて
を忘れられるなら、などと言っているというのに。真実を知るの

はぼくだけだ。忘れることはおそろしくつらい。思い出すための薬物は存在するのだろうか？

たぶんシビッラなら……。

ほらまたはじまった。

〈王のごとくかくも離れて ／ 髪はほどけ槍そのものとなり ／ おまえが通るのを目にするとき ／ 眩暈（めまい）が私を運び去る〉。

翌朝、タクシーに乗ってジャンニのオフィスへ行った。歯に衣着せずぼくとシビッラについて知っていることをたずねる。その答えが何とも堪えるものだった。

「おいヤンボ、みんな少しはシビッラに夢中なんだよ。俺も、きみの同業者も、きみの顧客も多くがね。彼女に会うためだけにきみのところへくるやつだっている。だが冗談だ、友だち同士のことだ。代わりばんこでからかいあっているから、よくきみのこともからかったよ。きみと麗しのシビッラのあいだには何かある気がする、なんて言ってたな。するときみは笑って、一芝居うつこともあった。別の世界のことを匂わすみたいにしてな。それにやめろ、俺の娘かもしれない年齢なんだから、なんて言う時もあったよ。お遊びさ。だからあの晩きみにシビッラのことを訊いたのさ。もう再会したと思っていたから、どんな印象を受けたか知りたかったんだ」

「きみにシビッラとのことを話したことは一度もなかったのか？」

「なぜだ？　なんかあったのか？」

「駆け引きはよせよ。記憶がないのは知っているだろう。ここに来たのはきみに何か話したことがないか訊くためだ」

「何も。でもアヴァンチュールのことならいつも俺に話してくれていたよ。羨ましがらせるためだろうな。カヴァッシのこと、

ヴァンナのこと、ロンドンの書籍展示会のアメリカ人のこと、美人のオランダ人ならそのためだけに3回もアムステルダムに行ったし、シルヴァーナときたら……」

「そらすごい！　どれだけ情事があったんだ？」

「いくつもな。ずっと一夫一婦制の俺には多すぎるくらいだ。だがシビッラのことは、誓ってもいいが、何ひとつ言ってなかったぞ。何を勘違いしてる？　昨日会って、微笑みかけられたから、近くにいたのにその気にならないなんてありえないと思ったんだろう。それが人間ってものさ。この不細工は誰だ、なんてきみが言ったのなら、是非拝見したいね。それにだ、俺たちはまだ誰ひとりとして、シビッラに私生活ってやつがあるのかどうかさえつきとめられていないんだ。いつも穏やかで、誰を助けるにもタイミングがいいから、まるでそいつだけを喜ばせようとしているみたいだが、気を惹くようなことをしないからこそ媚も売れるってものさ。氷のスフィンクスだよ」。ジャンニはおそらくほんとうのことを言っているのだろうが、そんなことには何の意味もない。もしシビッラとのあいだにほかのどれより大事な出来事、一大事が起きていたとしたら、もちろんあいつにだって言わなかったはずだ。ぼくとシビッラだけの甘美な秘め事だったにちがいない。

　それともちがうのだろうか。氷のスフィンクスには仕事が終われば私生活があって、もう誰かと付き合っているのかもしれない。それは彼女の自由だ。彼女は完璧だから、仕事と私生活を混同しない。知りもしないライバルにジェラシーを駆られる。〈それでも誰かがおまえの花を摘むだろう / 泉の口よ / そのことを知らない誰か / 海綿の漁師がこの珍しき真珠を手にするだろう〉。

　「あなたにぴったりの未亡人がいるの」。ウィンクをしながらシ

ビッラが言った。親密になってきている、なんと素晴らしい。
「未亡人と言うと？」とたずねる。ぼくくらいの古籍商ともなる
と本を調達するにもいくつも方法があると説明してくれる。事務
所にやってきて、その本の価値はいかほどかとたずねる類の人た
ちがいます。いくら価値があるかはこちらがどれだけ正直にあた
るかによりますが、もちろん儲けも出そうとします。あるいはそ
の人物が懐具合の苦しい蒐集家で、売ろうとするものの価値を知
っていることもあります。それだとせいぜい少し値段に上乗せで
きるくらい。国際競売で買うという方法もあります。ある本の価
値に気づいているのが私たちだけなら商売になりますが、同業者
がそろってお馬鹿さんなわけではありません。ですからマージン
はごくわずかですし、利益が出るとしてもかなり高い値段をつけ
られるときにかぎられます。つぎに、同業者から買うこともあり
ます。自分の顧客の興味をさして引かない本を持っている同業者
がいて、低い値段しかつけられないでいるところに、私たちは悪
魔に魅入られた好事家を知っているということもありうるからで
す。最後はハゲタカという手法です。古い屋敷と古色蒼然たる蔵
書を所有する没落大家を見つけ出し、父親に夫、伯父御も亡くし、
遺産相続人が家具やら宝石類を売るのに困り果て、価値もわから
なければ開いたこともない本の山に手をつけるのを待つのです。
未亡人というのは方便にすぎません。それは、何でもいいからす
ぐにわずかでも現金がほしい孫かもしれません。女性問題か麻薬
問題を抱えていればなおのこと好都合。そうとなれば本を見にい
って、2日か3日なんとも薄暗い部屋で過ごしてから、作戦を決
めるというわけです。

　今回は実際に未亡人で、シビッラが誰かから秘密情報を手に入
れたのだった（私のちょっとした秘密です、嬉しそうに狡賢そう

にそう言っていた）。そしてぼくは未亡人を上手く扱えるようだ。シビッラについて来てくれるよう頼む。ひとりではその本を見分けられないおそれがあったからだ。なんて素晴らしいお宅でしょう奥さま、そうでしょうありがとう、コニャックなどいかがかしら。それから、探索開始、古書探しに拾い読み……。シビッラがゲームのルールを囁いてくる。普通は何の価値もない200〜300冊が見つかり、すぐに様々な法典集と神学の論考を見分けることができます。こうした本は聖アンブロージョ市場の露店行きです。あるいは『テレマコスの冒険』とユートピア旅行の入った十二折判。装丁はすべて同じで、そうしたものをメートル単位で購入するインテリア・デザイナー向きです。それから小型版の16世紀のものがたくさん。何冊ものキケロにヘレニウス弁論術、たいしたものではありません。ローマのフォンタネッラ・ボルゲーゼ広場の露店行きです。実際の2倍の値段で買われ、16世紀のものを持っているんだと自慢されることでしょう。でも、どんどん探していくと……そのときぼくも気がついた。ほらこのキケロ。ただ、でもアルドゥス版のイタリック。さらになんと完璧な状態の『ニュルンベルク年代記』、ローレヴィンク1冊、キルヒャーの『光と影の大いなる術』は素晴らしいエッチング付きで、てかりが出ているのはわずか数ページだけ、こんなことは当時の紙では珍しい。さらにジャン・フレデリック・ベルナール版のうっとりするようなラブレーまである。1741年版で四つ折判3冊組にはピカールによる装飾がつき、赤いモロッコ革の素晴らしい装丁に、金で彫られた表面、背表紙には金の綴じ糸と装飾、金で縁取られた緑の絹でできた飾り見返し。すべてを台無しにしないよう故人はそれをさらに青い紙で丁寧に包んでいる。それで一見するとなんの印象も与えない。もちろん本物の『ニュルンベルク年代

記』ではありませんね、そうシビッラが囁いている。装丁は近代風ですが、愛好家用で、リヴィエール＆サンと署名があります。フォッサーティならすぐに買うでしょう。誰なのかはあとで教えます、装丁を蒐集しているんです。

　最終的に、上手く売れば少なく見積もっても1億リラは稼ぎだせそうな10冊を探し出した。『年代記』1冊だけでも最低5000万は堅い。なぜこんなところにあったのかはわからない。故人は公証人で、図書館はステイタス・シンボルだったが、吝嗇家だったはずで、さほど出費しなくて済むものだけを買っている。いい本はたまたま40年前手に入れたにちがいない。本が投売りだった時代だ。シビッラにこうした場合どうすべきかを教えられ、未亡人を呼んだのだが、まるでこの仕事をずっとやってきたようだった。未亡人に、ここには多くのものがあるが、すべて価値は低いと告げる。目の前でテーブルにもっとも悲惨な本を叩きつける。赤茶けたページ、湿気による染み、表面のモロッコ革はサンド・ペーパーにかけたかのようで、レースみたいな虫食い。先生これを見てください、シビッラが言う、こうなってしまっていてはプレスしてももはや元の状態には戻りませんよ。聖アンブロージョ市場を引き合いに出す。「すべて置ききれるかどうかもわかりませんよ、奥さま。それに家に置いておいたら保管料は天井知らずだということはおわかりでしょう。ひと山まとめて5000万リラ出しましょう」

　「ひと山などとおっしゃるの？」。そんな、駄目です、こんなに素晴らしい図書館が5000万リラだなんて、主人はこれを集めるために一生を費やしたんですもの、かれの思い出を侮辱してますわ。作戦第2段階へ移行。「それでは奥さま、よろしいですか、われわれに興味があるのはせいぜいこの10冊です。妥協させて

頂いて、この 10 冊だけで 3000 万リラでどうでしょう」。未亡人
が計算する。広大な図書館に 5000 万リラなら故人の聖なる思い
出への侮辱だが、たった 10 冊の本に 3000 万リラならいい取引
だ。残りはもっと扱いやすくて気前のいい別の本屋を見つければ
いい。商談成立。

　事務所に戻ったときには、いたずらをやってのけたばかりの子
どもみたいにはしゃいでいた。「悪いことしたかな？」とぼくは
訊く。

　「何を言うの、ヤンボ、みんなしていることよ」。彼女も引用し
ている。ぼくと同じだ。「別の同業者にかかったらもっと安かっ
たわ。それに家具やら絵画やら銀器を見たでしょう。ああいう人
はお金がいっぱいあるから本なんてどうでもいいのよ。私たちが
働くのはほんとうに本を愛している人たちのため」

　シビッラがいなかったらどうすればいいだろう。厳しいが甘く、
鳩のように狡猾。それでまたしても妄想が始まり、ここ数日の
忌々しい螺旋に入っていく。

　しかし幸いなことに未亡人宅への訪問で体力をすべて奪われて
いたので、すぐに帰宅した。パオラに、ここ数日はいつもよりぼ
んやりしている、頑張りすぎていると指摘された。事務所には 1
日おきに行くほうがいいわ。

　なんとかほかのことを考えようとしていた。「シビッラ、ぼく
は霧についてのテクストを集めていると妻が言っていたのだが。
どこにあるかな？」

　「コピーがひどくて。少しずつコンピューターに移しました。
お礼はいいです、とても楽しかったですから。では、フォルダを
探します」

コンピューターが存在するのは知っていた（飛行機が存在するのを知っていたように）が、もちろん実物に触れるのははじめてだった。自転車と同じようなもので、そこに手を運ぶと指先が勝手に思い出した。

霧について蒐集していたものは少なくとも150ページ分の引用があった。ほんとうに気にしていたらしい。あったぞ、アボットの『フラットランド』だ。二次元だけでできた国。そこには平面図形だけが生きている。三角形、四角形、多角形。上方から見ることができず、線分しか知覚できないとしたら、かれらのあいだではどうやって認識しあうのか？　霧をたよりにだ。「相当量の霧があるところならどこでも、物体はある距離、たとえば、1メートルの位置にあれば、95センチの位置にある物体よりも微かにぼんやりしている。その結果、注意深く継続的に明澄の度合いを観察する経験を積んでいけば、観察された物体の輪郭をかなりの正確さで推定することができるようになる」。こんな三角形が羨ましい。霧の中を漂っていても、何かを見ることはできるのだから。ほら六角形だ、ほら平行四辺形だ、と。二次元なのに、ぼくよりは恵まれている。

引用の大部分は諳んじることができる気がした。

「いったいどうしてなんだろう」。あとからパオラに訊いてみた。「自分に関することはすべて忘れたというのに？　これはぼくが個人的な投資として蒐集したものだ」

「集めていたから」と言われる。「覚えていたわけではなくて、覚えていたから集めたのよ。どれも百科事典の一部で、この家に戻って来た最初の日、私に暗唱してくれた詩と同じこと」

ともかく見てすぐにわかったのだ。まずはダンテ。

3. 誰かがおまえの花を摘むだろう

霧がはれるにつれて、
空にたちこめていた蒸気にかくされていたものが
おもむろに姿 形(すがた かたち)を現してくるが
ちょうどそのように濃い暗い大気を見すかして……

ダンヌンツィオには『ノクターン』に霧についての素晴らしい
文章がある。「誰かが私のわきを音もたてずに歩く、まるで裸足
のようだ……霧が口に入り込み、肺腑を占める。どぶ川へ向かっ
て波うち、積み重なる。見知らぬ男はさらに灰色に、さらに軽く
なる。そして影になる……。本屋の家の軒下で、かれはいきなり
消える」。そうだ、本屋なんて黒い穴みたいなものだ。その中に
墜ちたものはもはや浮かんでは来ない。

ディケンズもある。『荒涼館』の古典的なはじまりだ。「どこも
かしこも霧だ。テムズ川の川上も霧で、緑の小島や牧場のあいだ
を流れている。川下も霧。ここでは、たくさんに並んだ船のあい
だや、この大きな(そして薄汚い)都会の不潔な河岸のあたりを、
霧が汚れた渦をまいてながれてゆく」。エミリー・ディキンソン
も見つかる。「さあ入りましょう。霧が昇ってきている」

「パスコリは知りませんでした」シビッラが言う。「素敵なので
聴いてください……」。気がつくとコンピューターのスクリーン
を見ようとぼくのすぐそばにいた。ほんとうに髪の毛で頬をかす
めることも出来ただろう。フランス語をやめて、スラヴ風の柔ら
かい抑揚でイタリア語を発音する。

軽やかな霧の中
木々は不動のまま
蒸気機関のながい嘆き

第1部　事故

遠いことなど隠してくれ
触れることのできない色あせた霧よ
いまだ夜明けにほとばしる
煙よ

3つ目の引用で止まる。「霧は……滲む？」
「滲む」
「そうか」ひとつ新しい言葉を覚えて興奮しているようだ。

霧は滲み、突風が吹き
排水溝を騒がしい葉で埋める。
軽やかに乾いた垣根へ飛び込む
コマドリ。
霧の下では
葦原の声が
まるで寒いみたいに震えをおこし
霧の上とおくのぼってゆくのは
鐘の音……

　ピランデッロの霧もなかなかだ。おまけにかれはシチリア人だった。「細切れになった霧……どの街灯のまわりでも光の暈が欠伸していた」。しかしそれならサヴィーニオのミラノはなおいい。「霧は心地いい。街を巨大なお菓子容れに変え、その住人は同じだけの数の砂糖漬けに……霧の中を幾人もの頭巾をかぶった女性と少女が通り過ぎる。煙霧が鼻腔と微かに開いた口のまわりを優しく撫でる……鏡に引き伸ばされたサロンの再会……いまだ霧の匂いを漂わせての抱擁、霧はといえば外から窓を圧し、慎ましく、

静かに、守るように窓を曇らせる……」

ヴィットリオ・セレーニのミラノの霧。

虚しくも霧の夕べに開け放たれたドア
一陣のスモッグ新聞売りの金切り声のほかに
乗るものも降りるものもなく
矛盾したことに、〈ミラノの天気〉が霧のアリバイ
その恩恵、隠されたものたちが
私に向かってひそかに歩み
歴史のように過ぎ去り記憶のように過ぎ去る
私から離れてゆく──20年13年33年
路面電車の番号みたい

なんでも蒐集してある。今度は『リア王』(「燃ゆる日輪の熱に吸上げられる沼地の毒気に、あいつの面は爛れて瘡を生じるように!」)。ではカンパーナは? 「霧の中崩れた赤い砦の裂け目からひっそりと長き通りが開ける。霧の悪意に満ちた瘴気は屋敷のあいだで強まってゆき、塔の頂上を、略奪のあとのごとき人気のない静かな通りを覆い隠す」

シビッラはフロベールに恍惚としている。「白けたある日、カーテンのない窓を通して、木々の梢が、さらに遠くには月明かりに煙る霧に飲み込まれた草原が見えていた」。あるいはボードレールに。「海と溢れる靄があちこちの大建築をひたし、 / 施療院の奥深く、断末魔の病人たちは……」

彼女が詠んでいるのは他人の言葉なのに、ぼくにとっては泉から湧きだしてくるかのようだった。誰かがおまえの花を摘むだろう、泉の口よ……。

彼女はそこにいたが、霧はちがう。霧を目にし音に溶かした者たちがいる。もしかしたらいつの日かほんとうに霧を突き抜けることが出来るかもしれない。シビッラが手を引いて導いてくれたならば。

グラタローロのもとではすでにいくつかの検査をしていたが、だいたいパオラがやったことを確認するだけだった。かれの評価によればぼくはすでにほぼ自律的で、少なくとも初期のフラストレーションはなくなりつつあるということだった。

幾晩もジャンニ、パオラ、2人の娘とスクラブルをして過ごした。ぼくのお気に入りのゲームだったそうだ。単語を見つけるのは容易い。とりわけこの上なく難解な折り句(*acrostico*)とか連係語法(*zeugma*)など。縦のふたつの単語の頭文字〈i〉と〈u〉を使って、横の1段目の赤マスから出発し、ふたつ目の赤マスまで達する永小作権(*enfiteusi*)という単語を作ってやった。21ポイント×9ポイント、さらに一度に手持ちの7コマ全部を使ったボーナス50ポイントで、わずか1ターンで239ポイント。ジャンニは怒り出し、きみが記憶喪失でよかったよ、などと叫んでいる。そんなこと言うのは自信を取り戻させようとしてのことだ。

ぼくは記憶を失っただけでなく、偽りの記憶に生きているのかもしれない。グラタローロに指摘されたことだが、ぼくのようなケースでは、とりあえず思い出すという感覚をもとうとして、かつて生きたことなど ない過去の断片をでっちあげる者もいるということだった。もしかするとシビッラは言い訳だったのだろうか?

どうにかして抜け出さなくてはならない。事務所にいるのが拷問と化していた。パオラに言う、「働き疲れて。目にするのはい

つも同じミラノの片隅だけ。旅行をするといいかもしれない。事務所は勝手に廻るし、シビッラはすでに新しいカタログを用意している。行ってもいいだろう、たとえば、パリとか」

「パリはいまのあなたにはまだ大変よ、移動から何から。考えさせて」

「そうだな、パリは無理だ。モスクワへ、モスクワへ……」

「モスクワ？」

「チェーホフだよ。引用だけが霧に包まれたぼくにとって、たったひとつの灯し火なのは知っているだろう」

4. ぼくはひとりで町をゆく

　家族の写真をたくさん見せられたが、もちろん何も伝わってこなかった。しかもあるのはパオラと知り合ってからのものだけだ。子ども時代のものは、もしあるとすれば、ソラーラのどこかだろう。

　シドニーにいる妹と電話で話をした。ぼくの容態を知ってすぐに来たがったが、かなりデリケートな手術をしたばかりで、医者にそんな大変な旅をすることを禁じられていたのだ。

　アーダは何がしかを思い起こさせようとしたが、結局やめて泣き出した。来るときには、居間用のカモノハシをプレゼントに持ってくるよう頼んだ。いったいなぜだろう。ぼくの知識の状態からすればカンガルーと言っても良かったはずだ。まあもちろんやつらが家を汚すのは承知しているけれど。

　事務所に行くのは一日に数時間だけだ。シビッラはカタログの準備にかかっていて、当然いくつもの書誌を見事に使いこなす。すばやく目を通して、素晴らしい進み具合だと言ってやる。それから医者の予約があるのだと告げる。ぼくが出て行くのを心配そうに見ている。病気みたいだわ、まともじゃないのかしら？　それとも避けられていると思っているだろうか？　「きみを偽りの記憶を取り戻すための言い訳にしたくないんだ、かわいそうな愛

しい人よ」なんてまさか言えないだろう？

　パオラにぼくの政治的立場はどのようなものだったかたずねてみる。「再発見する自分が、たとえばさ、ナチだなんてのは嫌だからな」

　「あなたはいわゆる良識ある民主主義者よ」パオラが言う。「でもイデオロギー的にというよりは本能的にね。いつもあなたに言っていたものよ、政治には飽き飽きなのねって。するとあなたはお返しに私のこと、〈信条に頑なな女〉って呼んでいた。まるで世界をおそれるか軽蔑して古書に逃げ込んだみたいに。いえ、これじゃ公平じゃないわね。軽蔑ではなかった、だって道徳上の大問題には熱くなっていたもの。平和主義や非暴力主義の呼びかけに署名していたし、人種差別にも憤っていた。生体解剖に反対する団体に加盟さえしたわ」

　「動物の、だろうね」

　「もちろんよ。人間の生体解剖は戦争と呼ばれるの」

　「それでぼくは……きみと出会う前もずっとそうだったのかな？」

　「子ども時代と青年時代については語らなかった。それにこうしたことについては私もあなたを理解することが出来たためしがない。いつだって同情と皮肉が混ざり合っていたから。どこかで死刑判決があれば反対署名をし、アンチドラッグの団体にお金を送るかと思えば、1万人の子どもが、たとえば中央アフリカの民族紛争で死んだと聞かされても、肩をすくめて、世界は出来が悪いんだからどうしようもないとでも言いたげだった。あなたはこれまでずっと快闊な人で、美人、美味しいワイン、素敵な音楽を愛していたけれど、私にはこれが殻、自分を隠す手段に思えた。落ち込んでいるときには、歴史は血に塗られた謎で、世界は過ち

だなんて言っていたわ」

「この世は陰鬱なる神の産物、ぼくはこの神の影を曳きずっているのだという想いは、何をもってしてもぼくから拭い去られることはあるまい」

「誰が言ったの？」

「もう覚えていない」

「何か惹きつけられることだったにちがいないわ。とはいえあなたは、もし誰かが何かを必要としていればいつでも身を粉にしてきた。フィレンツェで洪水があったときには、ボランティアに行って国立図書館の本を泥の中から引き上げたりもした。そうなのよ、些細なことには同情するのに、重大なことには皮肉っぽいのよ」

「正しいと思うがね。出来ることをするだけさ。残りは神様の責任だよ、グラニョーラが言っていたようにね」

「グラニョーラって誰？」

「これももう覚えていない。もちろん以前は知っていたんだろうけど」

　以前は何を知っていたというのだ？

　ある朝、目を覚ましてコーヒー（カフェイン抜き）を淹れていて、「ローマよ、今夜はふざけないで」を口ずさみだした。どうしてこの歌が頭に浮かんだのだろう？　いい兆候よ、パオラが言う、またはじまったのね。つまりぼくは毎朝コーヒーを淹れながら何か歌をうたっていたらしい。ほかでもなくその歌が頭に浮かんできた理由は何もない。どんな詮索（今朝はなんの夢を見た？　昨晩はぼくたち何の話をした？　眠る前に何を読んだ？）も納得のいく説明をもたらしはしなかった。ことによると、なんだってい

いが、靴下の履き方だとか、シャツの色、視界の隅に捉えた缶が音の記憶を呼び覚ましたのかもしれない。

「ただね」パオラが教えてくれる。「これまでうたっていたのはいつでも50年代以降の歌ばかりで、戻るとしてもせいぜい初期サンレモ音楽祭まで。「飛べよ小鳩」とか「芥子とガチョウ」。それより前には絶対に遡らない。40年代30年代20年代の歌はゼロ」。パオラが「あたしはひとりで町をゆく」という戦後のヒット曲をうたってくれる。彼女も当時は少女だったけれど、ラジオからしょっちゅう流れていたから耳に残っていたというわけだ。もちろん知っている気はしたが、たいした反応もなく、「夢遊病の女」をうたってもらっているみたいだった。まあ実際オペラに夢中だったことは一度もなかったらしい。たとえば「エリナ・リグビー」だとか、「ケ・セラ・セラ」、「私は女、聖女じゃない」とは比べるべくもなかった。昔の曲にぼくが無関心なのを、パオラは彼女言うところの子ども時代の抑圧のせいだとした。

ぼくと歳月を過ごすうちにパオラが気づいたのは、ぼくがクラシックとジャズには詳しくてコンサートに喜んで出かけるし、レコードも聴くけれど、一度もラジオを点けたがりはしなかったことだ。誰かが点けていたらBGMとして聞くくらいだった。ラジオはあきらかに田舎の家と同様、過去に属するものだったのだ。

しかし翌朝、目を覚ましコーヒーを淹れていてうたったのは、

あたしはひとりで町をゆく

あたしの痛みを知りも

見もしない人たちを掻きわけ

あなたを探して

あなたを夢見て

第1部　事故

もういやしないのに

忘れようとしたけれど無駄
初恋は忘れられない
心のそこにはひとつの名前、ひとつの名前だけが刻まれてる
あなたを知って、ようやくあなたが愛だとわかったの
ほんとうの愛、素晴らしい愛

　メロディーが勝手にでてきた。それに目が潤んだ。
　「どうしてこの曲なの？」パオラが訊いてくる。
　「なんとなく。たぶん「あなたを探して」というタイトルだからだろう。誰を探してなのかはわからないけど」
　「40年代の壁を越えたわよ」興味津々でパオラが考察をはじめる。
　「そんなことより」とぼくは応える。「自分の内側で何かを感じたんだ。震えみたいな。震えとはちがうな。まるで……。『フラットランド』は知っているね。きみも読んだだろう。よし、あの三角形やら四角形は二次元に生きていて、厚みとは何なのかを知らない。じゃあぼくたち三次元に生きている誰かが、かれらに上から触れたと想像してみてくれ。かつて味わったことのない感覚を味わいながらも、それが何なのかは説明できないだろう。まるで誰かが四次元からぼくたちのもとにやって来て、内部から、たとえば幽門にやさしく触れたみたいにさ。誰かに幽門を刺激されたらどう感じる？　ぼくなら……「ミステリオーサ・フィアンマ *misteriosa fiamma*」（不思議な炎）とでも答えるかな」
　「「ミステリオーサ・フィアンマ」ってどういう意味？」
　「わからない。思わず口をついたんだ」

4. ぼくはひとりで町をゆく

「ご両親の写真を見たときに感じたのと同じことかしら？」

「ほとんど。つまりちがう。だが結局のところ、どうちがうんだ？　ほとんど同じだ」

「これは興味深い手がかりね。ヤンボ、メモをとらないと」

彼女はいつだってぼくを救いたいと思っている。それなのにぼくが「ミステリオーサ・フィアンマ」を感じるのはことによるとシビッラを思ってなのかもしれない。

日曜日。「散歩してらっしゃい」とパオラに言われた。「体にいいから。知っている道から外れないようにね。カイローリ広場にあるこないだの花屋なら、いつもは祭日でも開いているわ。春らしい素敵な花束を作ってもらって。それからバラ。この家は喪中みたいにみえるもの」

カイローリ広場までいくと花屋の屋台は閉まっていた。ダンテ通りを通ってコルドゥーシオ広場までぶらぶら歩き、証券取引所へと右に曲がる。と、日曜日でミラノじゅうからあらゆる類の蒐集家がこぞってそこに集結している景色が目に飛びこんできた。コルドゥーシオ通りには切手の屋台、アルモラーリ通り沿いは延々と古絵葉書にカード、さらに中央通り交差点はどこも、硬貨、兵隊人形、聖画像、腕時計、しまいにはテレフォンカードまで、どこもかしこも売り屋だらけ。蒐集癖は肛門性欲だ。それは認めざるを得ない。ひとはコーラの栓だってなんだって蒐集してしまうものだし、結局のところテレフォンカードは、ぼくの初期刊行本よりも安いのだ。エディソン広場では、左側に本に新聞、ポスターの屋台、正面にはあれこれガラクタを売る屋台までいくつか並んでいる。アール・ヌーヴォーのランプは、もちろん偽物。裏の黒い花柄の盆、素焼のバレリーナ。

ある屋台には円筒の容器が4個、封がされている。その水っぽい溶液（ホルマリン？）には象牙色で、丸かったりインゲン豆みたいな形のが、白い細糸で結ばれて浮かんでいた。どれも海の生物そっくりだ。ナマコに、蛸のぶつ切り、色の褪せた珊瑚。どこかの芸術家が病んだ奇形学的想像力で生み出したものという可能性もあった。イヴ・タンギーか？

店主が睾丸だと説明してくれた。犬の、猫の、鶏の、さらに別の動物の、腎臓その他ひと揃い。「どうです、19世紀の科学研究所の品ですよ。1本4万リラ。容器だけでも倍はする。どうみても150年は経っているお品だ。4×4は16だから、4本まとめて12万リラでお譲りしますよ。お買い得ですよ」

その睾丸はぼくを虜にした。今度ばかりは、グラタローロの言っていた意味論的記憶で覚えている必要もなければ、しかも過去にぼくの記憶の一部だったこともないものだ。いったい誰が犬の睾丸を見たことがあるだろう？　つまり、犬の体にない純粋な状態で？　ぼくはポケットをさぐる。全部で4万リラしかないが、屋台で小切手を使えるわけもない。

「犬のをもらうよ」

「残りを置いていくなんていけませんね。またとないチャンスなのに」

すべてを手に入れることはできない。ぼくが犬の睾丸を持って帰宅すると、パオラは真っ青になった。「珍しいわね。ほんとうに芸術作品みたい。でもどこに置いておいたらいいかしら？　居間に置いて、お客様にカシューナッツとか揚げオリーヴを出すたびに、カーペットの上に吐いてもらう？　寝室？　悪いけど、いやよ。事務所に置いて。できたら17世紀の自然科学書のそばにでも」

4. ぼくはひとりで町をゆく

「いい買い物だと思ったんだけれど」

「ねえ、わかっている？　あなたは世界でたったひとり、アダムこの方この地上でたったひとり、妻にバラを買いに行かされて、犬の睾丸をもって帰宅した男なのよ？」

「少なくともギネスレコード級のことではあるな。それにわかってるだろう、ぼくは病んでいるんだ」

「そんなの言い訳。前からイカレてたわ。自分の妹にカモノハシを頼んだのだって偶然ていうわけじゃない。一度なんて、マティスばりの値段で、地獄みたいな音のする60年代製のピンボールを家に置きたがったんだから」

とはいえその商人のことはパオラもすでに知っていた。というよりぼくだって知っているはずということらしい。一度パピーニの『ゴッグ』初版で、オリジナルのカバー、ページを切ってもいないのを1万リラで見つけたことがあったらしい。そんなことで、次の日曜日にはついてきたがった。わかりゃしないわよ、などと言う。恐竜の睾丸を持って帰ってこられて、中に入れるために左官を呼んで扉を広げなきゃいけない羽目になるかもしれないもの。

切手とテレフォンカードはそうでもないが、昔の新聞に興味が湧いた。私たちが子どものころのものよ、パオラが言う。「なら無視しよう」。しかし途中でミッキーマウスの漫画が目に留まった。無意識に手に取る。裏表紙と値段から、きっと古いものではなく70年代の再版だと想像がついた。真ん中を開く。「オリジナルじゃない。オリジナルなら2色刷りで、レンガ色っぽい赤と茶色だったけど、これはモノクロ印刷だから」

「どうしてわかるの？」

「わからないけど、わかるんだ」

第1部　事故

「でも表紙はオリジナルを再現してる。奥付と値段を見て。1937 年、1.5 リラ」

『クララベル・カウの財宝』の文字が表紙の多色刷に目立っている。「あと木を間違えるんだった」と言ってみる。

「どういう意味？」

すばやくページをめくって、お目当てのカットに迷わずたどりつく。だがそのときのぼくはまるでふきだしに書いてあることなど読む気もしなかった。書かれているのは何か別の言語か、あるいは文字がすべてごちゃまぜになっているみたいだった。いや、全部諳んじてみせたのだ。

「みてごらん、ミッキーとグーフィーは古地図をもって、クララベル・カウのおじいさんだか大叔父さんが埋めた財宝を探しにいく。ライバルはあの、ねちっこいスクイック氏と裏切り者のペグレグ・ピート。目的の場所に辿り着いて、地図を調べる。大木から出発して、もっと小さな木に向かって線を引き、三角測量をしなくちゃいけない。掘っても掘っても何もない。そうこうしているうちにミッキーが閃く。地図は 1863 年のもので、70 年は経

92

っているのだから、その小さな木が当時あったはずがない。ということは、いま大きく見えているのは当時の小さな木で、大木のほうは倒れたということだ。でもたぶんまわりに残骸があるはずだ。実際、どんどん探していくと、折れた幹が。三角測量をやり直して、また掘ってみると、ほらそこ、まさにその場所に財宝がというわけ」

「でもどうしてそんなこと知っているの？」

「みんな知っていることだろう？」

「いいえ、みんなが知っていることなんかじゃないわ」。興奮してパオラが言った。「これは意味論的記憶じゃない。これは自伝的記憶よ。子どものとき印象に残ったことを思い出しつつあるのよ！　この表紙が思い起こさせたんだわ」

「いや、イメージではないよ。なんなら名前だよ、クララベル・カウ」

「バラのつぼみ」

　もちろんぼくたちはその漫画を買った。その晩はそのお話を読んで過ごしたが、それ以上はもう何も引き出せなかった。知って

はいるが、それどまりで、「ミステリオーサ・フィアンマ *miste-riosa fiamma*」はなし。

「もうどうにもならないよ、パオラ。二度と洞穴には入れない」

「でもいきなり2本の木のことを思い出したじゃない」

「プルーストは少なくとも3つ思い出したよ。紙、紙、このアパートにある本すべて、もしくは仕事場の本と同じだ。ぼくのは、紙の記憶なんだよ」

「紙をとことん活用するのよ。マドレーヌは何も教えてくれないんだから。あなたはプルーストじゃない、それはいい。ザセッキーだって違ったわ」

「カルネアデス！　こいつはいったい何者だったかな？」

「私がほとんど忘れていたのを、グラタローロが思い出させてくれたの。私のしている仕事なら、『失われ見出された世界』を読んでいなかったはずはないのよ。古典的な症例だから。ただかなり昔のことだし、研究上の関心からだった。今日それを本気で読み直してみたの。とても面白いけど、短い本だから2時間で目を通せる。それでね、偉大な神経生理学者だったロシア人のルリアが、ザセッキーの症例を追究するんだけれど、この人物は第2次世界大戦中に破片を浴びて脳の左後頭部に傷を負ったの。かれも意識は取り戻したけれど、酷く混乱していて、空間内の自分の体の位置すら把握できなかった。時には体の部分がいくつか変化してしまったと思うこともある。頭が極端に大きくなったとか、胴体が極端に小さいとか、足が頭に移動したとかね」

「ぼくの場合とはちがうと思うけど。頭の上に足？　それじゃペニスは鼻の位置かい？」

「待って。頭の上に足っていうのは気にしないで、たまに起こっただけだから。最悪なのは記憶。まるで粉々になってしまった

みたいにバラバラの状態だった。あなたのなんて目じゃないわ。生まれた場所も母親の名前も思い出せなかったのは同じだけれど、読み書きすらできなくなっていた。ルリアはこの男性を観察しはじめるんだけど、ザセツキーには鉄の意志があったから、読み書きを覚え直して、書いて書いて書きまくった。25年間にわたって、破壊された記憶の洞穴から掘り起こしたものだけでなく、日々自分に起こることも書き留めていった。まるでその手が無意識のまま、頭には無理だったものを整理していくみたいだった。書いていたもののほうがザセツキー自身よりも知能が高かったとでも言えばいいかしら。こうして紙の上で自分を再発見したの、少しずつね。あなたはかれではないけれど、私をハッとさせたのは、かれが紙の記憶を再構成したということ。しかも25年かけてよ。あなたは紙ならすでに持っている。でももちろんここにあるものではない。あなたの洞穴は故郷の家にある。私はそのことをここ数日ずっと考えていた。あなたはやりすぎなくらい、しっかり自分の少年時代の紙に鍵をかけてしまった。青春時代の紙にもね。たぶんあそこに、あなたの心にじかに触れる何かがある。だから、後生だから、ソラーラに行ってみて。でもひとりでね。まず私は仕事をほうっておけないし、それにすべてひとりでするべきだと思うから。あなたとあなたの遠い記憶。必要なだけあちらにいて、何が起こるか見てみるの。せいぜい1週間、長くても2週間あればいいでしょう。新鮮な空気を吸うのも体に悪くはない。アマリアには電話しておいたから」

「で、アマリアって誰だい？　ザセツキーの妻か？」

「ええ、かれのおばあちゃん。そりゃソラーラのことを全部話したわけではないもの。おじいさまの時代からあそこには、マリアと、あだ名がマスールだったトンマーゾという小作人がいたの。

当時、家はまわりにたくさんの土地、おもにブドウ畑と、かなりの家畜を持っていた。マリアはあなたの乳母同然だったから、あなたを心から愛していた。それに娘のアマリアも。あなたより10歳くらい年上で、あなたにとってはお姉さんでもあれば子守でもあり、すべてだった。あなたは彼女のアイドル。叔父さま方が土地を、山の農家も含めて売却したとき、それでも小さなブドウ畑に果樹園と菜園、豚小屋とウサギ小屋に鶏小屋は残った。もう小作制度がとやかく言われることもなかったから、あなたはすべてをほとんど譲るようにしてマスールに任せてしまった。ただしかれらが家の面倒を見てくれるという条件でね。それからマスールとマリアもいなくなり、アマリアは一度も結婚せず——すばらしい美人ってこともなかったせいで——あそこで暮らしつづけた。村で卵と鶏を売りながらね。食肉処理人は必要なときに豚を始末しにくるし、ブドウの木に硝酸銅を撒いたり、ほんの少し収穫作業を手伝ってくれるいとこもいる。つまりそれで満ち足りてる、ちょっと寂しいことをのぞけば。だから娘たちが子どもを連れていくと喜んでくれる。あそこでは消費した分だけ支払う。卵に鶏、サラミ。果物と野菜はどうしても無理、あなた方のものです、って言うから。女性の鑑で、料理の腕は楽しみになさい。あなたが来るって考えたらいてもたってもいられなくって、ヤンボ坊ちゃんにこれをヤンボ坊ちゃんにあれを、なんて嬉しいんでしょう、病気なんて坊ちゃんお気に入りのサラダで私が治して差し上げますってね……」

「ヤンボ坊ちゃんか。大仰だな。ところで、どうしてヤンボって呼ばれてるの?」

「アマリアにとっては、80歳になったって相変わらず坊ちゃんのままなんでしょうね。ヤンボについては、ほかでもないマリア

が説明してくれたことがあった。小さいときにあなたが決めたそうよ。ぼくの名前はヤンボだって。あの前髪のある男の子ね。それでみんなにとってヤンボになった」

「前髪のある？」

「当時は綺麗な前髪があったみたい。それにジャンバッティスタが気に入らなかった、わかる気もするわ。でも戸籍上の問題はおいておきましょう。あなたは出発する。電車で行ける訳ではないの。4回も乗り換えなければいけないことになるから。ニコレッタが付いていってくれるわ。どうせクリスマスに忘れてきたものを取りに行かないといけないし、それにあなたをアマリアに任せたらすぐに引き返すから、可愛がってもらえるわよ。必要なときはそこにいてくれるし、ひとりになりたいときはいなくなってくれる。家には5年前に電話を引いたからどんなときでも電話できる。お願いだから、試してみて」

何日か考えさせてくれと頼んだ。旅行のことを最初に言い出したのはぼくだったが、それは事務所の午後から逃れるためだった。しかしほんとうに事務所で過ごす午後から逃れたかったのだろうか？

迷路の中だ。どんな方向を選んだとしても正しくはあるまい。それにどこから抜け出したいというのか？　ひらけゴマ、抜け出したいんだ、こう言ったのは誰だったろうか？　ぼくは入りたいのだ、アリ・ババのように。記憶の洞穴に。

ぼくの悩みを解決してくれたのはシビッラだった。ある午後、堪えきれずにしゃっくりをしたら、その頬にわずかに赤みが差し（きみの顔に炎を拡げる血液の中、宇宙がその笑いを浮かべる）、目の前にあったカードの束を一瞬いじってから、こう言った。

第1部　事故

「ヤンボ、いちばん最初に知ってもらいたいの……結婚します」

「なんだって？　結婚する？」反射的に言いそうになる。「よくもそんなことを！」

「結婚します。男性と女性が指輪を交換してみんなに祝福される光景が浮かぶかしら？」

「いや、言いたかったのは……じゃあぼくをおいていってしまうのかい？」

「どうしてです？　かれは建築事務所にいるんですが、まだそんなに稼いでいませんから、ふたりとも働かなくてはならないでしょう。それに、私が、あなたを置いていくことなどできますか？」

ナイフを心臓に突き刺すと、その手で2度こねた。『審判』の終わり。いや、過程（プロセス）の終わり。「それはだね……ずっと前からつづいていたことなの？」

「それほどでもありません。数週間前に知り合ったのですが、この手のことがどう進むかはご存知でしょう。優秀な男性なんです。ご紹介します」

この手のことがどう進むか。もしかしたら以前にもほかに優秀な男性たちがすでにいたのかもしれない。もしかしたらぼくの事故を利用してどうにもならない状況を作り出し、仕舞にしたのかもしれない。ことによると前を通りかかった最初のやつに飛びついたのかもしれない。暗闇への跳躍。その場合、ぼくは彼女を2度傷つけたことになる。いや誰が彼女を傷つけたというのだ、馬鹿め！　物事すべてがふつうどおりに進んでいる。彼女は若く、同じ年ごろの男と出会い、はじめて恋に墜ちる。はじめてだぞ、いいか？　〈それでも誰かがおまえの花を摘むだろう ／ 泉の口よ ／ おまえを探さなかった ／ 恩寵と幸運はかれのもの〉。

98

「何か素敵な贈り物をしてあげなくちゃね」

「でも時間はあります。昨晩ふたりで決めたんですけど、私はヤンボが元気になるのを待ちたいんです。そうすれば後ろめたさを感じずに1週間のお休みが取れるでしょう」

後ろめたさを感じずにか。なんたる心遣い。

最後に見た霧に関するカードのラストはどんなだっただろうか? 〈聖金曜日の夜、ローマの駅に着くと、彼女は馬車に乗って霧の中を遠ざかっていった。彼女を永遠に失ってしまった気がした、取り返しのつかないほどに〉。

こうして情事は勝手に終わった。以前何かあったとしても、すべて消去。真新しい黒板。これからは、娘としてだけだ。

この時点で出発することは可能だった。いや、そうすべきだった。パオラにソラーラに行くつもりだと告げた。たいそう嬉しそうだった。

「きっと居心地がいいはずよ」

「かれいの王子さまかれいさん、自分のためなら欲しがらない、なんもかんもを欲しがっとるのは、わしのにょうぼさ、あの魔女の」

「あなたってほんとうに性格が悪いわね。いざソラーラへ、ソラーラへ、よ」

その晩、ベッドでパオラから出発前最後の助言をうけているときに、彼女の胸を撫でてみた。なよやかな声が漏れ、欲望に近いが、甘美さ、それにたぶん感謝の気持ちともまざりあった何かを感じた。ぼくらはセックスをした。

歯磨き同様、明らかにぼくの体にはかつてしていたころの記憶が保存されていた。穏やかで、ゆっくりとしたリズムを感じた。

彼女が最初にオルガスムをむかえ（いつもこうなの、とあとで言われた）、ぼくはその少しあと。つまるところ、ぼくにとってははじめてだった。みんなの言うとおり、実にすばらしかった。驚いたわけではない。まるで頭ではすでにわかっていたことを、そのときになってはじめて体でほんとうだと発見したみたいだった。

「悪くない」仰向けに寝転がりながら言う。「ようやくどうしてみんながあんなに執着するのかわかったよ」

「あらまあ」パオラがコメントする。「60歳にして夫の童貞を奪う羽目に遭うなんて」

「しないより遅いほうがいい」

しかし、パオラの手を握って眠りに落ちていきながら、シビッラとしても同じことだったろうかと自問せずにはいられなかった。馬鹿め、ゆっくりと意識を失いながらつぶやく、どっちみちそんなこと起こりっこないさ。

ぼくは出発した。ニコレッタが運転し、ぼくはその横顔を見ていた。結婚したころの写真から判断するに、鼻、それから口のかたちもぼく似だ。間違いなくぼくの娘、罪の果実を押しつけられたわけではなかった。

（襟ぐりがわずかに開いていたので、彼女の胸元の、上品なYの文字が彫られた金のロケットに不意に気がついた。神よ、かれは言った、誰にもらったのです？　ずっと離さず持っております。サン゠トーバンはクラリス修道院の階段に幼くして捨てられたときにはすでに首にさげておりました、彼女は言った。おまえの母である侯爵夫人のメダルではないか、私は叫んだ！　もしかしておまえは左肩に十字架の形をした小さな黒子が４つあるのではないか？　はい、ございます。しかしどうしてあなたさまがそのこ

とをご存知なのですか？　それでは、それではおまえは私の娘で
ぼくはおまえの父ではないか！　父上、わが父上！　いや、おまえ、
純粋無垢なおまえよ、いま気を失ってはならない。道から飛び出
してしまう！）

　話はしなかったが、ニコレッタが生まれつき無口だということ
はもうわかっていた。それにそのとき彼女は間違いなく困惑して
いた。ぼくが忘れてしまったことに触れるのを恐れ、煩わしい思
いをさせまいとしていた。彼女にたずねたのはどの方角に向かっ
ているのかということだけだ。「ソラーラはランゲとモンフェッ
ラートの境にあって、とても素敵な場所。いずれわかるわ、パ
パ」。パパと呼ばれるのは嬉しかった。

　高速道路をおりて最初のうちは、名の知れた町の名前が書いて
ある標識が見えていた。トリノ、アスティ、アレッサンドリア、
カザーレ。それから田舎道に入ると、聞いたことのない村の名前
を示す標識になった。平野を数キロ過ぎ、でこぼこ道を越えると、
遠くに丘の青い稜線がちらほら見えてきた。だがその稜線がいき
なり消えた。正面に木々の壁が現れたからだ。車はその中へ入り
込み、木々の生い茂るトンネルを進んでいった。それは南国の森
を思わせた。〈いまとなっては、そなたの影ふかい森も、湖も、
私にとって何になるだろう？〉

　さらにそのトンネルを抜けると、まだ平野を進んでいる気はし
たが、すでに両側と背後に丘のそびえる盆地の中だった。そうと
はわからないくらいの上り坂を進んでいたが、見るからにもうそ
こはモンフェッラートの中で、気づかぬうちに丘がぼくたちを取
り囲み、ぼくはまだ若いブドウの樹木が歓迎してくれる別世界へ
と入っていった。遠くに見えるのはいろいろな高さの頂で、まわ
りの丘からわずかに飛び出ているものもあれば、切り立ったもの

101

もあって、多くの頂辺には場違いな教会や大きな農家、はたまたお城のごとき建物が図々しくもそびえ立ち、丘の頂上に可愛らしい仕上げを添えるというよりは、空へと向かう勢いをあたえるかのようだった。

　そんなふうに1時間ほど丘を旅していると、曲がり角ごとに別の景色が開け、まるで県から県へ瞬間移動している気分になったが、あるところでモンガルデッロと書いてある標識が見えた。ぼくはつぶやいた。「モンガルデッロ。それからコルセッリョ、モンテヴァスコ、カステッレット・ヴェッキオ、ロヴェッツォロ、それで到着だ、ちがうかい？」

　「どうしてわかったの？」

　「みんな知っているさ」そう答える。けれどどうみてもそれは嘘だった。どの百科事典にロヴェッツォロのことなんかが書いてあるというのか？　洞穴に入りはじめたということだろうか？

102

第**2**部

紙の記憶

UNA MEMORIA DI CARTA

5. クララベル・カウの宝物

なぜ大人になってソラーラに行きたがらなくなったのかどうしてもわからないまま、ぼくは子ども時代を過ごした土地に近づいて行った。ソラーラ自体はそれほど大きくない村落といったふうで、なだらかな丘のブドウ畑の真ん中の窪地に身を横たえて広がり、そこからは登りになっていた。ある地点で、曲がりくねった道のあと、ニコレッタは本線からはずれた狭い道に入り、ぼくらは少なくとも2キロほど2台の車がどうにかすれ違える幅の切れ端のような道に沿って進んだ。この道は両側が傾斜になっていて、それぞれ異なる風景を呈していた。右側はモンフェッラートの景色で、並木が茂るとてもなだらかな丘からなり、並木はゆるやかに数を増して初夏の澄み切った空に緑が映え、ちょうど真昼の暑さが猛威をふるう頃合いだった（とぼくにはわかっていた）。もう一方は、早くもランゲ丘陵地帯がはじまる最初の連なりで、険しさを増す分、単調な起伏がつづき、ひとつまたひとつとつづく鎖の列のように、それぞれ丘のかたまりが異なる色合いをみせる景色の中で、さらに遠くにみえる丘の薄青色のつらなりへと消えていった。

　ぼくはその景色をはじめて発見したというのに、それがとても身近に感じられて、自分が谷間に広がる平野を一目散に駆け下りたら、どこに足を踏み入れどこへ向かえばよいかわかっている気

がした。ある意味それは、ぼくが病院から出てそれまで見たこと
もなかったあの車を運転できたときに似ていた。親しみを感じた
のだ。言い表しがたい幸福に、いわば健忘症の幸福にぼくは取り
つかれていた。

　切れ端のような道は、突如折り重なる山道の脇を通って登りな
がら延びていた。そうしてまさにマロニエの並木道が終わったと
ころに、家はあった。ぼくらは花の咲いた花壇がところどころに
ある中庭のようなところに車を停めた。建物の背後、ほんの少し
高いところに山道が見えて、アマリアのものとおぼしき小さなブ
ドウ畑が広がっていた。到着したときは2階に大きな窓のある
家の全貌を特定することはむずかしかったが、中央に広い母屋が
あって、そのバルコニーの下には完璧なアーチを描いて嵌めこま
れた美しい樫のドアがそのまま小道に面していて、側面には2
つのやや短めの翼廊とやや控えめな玄関がすがたを現した。だが、
家が背面の丘にむかってどこまで広がっているのかはわからなか
った。中庭からは肩越しに、さっきぼくが見とれたばかりの景色
が180度広がっていた。というのも、家へとつづく小道は徐々
に高さを増していて、ぼくらが通ってきた道は低くのみこまれて
眺めをさえぎることがなかったからだ。

　こんな印象を抱いたのもつかの間、大きな歓声を上げて女が1
人すぐに現れたからだ。聞いていた描写からして、アマリアにち
がいなかった。脚は短く、相当がっしりして、年齢不詳で（ニコ
レッタが前もって言っていたとおり、20歳から90歳のあいだ）、
喜びを抑え切れずに干からびた栗みたいな顔を輝かせていた。や
れやれ、歓迎の儀式か。キスに抱擁に、ちょっとした失言をした
せいでたちまち小声で叫びはしたが、急いで口に手をやったので
言葉は中途ですんだ（ヤンボ坊ちゃま、あれもこれも覚えておい

ででしょう、おわかりになられるでしょう、とか言うので、ニコレッタはぼくの肩越しに目で合図を送っていたはずだ）。

　感情が溢れて、考えたり質問したりする余地がなかった。すぐに荷物をおろして左翼廊へと運ばなければ。そこはパオラが娘たちといつも陣取る翼廊で、主要部に滞在したいというのでなければぼくもそこで寝ることができた。母屋は祖父たちの、そしてぼくの子ども時代の居場所であり、いつも閉め切られていて教会の内陣みたいだった（「私はよく埃を払って、時どき空気を入れにいくんですよ。まあ、ほんの時どきですけどね。いやな匂いがつかないようにね、私にとっては教会も同然のあのお部屋をかき乱すような真似はいたしません」）。

　ところで1階には、からっぽの大きな部屋がいくつかあってドアは開いたままだった。というのもそこで、リンゴにトマト、ほかにもたくさん美味しいものが、新鮮なまま熟すにまかせて保存用にと広げられていたからだ。実際、そんな広間に数歩踏み入れると、スパイスや果物や野菜の鼻をつく香りがして、大きなテーブルの上には、秋一番まさに旬のイチジクがあったので、ひとつ味見して、あの樹はほんとうにいつもすごいなあ、と言わずにはいられなかった。ところがアマリアは「なぜあの樹なんですか。あの樹が5本なのはよくご存知でしょ。それが1本となれば、ほかのよりすごいことになる！」と大声で言った。ごめん、アマリア、うっかりしていた。とんでもない、頭の中にたくさん大切なことがおありなんですもの、ヤンボ坊ちゃま。ありがとう、アマリア。ぼくの頭には実にたくさん物事が詰まっているみたいだけれど、困ったことにみんな飛んでいってしまって、ぷぅーってね、4月の末のある朝以来、イチジクが1個でも5個でもぼくに

は同じになってしまったんだ。

「ブドウ畑にもう実はなっているの？」。ぼくは自分の精神と感情が活発であることを示そうとたずねた。

「いいえ、実はいまのところまだ房も小さくて、母親のお腹にいる小さな赤ん坊みたい。今年は暑くていつもよりずっと早く熟してはいるんですけれど、雨が降りますようにってね。ブドウの実をご覧になるのに間に合いますよ。きっと９月までいらっしゃりたくなるでしょうから。少し調子がお悪かったので、パオラ奥さまから、健康によくて滋養のつく食事を差し上げるようにと申しつかっています。今晩は、小さいころお好きだったオリーヴオイルのディップと、トマトソースの温野菜のサラダをこしらえてあります。角切りセロリとエシャロットのみじん切りに、神のご加護がありますようにと全部野菜を入れておきました。お好きなパンもあります。ディップに付けて食べるあのおいしいビチュランです。それから私が育てた若鶏。残飯で太らせる鶏肉屋の若鶏ではありません。あるいはローズマリー風味のウサギがよろしいですか。ウサギはいかがですか。ウサギなら、すぐに行っていちばんいいのを瓦で一撃喰らわせればいいんですから。かわいそうですが、生きるとはそういうことですから。ええ、ほんとうにニコレッタはすぐに帰ってしまうの？　残念だね。大丈夫ですよ、ここに私たちふたりは残って、坊ちゃまはお好きなことをなされば。私は干渉しませんから。私にお会いになるのは朝コーヒーをお持ちするときと食事のときだけで、残りの時間はここでお好きなようになさればよろしいのです」

「そういうことだから、パパ」と、取りにきた荷物を車に積みながらニコレッタはぼくに言った。「ソラーラは遠く思えるかもしれないけど、家の裏手に獣道があって、曲がりくねった道をず

5. クララベル・カウの宝物

っと横切っていけばまっすぐ村に着くから。ちょっとだけ急な下りがあるけど、それも段々になっていて、そうすればすぐ平地だから。行くのに15分、登って帰るのに20分だけど、コレステロールに効くっていつも言っていたじゃない。村には新聞やタバコもあるし、もっともアマリアに言えば朝8時に行ってくれます。彼女はどっちにしろ、あれこれ用事やミサで行くから。ただね、メモに新聞の名前を書いてあげてね。毎日よ。そうしないと忘れて、1週間『ジェンテ』とか『ストップ』の同じ号を持ってきかねないから。ほんとうに何かほかに必要なものはない？　いっしょにいたいけれど、ママがパパはひとりで昔のものに囲まれていたほうがいいって言うから」

ニコレッタが引き揚げて、アマリアはぼくの部屋と(ラヴェンダーの匂いのする)パオラの部屋を見せてくれた。私物をあるべき場所に置いて、そのへんから掻き集めてきた楽な服に着替えて、かかとの磨り減った、少なくとも20年は履いているらしい靴も含め、すっかり領主のいでたちになったところで、30分ほど窓辺でランゲ地方の斜面の丘を眺めていた。

台所のテーブルにクリスマスのころの新聞があったので(ぼくたちが最後にソラーラに行ったのはクリスマス休暇のときだった)、井戸の冷えた水桶で適温になったマスカット・ワインを一杯やりながら読みはじめた。11月末、国連がイラク軍からのクウェート解放のため武力行動を認可し、サウジアラビアへ米軍装備に必要な物資がはじめて送り出された直後で、サダム・フセインに撤退を説得するべくアメリカはフセイン政権の閣僚とジュネーヴで会合をもったというのが最新の話題だった。おかげでいく

109

つか出来事を再構築できたぼくは、その新聞を最新情報だと思って読むことにした。

　突如、ぼくは出発の緊張の中で朝トイレに寄ってこなかったことに気づいて浴室にいった。新聞を読み終えるには絶好の機会だ。窓からはブドウ畑が見えた。ぼくはある考えに、いや、ある旧い欲望に（と言ったほうがよいかもしれない）とらわれていた。つまり、ブドウの樹木のあいだで用を足すことを思いついたのだ。新聞をポケットに入れ、偶然か体内探知機のおかげか知らないが、家の背後に面した小さなドアを開けた。とてもよく手入れされた果樹園を突っ切った。小作農の翼廊部に木の柵で囲まれた場所があり鶏や豚の鳴き声が聞こえるからには、ウサギ小屋と豚小屋が付属する鶏小屋にちがいなかった。果樹園の奥にブドウ畑へと登っていく獣道があった。

　アマリアの言ったとおりだった。ブドウの葉っぱはまだ小ぶりで、実際小さいようだった。それでもブドウ畑にいる実感はあった。擦り切れた靴底の下には土くれがあって、樹木の列のあいだには雑草が生い茂っていた。本能的に目で桃の木を探したが見つからなかった。おかしいな、何かの小説で、ブドウの樹木の列のあいだに――小さいころから裸足で歩いてかかとが硬くなっている――ブドウ畑でしか育たない黄色い桃が、親指で押すとぱっと割れて、まるで化学処理をすませたみたいにきれいな種が、時折わずかにくっついて残った肉付きのいい白い虫を除いて、ほとんどひとりでに出てくると読んだのに。ヴェルヴェット状の皮ならほぼ気にせず食べることができて、舌から鼠蹊部までを身震いさせるのだった。一瞬、鼠蹊部に身震いを感じた。

　ぼくはしゃがむと、時折鳥のさえずりと蟬しぐれに遮られるだけの、午後の深い静寂の中で排泄をした。

110

5. クララベル・カウの宝物

〈愚かな季節……。かれは読みつづけた。自らの立ち上ってくる匂いのうえに静かに腰掛けて〉。人間は自分の排泄物の香りは好むが、他人の排泄物の匂いは好まない。つまるところ、排泄物とはぼくらの体の一部ということだ。

ぼくは懐かしい充足感を覚えた。括約筋の穏やかな動きが、その一面の緑の中で混乱した過去の経験を呼び起こした。あるいは、人間の本能か。ぼくは個人的なことがほとんどなくて具体性に溢れているので（人間の本質的記憶はあるが個人的記憶がないので）、おそらくネアンデルタール人が感じていた快感を単に味わっていたのだろう。ネアンデルタール人はぼく程度の記憶もなかったにちがいなく、ナポレオンが誰かなんて知らなかったはずだ。

事を終えたとき葉っぱできれいにしなければという考えにとらわれたのは、無意識的行動であったにちがいない。それで、新聞があったのでテレビ番組欄のページを破いた（なんと6ヶ月も古いものだったが、ソラーラにテレビはないのだから仕方ない）。

再び立ち上がって、自分の排泄物を眺めた。美しい渦巻きをなしていて、まだ湯気が立っていた。ボッローミニ級。腸は正常にちがいなかった。というのも、排泄物が軟らかすぎたり完全な液体であったりすれば心配しなければならないらしいから。

ぼくははじめて自分のうんちを見ていた（都会では便器にすわっているから、ながめたりなんかせず、すぐ水を流してしまう）。それをぼくは、みんなもそうすると思い、はじめてなのにうんちと呼んでいた。うんちはぼくらが有するもっとも個人的で密やかなものだ。うんち以外はいずれも、たとえば顔の表情、目つき、身振りも認識可能だ。きみの裸体でさえ、海辺やお医者さんのもとで、セックスの途中で、認識できる。思いだってそうだ。なぜなら、普通思いを表現するし、あるいは他人が、きみの目つきや

111

第2部　紙の記憶

戸惑いの示し方から推測する。もちろん密やかな思いというのも
あるが(たとえばシビッラのことだが、ぼくは結局部分的にジャ
ンニに秘密を漏らしてしまったので、シビッラは何となく直観的
に感じたかも知れず、おそらくまさにだからシビッラは結婚する
のだ)、一般的には思いさえも明らかにされる。

　一方、うんちはちがう。きみの人生におけるとても短い期間、
すなわちお母さんがきみのおむつを変えてくれる期間を除けば、
それ以後うんちはきみのものとなる。あのときのぼくのうんちは、
ぼくが過去に生きた途上で産み落としたうんちとあまりちがわな
かったはずで、まさにあの瞬間、忘れていた時代の自分自身にぼ
くを再び結びつけたのだ。そうしてはじめて、以前起こった無数
のさまざまな経験、子どものときブドウ畑で用を足した経験につ
いてでさえも、確信をもてるのだという経験をした。

　たぶん、あたりをよく見れば、いまでも当時したうんちの残骸
が見つかっただろう。正しい仕方で三角測量をして探すクララベ
ル・カウの宝物みたいに。

　だが、ぼくはここでやめにした。うんちはまだぼくのシナノキ
の煎じ薬ではなかった。ぼくは括約筋により自分の研究を導き出
すのを切望するほど見たいと強く欲しただろうか。〈失われた時〉
を再び見出すには下痢ではなく喘息が必要だ。喘息は気体で、
(たとえ消耗させるとはいえ)息を吐くことだ。つまり、コルクで
防音を施された部屋をもてる金持ちのものであって、貧乏人は畑
で、霊を吐き出すのではなく排便をする。

　ともかくぼくは自分を、生活に不便というより満ち足りて感じ
た。ほんとうに、再び目が覚めてから感じたことがないほど満ち
足りていた。神の道は果てしなく、尻の穴までも通る、とぼくは
独りつぶやいた。

112

5. クララベル・カウの宝物

　一日がこうして終わった。ぼくはちょっと左の翼廊にある部屋をあてもなく歩いて、孫の部屋と思しき部屋を見た（だだっ広い部屋で3つベッドがあり、男の子のすがたをした人形と三輪車がまだ隅っこに打ち捨てられていた）。寝室にはぼくがナイトテーブルに最後に残していった本があったが、どれも大した本ではなかった。あえて古い翼廊には入らなかった。落ち着け。場所に馴染む必要があった。

　夕食はアマリアの台所で、古い食器棚にテーブル、そして彼女の親の世代の椅子にまで囲まれて食べた。梁につるされたニンニクの匂いがした。ウサギは美味で、温野菜のサラダはここまできた甲斐があったというものだ。パンをところどころ油の混ざったバラ色のディップに付けて味を試してみると、それは新たに知る快楽であって思い出す快楽ではなかった。小突起においては何の助けもあてにする必要がないことはもうわかっていた。たらふく飲んだ。このあたりのワインは、フランスワインすべてをひっくるめたほどの価値がある。

　家畜とご対面をした。毛のない老犬ピッポはほとんど人間になつかず、老いぼれて片目が見えず耄碌しているようだったが、アマリアが断言したとおり最高の番犬だった。それから猫が3匹。2匹は愛想がなくて頑固。3匹目は黒いアンゴラの一種で、柔らかい毛がびっしり生えていて、ぼくのズボンを引っかいてはうっとりした鳴き声で優美にエサをねだるすべを心得ていた。動物は何でも好きだ、と思う（ぼくは生体解剖に反対する団体に登録していた）のは、本能的な共感は自然の産物だからだ。ぼくは3匹目の猫がひいきで、いちばん美味しいものをそいつにやる。アマリアに猫たちの名前をたずねると、猫を名前では呼ばないという。犬とちがってキリスト教徒ではないからだそうだ。黒猫をマトゥ

113

と呼んでいいかとたずねると、チュチュというだけで足りないので
でしたらどうぞと答えたが、都会の人間はヤンボ坊ちゃんにいた
るまで、酔狂な思い付きをするものだと考えているようだった。

コオロギ（本物のコオロギ）がおもてで大合唱をしていたので、
中庭まで聴きに出た。知っている星座が見つからないものかと空
を見た。星座、天文学の図表にある星座だけだ。大熊座がわかっ
たのは、よく話を聞いたことのある事象のひとつだったからだ。
百科事典が正しいと学ぶのに、ぼくはそこまで行ったわけだ。
「内なる人に戻れ」、そうすればラルース辞典が見つかるだろう。

ぼくはつぶやいた。ヤンボ、きみの記憶は紙のそれだ。ニュー
ロンの記憶ではなくて、本の紙のね。おそらくいつの日か、奇妙
な電子機器が発明されて、コンピューターで地球の原始から今日
までに書かれたあらゆる書物を旅して、指先でたたけばあるペー
ジから別のページへ行けて、自分がどこにいて何者なのかわから
なくなっても、みんなきみみたいにわかるようになるだろう。

災難にあった多くの仲間を待つうちに、ぼくは眠りにおちた。

うとうとしはじめたとき、誰かの呼ぶ声がした。「プシュ、プ
シュ」と言いながら、どうしてもぼくを窓辺におびき寄せたいら
しい。外から誰がぼくを呼ぶのだろう。よろい戸にしがみついて
でもいるのだろうか。よろい戸をガラッと開けると、闇の中を白
っぽい影が逃げるのが見えた。翌朝アマリアが説明してくれたと
ころによると、メンフクロウの仕業だということだった。メンフ
クロウはねぐらに空き家を好み、屋根裏か排水溝かわからないが、
まわりに人がいると気づけばすぐにねぐらを変える。しまったこ
とをした。というのも、あの闇に逃げるメンフクロウが、ぼくと
パオラが「ミステリオーサ・フィアンマ *misteriosa fiamma*」と
定義したものを再び思い出させてくれたからだ。あのメンフクロ

114

5. クララベル・カウの宝物

ウ、あるいは群れの中の1羽は明らかにぼくと所縁があって、別の夜にもぼくの目を覚まさせ、不格好にゆらゆら揺れる幽霊みたいに闇の中に逃げていった。ゆらゆら？　この言葉も、事典で読んだわけではない気がする。つまり、ぼくの内部から、あるいは過去からやってきたものだ。

　眠りながら夢にうなされ、あるとき胸に強い痛みを覚えて目が覚めた。最初は梗塞だと思った。こんなふうにはじまるらしいから。そして、起き上がり、よく考えもせずパオラがくれた薬の袋を探しに行って、マーロックス懸濁液を飲んだ。マーロックス懸濁液、つまり胃炎の薬だ。食べてはいけないものを食べると胃炎に襲われる。実際は、食べすぎにすぎない。パオラは体調管理は自分でなさいと言いながら、傍にいて番犬みたいに寄り添ってくれていたけれど、いまとなっては独力で学習しなければならない。アマリアの助けは期待できそうになかったからだ。農夫は伝統的に大食を良しとしてきたから、食料の枯渇だけが悪とされるのだ。

　この先いったいどれだけ学習しなければならないのだろう。

6.『最新版メルツィ』

　村へ下りてみた。帰りの登りはちょっときつかったが、気持ちのよい元気の出る散歩だった。やれやれ、ジタンを何箱か持ってきておいてよかった。村にはマルボロ・ライトしか置いていない。田舎の人だから。

　アマリアにメンフクロウの話をした。幽霊だと思ったと言ったら笑いもしないで大真面目だった。「メンフクロウですよね。賢い鳥で誰にも悪さはしません。でも、あっちには」と言って、ランゲの斜面を示した。「あっちには、いまも妖術師の女がいます」。「妖術師って何だい」。「口にするだけで怖いぐらいですが、知っておかれるべきでしょう。私の亡くなった父があなたにいつも妖術師の話をしていたものです。ここには来ませんからご安心ください。無知な百姓を脅かしには行きますが、頭髪を逆立てた妖術師を追い払う効き目のある言葉をもしかすると知っているかもしれない物知りの坊ちゃま方のところへは行きません。妖術師は性悪な女で、夜徘徊します。そして、霧が出ていれば、あるいはもっといいのは嵐のとき、本領を発揮するんです」

　それ以上言いたがらなかったが、霧と口にしたので、その辺には霧がよく出るのかとたずねた。

　「よくですって。よくどころか、かなり出ます。私の部屋の扉から小道のはじまるところまで見えないときもあります。いえ、

6.『最新版メルツィ』

ここから家の前が見えないんです。夜、家の中に誰かいるとすると、どうにかこうにか窓から明かりが漏れるのが見えますが、まるでろうそくの灯みたいで。霧がここまでこないときも丘の方面の風景は見えるはずです。もしかしたら、ある地点までは何も見えなくて、そこから何やら岩山や小さな教会がすがたを現したとしても、その背後はもう真っ白。まるでミルク桶をひっくり返したみたいにね。もし9月にここにまだいらっしゃるのでしたら、この秋最初の霧をご覧になれますよ。このあたりじゃ霧は6月から8月以外いつも出るんです。そこの村にサルヴァトーレっていうナポリの男がいて、20年前こっちに働きにきたんですが、ナポリはとても貧しいですから。いまだに霧に慣れないそいつが言うには、ナポリでは主顕節の日〔東方三博士がキリスト礼拝にやってきた1月6日〕でさえ天気がいいんだとか。ご存知でしょうが、何度かそいつが畑で行方不明になったことがあって、すんでのところで急流に落ちそうになったところをみんなが懐中電灯を持って夜探しに行きました。まあ、ナポリの男は大したもので、私どもとはちがいます」

　ぼくは静寂の中で朗誦した。

　そして我は谷を眺めた。万物がすがたを消した!　霧の中に沈んだ!
　穏やかな灰色の、波もなく、砂州もない、ただ一色の、大海原だった。
　そしてわずかに、ここそこに小さいが獰猛な不思議な叫び声が聞こえた。
　鳥たちがその人影のない世界に迷い込んでいた。
　そして高く、空には、ブナの木の骸骨が、
　宙吊りのように、

第2部　紙の記憶

　そして廃墟と静かな隠者の庵の夢。

　さて、目下のところ、廃墟や打ち捨てられた家をぼくは探しに
きていて、もしあるとすれば、そこに、日向に、見えないように、
あった。というのもぼくの内部には霧があったから。あるいは、
日陰で探すべきだったのだろうか。時機は熟していた。中央の翼
廊に入らなければならなかった。
　アマリアにひとりで行きたいと言うと、頭を振り、鍵を渡して
くれた。部屋はたくさんあるようで、アマリアはどの部屋も閉め
切っていた。そうでもしないと悪漢がうろつきかねないからだ。
こうしてぼくに、大小の錆びたものもあったが鍵の束を渡して、
いずれも覚えておられるでしょうがほんとうにひとりでお行きに
なりたいなら、どの鍵もその都度がんばって試してみる必要があ
りますと言った。まるで「うまくなさいませ。小さいころと変わ
らずいまでも気まぐれでいらっしゃるのですから」とでも言うよ
うに。
　アマリアはそこに早朝行ったにちがいなかった。前日よろい戸
は閉まっていたのにいまは半開きになっていた。廊下と部屋に光
を差し込ませ、どこに足を踏み入れればよいのか見えるようにす
るためだった。アマリアが時どきやってきて空気を入れていたと
はいえ、閉め切った匂いが残っていた。いやな匂いではなくて、
年代ものの家具や天井の梁、肘掛け椅子に掛けられた白い布(レ
ーニンが座った椅子だったりして?)から染み出したような匂い
だった。
　冒険はやめにしよう。さまざまな鍵を試して、また試して、ぼ
くはアルカトラズの看守長みたいだった。入り口の階段が広間の
ようなところに通じていて、そこはたくさん家具が置かれた控え

118

の間か何かで、レーニンにぴったりの肘掛け椅子と19世紀風の
ひどい油絵の風景画がきちんと額装されて数枚あった。まだ祖父
の好みは知らなかったが、パオラによれば祖父は好奇心旺盛な蒐
集家だったのだから、祖父がそれらの駄作を好んだはずはなかっ
た。だから、きっと家族のものにちがいなかった。曾祖父母か誰
かの絵の習作かもしれなかった。まあいずれにせよ、絵はその部
屋の薄明かりの中でどうにか見分けられる程度で壁の上の染みで
しかなかったから、そこにあることは正しかっただろう。

　その広間は一方が建物正面にある唯一のバルコニーに通じてい
て、他方がふたつの廊下に通じていた。これらの廊下は家の裏側
に沿ってつづいていて、ゆったりと薄暗く、壁はほぼ全面古い色
刷りの紙で覆われていた。右の廊下にはエピナール版画の作品が
あり、歴史上の出来事が描かれていた。『アレクサンドリア爆撃』、
『プロイセン軍パリ包囲と爆撃』、『フランス革命偉大なる日々』、
『連合国軍による北京奪取』、それから、そのほかはスペインのも
ので、小人の奇人『オレーリス族』のシリーズがひとつ、『音楽
愛好家のサルのコレクション』がひとつ、『逆さまの世界』がひ
とつ、それに、一生のさまざまな時期が描かれた例の寓意の階段
がふたつあって、ひとつが男性でもうひとつが女性だった。1段
目には揺りかごと手引き紐をつけられた子どもが、それから徐々
に、頂上の成人期まで、美しく輝かしい人物がオリンピック式の
表彰台にのっている。そうしてゆっくり下りるに従い、徐々に年
を取った人物が最後の台まで下がっていき、スフィンクスが予告
したように、3本足の人間に、つまり震える曲がった2本の細い
足と杖のことだが、待ち受ける死の化身のとなりに並んでいる。

　ひとつ目のドアは旧式の広い台所に通じていて、立派な竈とま

第2部　紙の記憶

だ銅製の鍋がかかった大きな暖炉があった。過去の時代のあらゆる道具は、もしかすると祖父の大叔父から受け継がれたものかもしれなかった。もはやすっかり古物であった。食器棚の透明ガラス越しに花柄の皿、コーヒー沸かし、ミルクコーヒー用のカップが見えた。ぼくは本能的に新聞入れを探した。ということは、新聞入れがあるのを知っていたのだ。それは窓側の隅に掛かっていて黄色の地に燃えるような大きな芥子の花の焼き絵がついた木製だった。戦時中薪や石炭がなかったとき台所は唯一暖かい場所だったから、ぼくはその台所でいくつもの夜を過ごしたことだろう。

　次は風呂場に行き着いた。風呂場も古い様式で、合金の大きなバスタブがあり、蛇口は広場の泉のように弓なりだった。洗面台も洗礼盤みたいだった。水を開けてみたら、ゴボゴボ音がつづいてから黄色いものが出て2分ほどしてやっと透明になりはじめた。便器と水槽は19世紀末の王室の温泉をぼくに思い起こさせた。

　風呂場の向こうには最後のドアがもうひとつの部屋につづいて

いて、蝶々飾りのある薄緑の木製のわずかな小ぶりの家具とシングル・ベッドがあった。ベッドの枕にもたれたレンチ人形が20世紀様式の布製の人形にふさわしく気取ったふうに座っていた。それは間違いなく妹の部屋で、タンスの中の何枚もの小さな洋服もそのことを裏付けていたが、ほかの道具類はすべて取り払われ永遠に閉ざされてしまった感じがした。もっぱら湿気た匂いがしていた。

アーダの部屋のあと、廊下は突き当たりの戸棚で終わっていた。開けてみるとまだ樟脳の匂いがしていて、刺繍がほどこされたシーツや毛布、そしてキルティングの掛け布団が1枚きちんと入っていた。

控えの間まで廊下を戻り、左側に入った。ここでは壁にとても精密な仕上がりのドイツの印刷物『服飾史について』があった。ボルネオの輝くばかりの女性、ジャワの美人、清朝時代の中国人、口髭と同じだけ長いパイプを口にしたシベニクのスラヴ人、ナポリの漁師、トロンボーンをもったローマ時代の傭兵、セゴビアとアリカンテのスペイン人。それから歴代の衣装もあった。東ローマ帝国の皇帝、教皇、封建時代の騎士、テンプル騎士団員、14世紀の貴婦人、ユダヤ商人、王様の近衛兵、槍騎兵、ナポレオンの手榴弾兵。ドイツ人の版画家は盛大な催しの服装を描くことで各人を捉えていて、有力者だけがごてごてと宝石をつけ、アラベスクで飾られた銃把、閲兵式の甲冑、豪奢な白衣で身を固め誇示していた。なんともみすぼらしいアフリカ人や極貧の庶民もまた、胴につけた多色の巻物、マント、ぼろぼろの羽根付き帽子、華やかな色彩のターバンをつけて登場していた。

おそらく冒険ものの本をたくさん読む以前、ぼくはこれらの印

刷物で地球上の種族や民族が多様で色とりどりであることを探ったのだろう。細い縁取りをされたそれらの印刷物によって、ぼくは異国情緒を目の当たりにしたのだが、何十年にもわたる太陽光でその多くはもはや色あせていた。「地球上の種族と民族」とぼくが声に出して繰り返してみると、毛深い外陰部に思い当たった。なぜだ？

　ひとつ目は食堂のドアで、これもまた奥で控えの間と繋がっていた。偽15世紀様式の食器棚がふたつあって、多色ガラスが丸形と菱形にはめ込まれた扉がついていた。いくつかのルネッサンス期の折りたたみ椅子はまさに『無礼講の晩餐会』の劇風で、鋼鉄枠のシャンデリアが大テーブルの上に垂れていた。ぼくは「去勢雄鶏と王様のスープ」とつぶやいたが、なぜだかはわからなかった。あとでアマリアに聞いてみると、食堂のテーブルの上には去勢雄鶏と王様のスープがなければならないからだというが、王

様のスープとは何ぞや。アマリアの説明によれば、クリスマスに
毎年神様が地上にお送りくださったということだ。クリスマスの
正餐は甘辛いマスタードつきの去勢雄鶏と王様のスープで、黄色
くて小さな玉のような去勢雄鶏をスープに浸すとやがて口の中で
とけるということだった。

　「王様のスープの美味しかったこと。もはや作らなくなってし
まった禁断の美味です。みんなが王様を追い出してしまったから
でしょう。王様もかわいそうなお方です。私はムッソリーニのと
ころへ行って一言申し上げたいものです」

　「アマリア、ムッソリーニはもういない。このことは記憶のな
いものもみんな知っているよ」

　「私は政治のことはわかりませんが、王様が一度追放されて、
それから戻ってきたことは知っています。嘘じゃありません、王
様はどこかで待機していて、ある日あれでも……。とにかく、お
じいさまは神様の栄光の下にあって、私たちは去勢雄鶏と王様の
スープを踏襲していたのです。そうでなければ、クリスマスとは
言えませんでした」

　去勢雄鶏と王様のスープのことは、テーブルの形と12月末に
料理を輝かせていたであろうシャンデリアを見て頭に浮かんだの
だろうか。王様のスープの味は思い出さないのに、名前だけ思い
出した。「的（まと）」という名の謎解きゲームみたいに、テーブルは椅
子か食堂か食事に結びつけられねばならない。ぼくには王様のス
ープが常に言葉どうしのつながりで浮かんだ。

　もうひとつの部屋のドアを開けた。それはダブル・ベッドのあ
る部屋で、まるで禁じられた場所のように、ぼくは一瞬入るのを

ためらった。家具の輪郭が薄明かりの中で巨大に思えて、いまなお天蓋つきのベッドが祭壇のようだった。それはおそらく祖父の寝室で、そこには足を踏み入れてはならないのではなかったか。祖父はそこで、痛みにやつれて亡くなったのだろうか。そこにぼくも、最期の挨拶をしようと立ち会ったのだろうか。

　そのあとの部屋も寝室だったが、どの時代のものかわからない擬バロック風の家具が置かれ、角がなくすべてが丸みを帯びていた。鏡の付いた大きなクローゼットも整理ダンスも側面の扉の角は丸かった。そのときぼくは幽門につっかかりを覚えた。病院で結婚式の日の両親の写真を見たときのようだった。不思議な炎。グラタローロ医師に状況を説明するとき、医師は期外収縮みたいですかと訊いた。そうかもしれませんと答えた。でも、喉にこみ上げる生温かさを伴っているんです。それならちがいますとグラタローロ医師は言った。期外収縮はそういうのではありませんから。

　それは、ぼくが小さな栗色に製本された１冊の本を右側のサイドテーブルの大理石の上に見かけて直進し、「リーヴァ・ラ・

フィロテア」と言いながら本を開いたときだった。「フィロテア
が到来する」とはどういう意味だろう、方言なのか、到来するの
は……何か？　ぼくはその謎に何年も関わっていたような感じが
して方言で問いを発した（だがぼくは方言を話していたのだろう
か）。岸辺？　何がいったいやってくるというのか。祈禱書、ト
ローリーバス、夜走るトラム、謎のロープウェー？

　冒瀆しているみたいな気分のまま本を開けてみると、それはミ
ラノの司祭ジュゼッペ・リーヴァの1888年の祈禱書で、祈禱や
黙想録の選集であり、祭典の一覧表と聖人カレンダーがついてい
た。祈禱書はもはやほとんど糸がほどけて、触れたとたん紙は指
の下でばらばらになった。ばらばらになった紙を恭しくまとめた
ところ（古書を大事に扱うのはいつだってぼくの仕事だ）、側面の
赤い襷の部分にもはや色あせているが金字で『リーヴァの祈禱
書』と印字してあるのが目に付いた。それは誰かの祈禱書にちが
いなく、ぼくはあえて開けようとしたことはなかったが、著者と
もタイトルともつかないそのあいまいな表示は、棒で電線に取り
付けられた〈欲望という名の電車〉が迫ってくることを告げてい
た。

　それからふり返ると、整理ダンスの曲線を描いた側面に扉がふ
たつ開いているのが目に入った。いささかドキドキしながら急い
で右の扉をスパイされるのをおそれるかのように辺りを見回しな
がら開けた。中には3枚の棚板があって、表面はやはり丸みを
帯びていたが空っぽだった。ぼくは盗みをしたように自分が動揺
しているのを感じた。おそらくかつて犯した盗みに関係していた
にちがいなかった。だからぼくはその棚板をのぞきに行ったのだ。
というのもそこに、ぼくがさわったり見たりしてはいけないのに、
こっそり見た何かがしまわれていたからだろう。いまとなっては

第 2 部　紙の記憶

ほとんど刑事の推理をもって確信していた。つまりそれは両親の
部屋で、祈禱書は母の祈りの本であって、整理ダンスのその隠し
場所にぼくは何か秘められたもの、何だろう、たとえば古い書簡
とか、財布とか、家族のアルバムには貼ることのできない写真入
れを、探りに行ったのだ……。

　ところで、それが両親の部屋だとすれば、パオラはぼくが田舎
で生まれたと言っていたから、それはぼくがこの世にやってきた
部屋だったわけだ。自分が生まれた部屋のことを覚えていないの
はあたりまえだが、何年にもわたり、あなたはその大きなベッド
で生まれて、そこで夜によってはパパとママの間で寝ると言い張
って、それが何度かわからないほどすっかり習慣になって、授乳
してくれた胸の匂いをまだかぎたがった、なんて言われながら見
せられるものだから、その部屋はこのぼくのやっかいな頭葉に少
なくとも痕跡を残したのにちがいなかろうか。いやその場合も、
ぼくの体は何度も繰り返された身振りをいくつか記憶に留めてい
たにすぎなかった。つまり望むなら、本能的に乳房をとらえる口
の吸引運動を繰り返すことができるかもしれなかったが、すべて
はそこで終わり、その胸が誰のであったか、乳の味がどうだった
かは言えなかった。

　その乳の味を思い出さないとしたら、生まれる価値はあるのだ
ろうか。それに専門的な言い方をすると、ぼくはいったい生まれ
たことになるのか。普通ならみんなそうだと言うけれど。ぼくに
わかっているのは、生まれたのは 4 月の末で、60 歳にして病院
の部屋にいたということだ。

　ピピーノさんは老人として生まれ子どもに返って死んだのだっ
た。これは何の話だったっけ。つまりピピーノさんはキャベツの
中で 60 歳で生まれ、真っ白な髭をして、いくつもの冒険をはじ

126

6.『最新版メルツィ』

める。毎日少しずつ若返って、ついに再び少年となり、乳飲み子となり、最初の（あるいは最後の）泣き声を発しながら死んでいく。ぼくはその話を子どものころ本で読んだにちがいなかった。いや、そんなはずはない。ほかのこと同様に忘れてしまって、もしかしたら40歳のとき児童文学史上で引用されたのを目にしたのかもしれない。すなわちぼくは、劇作家ヴィットリオ・アルフィエーリの子ども時代のことをすべてとはいわないが知っているのに、自分の子ども時代のことを何も知らなかったということか。

いずれにせよ、ぼくはその廊下の暗がりの中で、少なくとも最後に母の顔をみながら産着を着て死ねるよう、自分の戸籍簿を奪回するのに没頭しなければならなかった。やばいぞ、もし教育指導女性局長みたいな口髭のある太った助産師の顔を見ながら息を引き取るとしたら。ガルシアならぬシャチのロルカだ。

その廊下の奥、最後の窓下のベンチの向こうにドアがふたつあり、ひとつは突き当たりに、もうひとつは左側にあった。左のドアを開けて湿っぽい重厚な広い書斎に入った。マホガニー製の机があって、緑色の、国立図書館にあるようなスタンドがそびえていて、ステンドグラスのふたつの窓に照らされていた。窓は左翼廊の後ろ側に開いていて、そこは家の中でおそらくもっとも静かでひっそりした場所で素晴らしい景色が眺められた。ふたつの窓のあいだには高齢の紳士の肖像写真があり、白い口髭をはやし、いまもナダールの撮った田舎の写真に出てくるような格好をしていた。祖父の生存中にはまだ写真はなかったはずだ。正常な人は自分の肖像写真を目の前に掲げたりしない。その絵を掛けたのは両親でもない。祖父はぼくの両親よりあとに亡くなったのだから。しかも両親を失って辛かった祖父が掛けるはずはなかった。おそ

127

らく叔父たちが、街の家やこの周辺の畑を片付けるにあたり、記念碑か何かのようにその部屋を整理しなおしたのだろう。実のところ部屋は仕事場や人が住んでいた場所であったようにはまったく見えなかった。部屋の簡素さが死を匂わせていた。

　壁にはエピナール版画がもう一連あって、青と赤の制服を着た小さな兵隊がたくさんいた。歩兵隊、胸甲騎兵に竜騎兵。

6.『最新版メルツィ』

　ぼくにとって印象深かったのは書棚で、やはりこれもマホガニー製だった。3つに仕切られていたが、実質的に空っぽだった。棚ごとにほんの2、3冊が飾りとして、ちょうど発注者に無価値な教養の血統書を差し出す悪趣味な建築家がするように置かれていただけで、空間はラリックの花瓶や、アフリカの偶像や、銀製の皿や、クリスタルの水差しにとってあった。だがそこには、そのような高価な飾り物の品々さえなかった。わずかに、古い地図帳、光沢加工された紙でできた一連のフランス雑誌、1905年版『最新版メルツィ』、フランス語、英語、ドイツ語、スペイン語の辞書があるだけだった。書店主で蒐集家だった祖父が空っぽの書棚を前にして暮らしていたはずがない。ほら現に棚のひとつには、銀メッキの額に入った1枚の写真が見えた。明らかに部屋のひと隅から撮られていて、日が窓から差し込んで机を照らしていた。祖父は少し驚いた様子で座っていて、袖をまくりあげて（ベストを着ていたが）、台をふさぐ雑記帳の山のあいだにどうにか身を入り込ませていた。祖父の背後には書棚が本で溢れ、本のあいだには新聞が山のように乱雑に積み重ねられ、そびえていた。隅には、床の上に新聞以外の山が、おそらく雑誌や、まさに捨てることのないようそこに投げ入れられているというふうなほかの紙製品で一杯の箱が見えた。つまり、祖父が存命中の書斎はこんなふうだったにちがいなく、それは祖父以外の人ならゴミ箱に捨ててしまったかもしれないあらゆる種類の紙の救い主の倉庫であり、忘れられた書類をある海から別の海へと運ぶ幽霊帆船の船倉であり、そこに迷い込んであらゆるごちゃごちゃした書類をあさる場所であったはずだ。それら素晴らしい紙類はどこに行ってしまったのだろう。お偉い無粋人が明らかに散らかるものすべてをすっかり消し去ってしまった。いずれも卑しい古物商に売られてしま

ったのか。そんな部屋をもう見たくないと思ったのはこの一掃整理のあとのことで、だからぼくはソラーラを忘れようとしたのではなかろうか。実のところその部屋で、ある年も次の年も何時間でも祖父と未知の驚異を発見しようと過ごしたはずだ。過去へのそんな最後の取っ掛かりさえ奪われたのだろうか、ぼくは。

書斎から出て廊下の突き当たりの部屋に入った。書斎よりもかなり小さくていかめしい感じはしなかった。家具はずっと明るい色で、地元の大工が有り合わせで作ったのだろう。少年にはじゅうぶんだったにちがいない。隅に子ども用ベッドがあり本棚がたくさんあったが、赤く装丁された1列の本以外は事実上空だった。勉強机の上は中央の黒いファイルできちんと整頓されていて、またもや緑色のスタンドがあり、ラテン語の辞書『カンパニーニ・カルボーニ』の擦り切れた1冊があった。一方の壁には2本の小さな釘で絵が取り付けてあり、それを見るとまたしてもあのとても不思議な炎が湧き起こった。それは楽譜の表紙、あるいは「ぼくは飛びたい」のレコードのポスターで、それが映画に参照されたのをぼくは知っていた。馬みたいな笑顔のジョージ・フォーンビィだとわかった。ウクレレに合わせて歌っていたっけ。オートバイがもはや手に負えなくなり積み藁に突っ込んで雌鳥が鳴くなか、逆方向から出てくるすがたが目に浮かんだ。一方オートバイのサイドカーに乗った空軍大佐の手には卵がひとつ、きみへの大切な卵さながら落ちてきた。それからフォーンビィが間違って乗った昔の飛行機で錐揉み降下し、急上昇し、再びまっさかさまに落下するのが目に浮かんだ。あーおかしくて笑いすぎで死にそうだ。「3回も見たよ。3回も」ぼくはほとんど叫んでいた。「いままで見たなかでいちばん笑える映画だった」とぼくは繰り返したが、「映画」の「い」にアクセントを置いて発音した。む

6.『最新版メルツィ』

ろん当時少なくとも田舎ではまだそんなふうに言うのが普通だった。

　それは確かにぼくの部屋だった。ベッドと机はあったがそれ以外はまるで空っぽで、入り口で心づけを置く、必ず永遠な香りがするように演出された偉大な詩人の生家の部屋のようだった。ここで「8月の詩」や「テルモピレーへの頌歌」や「死に行く船乗りの哀歌」などが書かれた。ところでこの詩人は偉大なのか。かれはもういない。まさにこのベッドにおいて23歳で軽い病に朽ち果てた。ピアノを見よ、この地上における最後の日に詩人が残したとおりに開けられたままなのが見えるだろうか。中央のラの上には、詩人が「雫のプレリュード」を弾いていたとき蒼白の唇から落ちた血のしみの跡がある。この部屋は、汗にまみれた紙に背を丸めた詩人の短い地上での道程を記憶に留めるにすぎない。

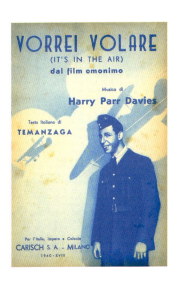

その紙は？　紙はローマ学院の図書館にしまってあって、祖父の同意を得たときだけ見ることができる。ところで祖父は？　亡くなってしまった。

　逆上したぼくは廊下に引き返し、中庭の窓に向かってアマリアを呼んだ。それにしてもそんなことがあるだろうかとアマリアにたずねた。これらの部屋にもはや本も何もなくて、ぼくの部屋にはおもちゃが見つからないなんてことが。

　「でも、ヤンボ坊ちゃまは16, 7歳の学生のころまであの部屋においででした。その年齢でまだおもちゃを取っておおきになりたかったのでしょうか。それに50年たったいま、おもちゃがよみがえってくるのはなぜなんですか」

　「もういい。だけど、じいさんの書斎は？　物で溢れていたはずなのにどこへ行ってしまったんだい？」

「屋根裏部屋です、すべて屋根裏部屋です。屋根裏部屋を覚えておいでですか。墓場みたいで行くと気がめいるので私はミルクを入れた小皿をそこらに置くときだけ上がります。なぜですって。なぜって、家にいる3匹の猫を屋根裏部屋におびき寄せて上がらせ、そこに上がってしまえば猫たちはそれでネズミ退治に興じるわけです。おじいさまのお考えでした。というのも、屋根裏部屋には紙がたくさんありますから田舎にたくさんいるネズミを寄せ付けないようにしなければなりませんでしょう。大きくおなりになるにつれて、昔のはアーダさまのお人形みたいに屋根裏部屋に収まりました。それから、叔父さま方がここに立ち入られたとき、非難するつもりはありませんけど、少なくともそこにあったものを残して置かれることはできたはずです。それが何もない。お祭りの準備をしたときみたいに、一切合財が屋根裏部屋行き。いま滞在しておられるあの階は淋しくなってしまったので、パオ

ラ奥さまとお戻りになられてもおふたりとも手をお付けになりた
がらず、だから素敵ではありませんが使いやすい別の翼廊にいら
っしゃるようになって、パオラ奥さまがキリスト教徒らしく整え
られたわけで……」

　もしぼくが主翼廊で金貨やヘーゼルナッツみたいに大きなダイ
ヤモンドが詰まった甕がたくさんあるアリ・ババの洞窟や離陸の
準備ができた空飛ぶ絨毯を期待していたのなら、パオラもぼくも
大間違いを冒したことになる。宝の部屋は空っぽだったのだ。屋
根裏部屋に上がって発見できたはずのもの全部を、もう一度下に
運んできて元の場所にもどす必要があったのではないか？　そう
だ。しかし元の状態がどうだったか思い出さなければいけなくて、
まさにそのためにぼくはマンフリーナ踊りをする羽目になったの
だ。

　もう一度祖父の書斎に入ると、隅の小さなテーブルにレコード
プレーヤーがあるのに気づいた。古い蓄音機ではなくて木箱入り
のプレーヤーだった。デザインからすると50年代のものらしく、
78回転だけがついていた。ということは、祖父はレコードを聴
いていたのか。ほかのもの同様蒐集していたのだろうか。それで、
レコードはどこにあったのだろう。やはり屋根裏部屋だろうか。

　ぼくはフランスの雑誌をめくりはじめた。高級雑誌でリバティ
風だった。ページは細密画みたいで縁が彫刻模様で飾られ、前ラ
ファエロ様式の彩色図版が載っていて、聖杯の騎士と会談する色
白の貴婦人たちがいた。それから、物語と記事もやはり百合の渦
形装飾で縁取られ、ファッションのページはまさにアール・デコ
様式で、ほっそりとした女性たちが描かれていた。ボーイッシュ
な髪型で、シフォンか刺繍のほどこされた絹のウエストの低い服
を着て、首を露出し背中に向けて襟ぐりは広く、唇は傷口のよう

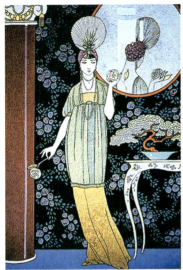

第2部　紙の記憶

に血紅色で長いキセルからは紫煙がゆるやかな螺旋状に立ち上り、ヴェールつきの帽子をかぶっていた。これらを描いた無名の画家は、パウダーの香りの描き方を心得ていたわけだ。

　雑誌を見て、流行遅れのリバティ様式への郷愁のまじった回帰と、ちょうど当時流行していたものとの探索を交互に行った。おそらく、いましがた終わったばかりの流行の美に呼びかけることは、将来のイヴの申し出に優雅なつやをあたえることになったのかもしれない。ところが、明らかにいましがた終わったばかりの流行だったイヴのところで立ち止まったぼくは、胸を高鳴らせた。不思議な炎ではなく甘美で穏やかな心拍急速で、いま現在の郷愁からくる動揺だった。
　それは、金色の長髪の、地上に降りてきた天使のようなぼんやりとした気配の女性の横顔だった。ぼくは心の中で朗誦した。

　そして聖なる青白さをたたえる長いながい百合が
　消えた蠟燭のようにきみの手の中で息絶える。
　きみはやつれた香りを指に漂わせ息を引き取ろうとしていた
　極度の苦しみに息果てて。
　輝く長衣から立ち上っていった
　愛と苦悩は。

　何と、その横顔をぼくはかつて見たにちがいなく、子ども時代、少年時代、青春時代、おそらくまだ成人期の入り口において、ぼくの心に焼き付けられていたのだ。それはシビッラの横顔だった。とするとぼくは、記憶のない時代からシビッラを知っていて、1ヶ月前仕事場で単に彼女を再認識したのだった。だが、再認識はぼ

6.『最新版メルツィ』

くに精神的な喜びをあたえ、あらためて湧き上がる慈しみへと突き動かすものではなく、いまはぼくの心を萎えさせた。なぜならその瞬間、シビッラを見ることでぼくはただ子ども時代の宝物に再び生命を吹き込もうとしたのだと気づいたからだ。おそらくシビッラにはじめて会ったとき、やはり同じようにしたのではないか。つまり愛の対象があのイメージだったとすれば、シビッラを即座に愛の対象とみなしたはずだ。それで再び目覚めてシビッラを見たとき、ぼくたちふたりに、ぼくが半ズボンをはいていたころ夢想していただけのできごとをあてはめたというわけか。ぼくとシビッラのあいだにあったのはあのイメージにすぎなかったということか？

　ところで、ぼくと知り合った女性たちのあいだにあったのはあの顔だけだったのだろうか。祖父の書斎で見た顔を追っていただけだとすれば？　ふいに、ぼくがそれらの部屋でしていた探索が別の価値を帯びてきた。探索は単にソラーラを立ち去る前に起こったことを思い出す試みではなく、むしろソラーラ以後にぼくがしたことの理由を理解する試みだった。それにしてもほんとうにそうだったのか。大げさに言うのはよそうと自分に言い聞かせた。つまるところ、昨日出会ったばかりの女性が呼び起こしたイメージを目にしたということだ。おそらくこの画像がきみの心にシビッラを思い浮かばせたのは、単に画像がほっそりとして金髪だからであって、ほかの男の心に浮かぶのは、たとえばグレタ・ガルボや隣の家の女の子かもしれない。お前ときたらまだひどく興奮していて、あの笑い話の男みたいに（病院の検査の話をしたときジャンニが語った笑い話だ）、医者が見せるロールシャッハ検査のイメージみたいなのが、いつも見えているときた。

　まあとにかく、ぼくはじいさんに再会してシビッラについて考

えるためにここにいるわけだな？

　雑誌はもういい、あとで見ればいいから。出し抜けにぼくは、1905 年版の『最新版メルツィ』に注意が向いた。図版が 4,260、絵入りの分類表が 78、肖像画が 1,050、多色石版の絵が 12 ある、アントニオ・ヴァッラルディ出版社でミラノ発行。開くとすぐに、8 ポイントの活字で最重要項目のはじめに小さな挿絵があるその黄色くなったページを見て、すぐそこに見つかるはずだとわかっていたものを探した。拷問につぐ拷問。事実そこにはさまざまな種類の責め苦があった。熱湯の刑に磔、犠牲者が吊り上げられそれから臀筋の部分を先のとがった鉄の太いとげの受け台に落とされる針刺し、足の裏を焼かれる火責め、網焼き、埋め苦、積み薪の刑、焚刑、車刑、皮剝ぎの刑、焼き串の刑、のこぎりの刑。手品ショーの残酷なパロディさながら、罪人は木箱に入れられ死刑執行人が 2 人ぎざぎざのついた大きな刃を手にしている。手品とのちがいといえば、ここでは最後に罪人はほんとうに胴体をまっぷたつに切断される。四つ裂きはほとんどのこぎりの刑と同じだが、ちがいは、ここではてこの働きをする刃がおそらく哀れな罪人を縦半分に切断するはずだった。そして引きずりの刑では、罪人が馬の尻尾につながれて引きずられ、足をねじで締め上げられる刑、中でも印象に残るのは磔刑の柱だった。当時ぼくは火に焼かれる串刺し刑の罪人を総督ドラキュラが食べるという森のことは何も知らなかったはずだが、次々と 30 種類の拷問がいずれも劣らず残虐だった。

　拷問……目を瞑ったままでもぼくなら、すぐにそのページに行き当たり、拷問をひとつずつ挙げることができただろう。ぼくが

感じていた緩やかな恐怖と静かな興奮はその瞬間のものであって、ぼくにはもはやわからない別の瞬間の感情ではなかった。

　どのくらいそのページに留まっていただろう。そしてほかのページにも。色刷りのページもあった(しかもアルファベットの順番に頼ることなくそこに辿り着いた。まるで指紋の記憶に従ったかのように)。肉厚で毒キノコの中でもとりわけきれいなキノコは、白い斑点のついた赤い傘のある金色のテングダケ、毒性の黄色を含んだ血紅色のハラタケ、白いカラカサタケ、有毒なイグチタケ、作り笑いに開いた肉厚の唇のようなベニタケ。それから化石は、メガテリウム、マストドン、ダチョウ目モア科の走鳥類。古楽器(ラムジンガー、アイヴォリー・フォーン、角笛、リュート、リベッカ、アイオリス・ハープ、ソロモン諸島のハープ)。世界中の旗(中国とコーチシナ共和国、インドのマラバール、コンゴ、ラトヴィアのタボレにマラテシュ、ニュー・グラナダ、サハラ、サモア、イギリス・ケント州のサンドイッチ、ルーマニアのワラキア地方、モルドヴァ共和国)。乗り物は、乗り合いバス、フィートン、辻馬車、幌付きの四輪馬車、クーペ、競走用二輪馬車、19世紀の幌付き馬車、駅馬車、エトルスキの荷馬車、古代ローマの二輪馬車、旋回式砲塔、牛に引かせた戦車、箱型のベルリン馬車、ひとり乗りの担ぎ籠、籠、そり、一輪の荷車、二輪や四輪の荷馬車。帆船(どの海洋冒険物語からかはわからないが、ぼくは以下の用語を吸収したのだと思った。2本マストのブリガンティーン帆船、ミズンマスト、ミズンマストのトップスル、トゲルンスル、メイン・トップスル、ミストラル、フォアスル、トップスル、フォア・トゲルンスル、フォア・トップマスト・ステイスル、船首の三角帆に船首最先端の三角縦帆、下桁、斜桁、船首斜よう、しょう楼、船壁、舷側－スパンカー揚げ－悪魔の甲板

長、千臼砲船体、ハンブルクの雷、上しょうの帆をはなせ、左舷の船壁に全員集合、コスタ兄弟！)。それから古い武器。可動式こん棒、鞭、死刑執行人の大剣、新月刀、三つ刃の短剣、両刃の短剣、矛槍、車輪つき火縄銃、射石砲、破城槌、ど砲。紋章学の知識は紋章の盾の部分、横帯、支柱、斜め帯、左下がり斜帯、模様の領域、半分に分かれた模様、右上から左下にかけて斜線で等分された盾、縦横線の4分割、旗中心部に付けられる模様、など。これがぼくの人生における最初の百科事典で、それを長いあいだめくっていたはずだ。ページの縁が擦り切れて、たくさんの見出し語に下線が引かれており、時には横に子どもっぽい字で特に難しい用語を書き写そうと短いメモ書きまであった。この辞書はぼろぼろになるまで使われた。読まれ、再読され、しわくちゃになり、もはやページの多くは外れかかっていた。

　ここでぼくの最初の知識が形成されたのだろうか。そうでないことを願う。いくつかの項目、特に下線が引かれた項目を読みはじめてからひそかにほくそ笑んだ。

　プラトン　　　名高き古代ギリシャの哲学者。古典古代の哲学者中もっとも偉大な哲学者。『対話篇』により学説を説いたソクラテスの弟子。古典古代のすばらしい知の集大成を編纂。紀元前427年から紀元前347年。
　ボードレール　パリの詩人。芸術における奇人であり、物事の表層を模倣する術を獲得した。

もちろん教育が悪くても克服はできる。年齢的にも知識の面で

も成長してから、ぼくは大学でプラトンをほぼ読破した。誰ももうぼくに、プラトンの稀覯本コレクションをみつけたと請け合ってくれることはなかった。けれど、もしほんとうにみつかったとしたら？　もしプラトンの稀覯本コレクションがぼくにとってもっとも重要なものだったとしたら、それ以外のことは生活の糧を得て豪奢に浸るためだけのものだったのか。じつのところ例の拷問は存在したのに学校で出回っている歴史の本は拷問について教えていないと思うのだが、これはまずい。ぼくらは自分が何者であるかを、カインの末裔であるという事実を弁える必要がある。ぼくはつまり、人間とは度し難く性悪で人生は悲鳴と狂気に満ちていると考えながら大きくなったのだろうか。だからパオラは、ぼくがアフリカで大勢の子どもが亡くなっているというのに肩をすくめると言っていたのだろうか。『最新版メルツィ』を読んでぼくは人間の性質を疑うようになったのだろうか。引きつづきページをめくった。

　　シューマン（ロベルト）　著名なドイツの作曲家。「楽園」と
　　　　　　　　　　　　　「ペリ」、ほか多くの交響曲と声楽曲な
　　　　　　　　　　　　　どを書いた。1810 年から 1856 年。
　　（クララ・シューマン）　優れたピアニスト。シューマンの未亡
　　　　　　　　　　　　　人。1819 年から 1896 年。

　なぜ未亡人なのだろう。1905 年にはふたりとも亡くなって久しかったというのに。カルプルニアはユリウス・カエサルの未亡人だったというのだろうか。いや、たとえカエサルより長生きしたからとはいえ妻だった。なぜクララだけが未亡人なのか。まあとにかく、『最新版メルツィ』は無駄話にも注意を払っていて、

6.『最新版メルツィ』

夫の死後、そしておそらく生前にも、クララがブラームスと関係
のあったことに注意を払っているのだろう。日付が記されていて
(『メルツィ』はデルフィの神託のように何も述べないが隠すこと
もせず仄めかす)、ロベルトはクララが 37 歳になったばかりの
ときに亡くなり、クララはそれから 40 年生き延びる運命となる。
美人で優れたピアニストがその年齢でどうしろというのか。しか
しクララは未亡人として歴史の一部となり、『メルツィ』はそれ
を記録に残している。どうやってそのあとぼくはクララの歴史を
知ったのだろう。たぶん『メルツィ』がその「未亡人」について
ぼくの興味を駆り立てたのだ。ぼくの知っている言葉のうちいく
つを『メルツィ』で学んだのだろう。というのも、いまでも断固
とした確信をもって脳の動揺をだましつつも、マダガスカルの首
都がアンタナナリヴォだと知っているのだから。『メルツィ』の
中で、ぼくは魅惑的でおもしろい用語に出会った。巻きついた、
深くお辞儀しながら相手の手あるいは衣服の裾にキスすること、
安息香、カッカバルドル、ツノヘビ、ふるい職人、教理神学、ガ
リオーソ、イチョウガニ、明示的、汚物、豚の血の腸詰、飼料、
不快感に満ちた、おぼこの少女、鞍を付けて馬を調教する、鏡の
サルデーニャ方言、古だぬき、アルゴの古い王様、好戦的ケルト
民族アロブロージ、リチュー、カフリスタン、ドンゴラ、アッシ
ュルバニパル、フィロパトル等々。

　地図帳をめくった。そのいくつかはとても古く、なんと 1914
年から 1918 年の戦争前のもので、アフリカには青みがかった灰
色でドイツの植民地がいまだにあった。ぼくは生涯において何冊
もの地図帳に当たってきたはずだけれど、オルテリウスの地図を
売却したばかりではなかったか？　とにかく、地図帳の異国の名

前には身近感があった。まるでぼくがほかの書物を取り戻すため
にそれらの地図から出発すべきだとでもいうかのようだった。何
がぼくの幼年時代をドイツ領西アフリカに、オランダ領インドネ
シアに、そしてとりわけザンジバルに結び付けていたのだろう。
とにかく、そこソラーラにおいては、ひとつの言葉が別の言葉を
呼び覚ますことは明らかだった。ぼくはその連鎖を伝って最後の
言葉まで再び遡るのだろうか。どの言葉まで？　「ぼく」まで？

　ぼくは自分の部屋に戻った。あることが逡巡することなくわか
る気がした。ラテン語の辞書『カンパニーニ・カルボーニ』には、
「くそ」という言葉は載っていない。ラテン語では何というのだ
ろう。皇帝ネロは絵を掛けようとして金槌で指をたたいてしまっ
たとき、何と叫んだのだろう。「我においていかなる芸術家が滅
びるというのか！」だろうか。少年時代にこのようなことは真面
目な問題であったはずなのに、公の知識では回答が得られなかっ
た。だから学童用ではない辞書の世話になったのだと思う。実際
ほら『メルツィ』には、くそ、くそ溜め、人糞清掃員、どろどろ
のシチュー、「毛を取り除く膏薬で特にユダヤ人に用いられた」
があって、ぼくは、ユダヤ人はどれほど毛深かったのかなと自問
したのだろう。稲妻みたいに、声が聞こえた。「ぼくの家の辞書
によれば、「ピターナ」はひとりで商売をする女だ」。誰か学校の
友だちが、『メルツィ』にさえ載っていないことをほかの辞書に
探しにいって、禁じられた言葉を半分方言の形で（その言葉は
「プタンナ」だったはずだ）耳にし、ぼくに長らくその「ひとりで
商売をする」ことにかかずらわせたにちがいない。商売において
そんなふうに禁じられたこととは何なのだろう、というか、店員
も会計係もいないなんて。もちろん、慎重を期した辞書の「プッ

6.『最新版メルツィ』

ターナ」は「自分の体で」商売をするとあり、だが、ぼくに教えてくれた友だちは家で聞いたことを、自分なりに、いけない暗示だとわかるように精一杯知恵を絞って訳したのだ。「実にずる賢いやつだ。ひとりだけで商売をして……」

ぼくは何かその場所とかその少年を見たのだろうか？ そうではなくて、一度読んだ物語に書かれた文章や言葉のつながりに再び軽く触れたみたいだった。息のように出てきた言葉。
フラートゥス・ヴォーチス

紐で結わえられた本はぼくのではなかったはずだ。本が祖父からぼくに贈られたのは確かで、あるいは叔父たちが祖父の書斎から部屋の美的理由のためにそこに運んだのだ。大部分がヘッツェル全集の「挿絵付き」ヴェルヌの全作品で、赤色の化粧製本に金粉で帯状に装飾がほどこされていて、表紙は金箔をあしらった多色刷りだった。おそらくぼくはフランス語をそれらの本で習得したのだろう。ここでもぼくは自信をもってもっとも記憶に残っている1枚の絵に向かった。ノーチラス号の大きな船窓から巨大

145

な蛸をみつめるネモ艦長、工学帆桁の突き出た『征服者ロブール』の空中船、「神秘の島」に落下する気球(「まだ浮上しているのか？」「いえ、むしろ降下しています！」「もっとひどいです、チーロ殿、墜落しています！」)、月へと向けられた巨大なミサイル、地球の真ん中の洞窟、頑固者ケラバンとミハイル・ストロゴフ大尉……。暗い底から始終湧き上がってくるそれらの絵がどれだけぼくを不安にさせたことか。絵は白っぽい引っかき傷と交互になった黒くて細い線で描かれて、均質に塗られた色彩帯のない宇宙のようであり、引っかき傷や筋模様、輪郭が描かれないことで目もくらむような反射からなった光景で、たぶん牛や犬あるいはトカゲが見るように、まさに網膜によって動物が見る世界であった。とても細い縞状板のブラインド越しにうかがった夜の世界のようだった。これらの図案をとおしてぼくは明暗の虚構世界へと入っていった。本から目を上げ外に出て真昼の太陽にやられて再びそこへ、もはや色の見分けのつかない深みに潜る潜水夫のよ

6.『最新版メルツィ』

うに戻った。そしてヴェルヌからカラー映画がはじまったのだったっけ。彫刻家の道具が表面を彫ったり浮き彫りにしたりした映画においてはじめて光を産み出す彫刻や削磨なしに、今日のヴェルヌはなかったにちがいない。

祖父は同時期のそれ以外の本を紐で結わえていたが、『パリの腕白小僧』、『モンテ・クリスト伯』、『三銃士』といった古い挿絵付き表紙本と、別の大衆向けロマン主義の傑作を大事に保存していた。

ここに2つ版があって、イタリア語版はソンツォーニョ出版のものでフランス語版は『サタン船長』あるいはジャコリオの『海賊』だ。中の版画は同じだけれど、ぼくはどの版で読んだのだろう。あるところまでくるとおそろしい場面がふたつ展開するのをぼくは知っていた。ひとつは、悪党ナドドが斧のほんの一撃で善人ハラルドの頭を断ち落とし、わが子オラウスを殺す。そして最後に、死刑執行人グットールがナドドの頭をつかんで、ごつい手で少しずつ絞め付けていき、しまいに哀れなナドドの脳から血が天井まで飛び散る。この挿絵では、犠牲者の目と殺人者の目がほとんど眼窩から飛び出している。

出来事の大部分は北国の靄に覆われた凍てつく海で展開する。海は真珠母色で、版画の絵は氷の白と対照的な霧を描きだしている。灰色の靄のカーテン、さらに深い乳白色の濃淡……白い極小の灰のような粉が、丸木舟に降りかかる。大洋の深みからまぶしい反射光が浮き上がり、まるでこの世のものとは思えない光……。灰白色の雨が激しく降り、時折その裂け目からぼんやりした形の混沌のようなものが見え隠れする。そして、この世のいかなる住

第 2 部　紙の記憶

人よりも限りなく背の高い人間のすがたが麻布に身を包んで現れ、その顔は穢れのない雪のように白く……。いや、これはまた別の物語の記憶だ。上出来だ、ヤンボ。きみの短期間の記憶はすばらしい。いまのは、病院で再び目覚めたとき最初に思い出した映像か言葉だったのではないか。ポーにちがいない。でも、ポーの本の内容が公的な記憶にそれほど深く刻まれているとすれば、子ど

ものころこっそり『サタン船長』の灰白色の海を見たからではないのか。

　ぼくは夕方まで『サタン船長』を読んで（再読して、だろうか？）いた。立って読みはじめたのだが、気づいたら壁に背を預けてしゃがみこみ、本を膝にのせて時間を忘れていた。しまいにはアマリアが、その恍惚状態から、大声でぼくを起こしてくれた。「目を悪くなさいますよ。お気の毒に、いつもお母さまがそうおっしゃっていました。坊ちゃま、外にお出かけにもならないで、今日の午後はじゅうぶんお天気もよかったですのに。お昼ごはんにさえおいでにならないで。ほら、さあさあ、もう夕飯の時間です」

　こんなふうにぼくは古い儀式を繰り返した。精も根も尽き果てていた。血液を作る必要のある成長期の少年みたいな食欲で食事をたいらげると、ものすごい眠気が襲ってきた。パオラによれば普段ぼくは眠りにつくまで長いこと本を読むらしいのだが、その夜何も読まなかったのは、まるで母からそう命じられたからみたいだった。

　ぼくはすぐさま眠りにおち、クロイチゴのジャムの皿にクリームの縞が長く伸びて浜辺みたいになった南国の大地と海を夢に見た。

7. 屋根裏部屋の8日間

　この8日間ぼくは何をしたのだろうか？　ほとんどを屋根裏部屋で本を読んで過ごして、一日の記憶が別の日の記憶と混ざっている。わかっているのは、手当たりしだい猛烈に本を読んだということだけだった。

　すべてを事細かに読んだわけじゃない。本や小冊子は、景色を上空から眺めるように見分けがついたものもあって、上空から眺めながらすでに書いてあることを知っているのがわかった。たったひとつの言葉がほかの1,000の言葉を再び喚起する、あるいは内容の充実した要約に実を結ぶかのようで、あたかも水に浸すと花が咲くあの日本の水中花のようだった。何かがおのずとぼくの記憶の中に蓄積されていき、オイディプス王かハンス・カストルプに寄り添おうとするかのようだった。そうかと思えば、ひとつの絵柄を見ただけで瞬時にして3,000もの言葉が生まれたりした。ゆっくり読んだら読んだで、ある文章、節、章を味わううちに、はじめて読んだときに引き起こされたのと同じなのに忘れてしまっていた感情に気づいたりした。

　言うまでもないけれど、こんなふうに読書が瞬時にして惹き起こすなんとも不思議な炎の色調も、ほのかな胸の動悸や不意の赤面は、やがて次に起きたときには、また新しい熱波に場所を譲るように消えていくのだった。

7. 屋根裏部屋の8日間

　8日間にわたって、陽の光を享受すべく、ぼくは早起きをして屋根裏部屋に上がり、日が暮れるまでそこにいた。正午には、はじめてのときぼくがいないと驚いたアマリアも、パンと、サラミかチーズの載った皿と、リンゴをふたつにワイン1本を運んできた（「ああ神様、この御子がまた病気になったら、パオラ奥さまに何と申し上げればよいのでしょう。少なくとも私のために、目が見えなくなりますからおやめください！」）。そうして泣きながら立ち去ると、ぼくはほとんど1本飲み干して、酩酊状態で引きつづき本に眼を通したから、もはや前後のつながりがつかなくなるのは当然だ。時どき本をたくさん抱え下におりて行って別の場所に身を潜めたのは、天井裏に囚われてしまわないようにするためだった。

　上にあがる前、近況を知らせるのに家に電話した。パオラがぼくのそのあとを知りたがったので用心した。「場所に馴染んで、天気が素晴らしいから屋外を散歩しているよ。アマリアはとってもいい人だ」。パオラはぼくがもう村の薬局へ行って血圧を測ったかどうか訊いた。2, 3日ごとに測定しなければならなかったのだ。ぼくに起こったことを考えれば、冗談ではすまされなかった。特に丸薬は朝夕飲むこと。

　いくらか気がとがめたが、ゆるぎない職業上の口実でもって、そのすぐあと仕事場に電話した。シビッラはまだ蔵書目録にかかりっきりだった。校正刷は2, 3週間のうちに手にできそうだった。よくよく父親のように激励して、受話器を置いた。

　いまでもシビッラに何か感じるかと自問した。不思議なことに、ソラーラでの最初の数日はすでに違った展望のもとにすべてを映し出していた。もはやシビッラが子ども時代の遠い思い出のようになりはじめている一方で、ぼくが過去の霧のあいだで少しずつ

第 2 部　紙の記憶

掘り起こしているものが、ぼくの現在になりつつあった。

　アマリアが屋根裏部屋には左翼廊から上がれると説明してくれ
たことがあった。ぼくは木製の螺旋階段を思い描いていたが、そ
うではなくてゆったりした使い勝手のよい石づくりの小さな階段
だった。あとで納得したのだが、そうでなければ、どうやって屋
根裏部屋に追いやったもの全部を持って上がることができただろ
う。

　自分で知っている限りにおいて、ぼくは一度も屋根裏部屋を見
たことがなかった。ワイン貯蔵室も実を言えば見たことがなかっ
たが、貯蔵室については、地下で暗くて湿っていて、いつもひん
やりして、ろうそくを持って行くところ、という通説がある。あ
るいは松明を。ゴシック小説は地下に事欠かず、暗闇を修道士ア
ンブロシウスが歩き回る。トム・ソーヤーの洞窟みたいに自然を
いかした地下もある。暗黒の神秘。どの家にもワイン貯蔵室はあ
るが、必ずしも屋根裏部屋があるわけではなくて、とりわけ街中
では天井裏があるだけだ。それはそうとほんとうに屋根裏部屋に
ついての文学はないのだろうか。ないなら、『屋根裏部屋の 8 日
間』って何だろう？　題名が心に浮かんだだけなのだが。

　一度にすべてを通って行くことはないにしても、ソラーラの家
の屋根裏部屋は三方すべての翼に通じているようだ。つまり、建
物の正面から後ろ側へ延びる空間に入るが、そこからもっと狭い
複数の通廊が開けて、仕切り壁や、区域をわけるために設けられ
た仕切りや、金属の棚とか古い引き出しで区切られた杭や、終わ
りのない迷宮のような合流点が現れる。左の廊下を通って冒険を
試みたぼくは、さらに 1、2 回ぐるぐる回って正面玄関扉の前に
再び出た。

152

7. 屋根裏部屋の8日間

　たちまちからだが反応した。まずもって暑さ。屋根の真下にいたのだから当然だ。それから光。並んだ天窓から分かれて入ってくる。建物の正面を見ると眼に入る天窓は、内側では大部分が窓に対して積まれたがらくたで塞がれているため、太陽がほんの少しでも差し込むと、黄色の層を成して無限の小粒子が動くのが見える。小粒子は周囲の暗がりの中でもブラウン博士的な小競り合いに忙しい大量の単子、核、始源の原子、真空に群がる初期物質が舞うように見える。このことを話題にしたのはルクレティウスだったか？　時どきそんな小粒子の素早い動きが、外れた食器棚か何かのガラス上に達してきらめいたり、鏡台の上で別の視角からみると、壁にもたせかけられた半透明の表面か何かのように見えたりする。それに天窓は、外側から何十年にわたって覆われた雨垢で曇ったものもあるが、それでも床にかなり明るい帯を成しえている。

　最後に、屋根裏部屋を支配する色は、梁に、そこかしこに積まれたケースに、小さなボール紙の箱に、空っぽの戸棚の残骸によって醸し出された、あらゆる栗色のグラデーションからなる大工の仕事場の色で、塗装されていない木の黄色からカエデの優美な色まで、果ては、もはや剝げ落ちているニスで塗られた整理ダンスのずっと暗い色調にいたるまでにわたり、箱から溢れる紙の象牙色でもあった。

　もしワイン貯蔵室が冥界の兆しを見せるとすれば、屋根裏部屋はちょっと色あせた天界を約束する。そこは死体が塵のような輝きとなって生じる植物的な極楽浄土のようなところだが緑がないので、乾燥した熱帯の森に、とても緩いサウナに体を浸す人工の葦原にいるような感じがする。

　ぼくはワイン貯蔵室が羊水で湿った母なる子宮に迎え入れられ

ることを象徴するのではないかと考えたが、まさに屋根裏部屋の
空気でできた子宮は薬用ともいえる温かさをもって充填していた。
そしてその明るい迷宮では、瓦を2枚剥がすだけで広い空に出
ることができ、閉め切った場所ならではの匂いが、静寂と平安の
匂いが漂っていた。

　そうこうするうちに、少し経つとぼくはもはや暑ささえ感じな
くなり、すべてを見出したいというかつての熱狂に捉えられてい
た。なぜなら、クララベル・カウの宝物がそこにあるのが確かだ
ったからで、ぼくはただ、長いこと発掘しなければならず、どこ
からはじめればよいのかわからなかっただけだった。

　蜘蛛の巣をいくつも破る必要があった。猫がネズミを退治して
くれると言ったが、アマリアが蜘蛛の心配をしてくれることはけ
っしてなかった。蜘蛛がその場を占めつくしていないのは、まっ
たくもって自然の淘汰のおかげであって、ひとつの世代が滅びる
とその巣もぼろぼろになり、季節から季節へとそうして移ってい
った。

　ぼくはいくつかの棚を、そこに積んである箱を落下させる危険
を冒しながら捜索した。祖父は明らかに箱も、特に金属製で多色
なら蒐集していたからだ。絵柄のついているブリキ缶はヴァマー
ルのビスケットでキューピッドがシーソーに乗っていて、アルナ
ルディのオブラートの容器、あるいは金色の縁や植物柄のコルデ
ィナーヴァのポマードの容器、ペリリのペン先が入ったボンボン
入れ、まだいずれも未使用のまま並んだプレスビテーロ社の鉛筆
の華麗でつやのある長細い箱は熟練の技による弾薬入れみたいで、
果ては、「2人の老人」が描かれたタルモーネのカカオ缶まであ
り、老女が消化の良い飲み物を、封建時代よろしくいまだ短ズボ
ンをはいて微笑む翁に優しく差し出している。ぼくは本能的に2

7. 屋根裏部屋の 8 日間

人の老人に、ほとんど知らないはずの祖父と祖母をダブらせた。

 それから手にしたのは、19世紀末様式のブリオスキのソーダ缶だった。紳士たちが優美な売り娘に供されて、うまそうな杯のボトル水を試飲している。何よりも手が覚えていた。白くてふわっとした粉の入ったひとつ目の小袋を取り出し、それを水道水で満たした甕の口にゆっくりと注いで容器をちょっと揺らすのは、粉をよく溶かして口のところで固まって残らないようにするためだ。次に2袋目を取り出して、今度は極小で水晶のような顆粒の粉を、これもまた注ぐのだが、急いで注ぐのは、すぐに水が沸き立ちはじめるからで、すぐにばね式の栓を閉め化学の奇跡がその原初的な液体の中で生成するのを、ごぼごぼ音を立てて液体があぶくとなりゴムのパッキンの隙間から外に出るのを待たねばならない。しまいに嵐は収まり、炭酸水は飲みごろになる。卓上水であり子どものワインであり自家製ミネラルウォーターだ。ぼくは「ヴィシー水」とつぶやいた。

 そして手のあと別の何かが、ほとんどクララベル・カウの宝物を前にしたあの日のように始動した。そのときぼくは別の缶を探

155

第2部　紙の記憶

していた。缶は確か後の時代のもので、ぼくは食卓につく前にその缶を何度も開けたものだった。絵柄は少し違っていたかもしれない。相変わらず同じ紳士たちが長いシャンパン・グラスで驚異の水を味わっているが、台の上にはまぎれもなく手にした缶とまったく同じ缶があるのがわかった。そして、その缶には同じ紳士たちが描かれていて、台の前で飲んでいて、台の上には別の卓上水の缶があって、その缶にも紳士たちが描かれていて……。こんなふうにずーっと、精度の非常に優れたレンズか顕微鏡さえあれば缶に描かれた別の缶が入れ子式に、中国式に、マトリョーシカ人形式に見えるのを知っていた。それは、ゼノンの逆説を知る前に1人の子どもの目が捉えた無限であった。到達できない目標物に追いつこうと走るようなもので、亀もアキレスも最後の缶に、最後の紳士たちに、最後の売り娘にけっして到達することはなかっただろう。幼くして無限の難解な概念も微積分も習得できるのに、ただ直観的に理解していることの何たるかがいまだにわからないのは、「終わりのない後退」のようなイメージ、あるいは逆に、「永劫回帰」、そして自らの尻尾を嚙む時代の流れの恐ろしい

156

7. 屋根裏部屋の 8 日間

前触れかもしれない。なぜなら、最後の缶に到達して、最後の缶があるとしてだが、その渦の奥に最初の缶を手にした自分自身を見出すかも知れなかったからだ。ある定点、すなわちグーテンベルクがマインツで最初の聖書を印刷した日に遡るためでないとすれば、ぼくはなぜ古書店主になろうと決めたのだろう。少なくともそれ以前には何もない、あるいはもっと上手くいえば別のものがあることを知っていて、自分を止められるとわかっているのだ。そうでなければ、ぼくはもはや書店員ではなくて手稿本の解読者になってしまう。5 世紀半にだけ専心する仕事を選ぶのは、子ども時代にヴィシー水の缶の無限について夢想していたからだ。

屋根裏部屋に積まれたもの全部が祖父の仕事場と家のほかの場所に収まるはずはなくて、仕事場が紙類で溢れたときにも、多くのものがすでに屋根裏部屋にあった。だからぼくはそこで子どもじみた探索を多々試みて、そこにぼくのポンペイがあって、自分の誕生以前に遡る昔の発掘物を掘り出しに行ったのだった。そのときぼくがしていたように、かつてそこに過去をかぎつけていた。つまりまだ「反復」を執り行っていたわけだ。

ブリキ缶のそばにふたつボール紙の箱があって、紙の小袋やタバコの箱で一杯だった。それらも祖父が蒐集したもので、旅行者から、場所も出所もわからず手に入れてくるのにはたいそう苦労したにちがいない。というのも、当時小物の蒐集は今日のように組織立っていなかったから。聞いたこともないブランドばかりだった。「俺の煙草」、「マケドニア」、ドイツの「ターキッシュ・アッティカ」、ティードマン社の「バーズ・アイ」、「カリプソ」、「シレーネ」、「ケフ・オリエンタルシュケ・シガレッテル」、「アラジン」、「アルミロ・ヤコブスタット」、「ゴールデン・ウェスト・ヴァージニア」、「エル・カリフ」、「アレクサンドリア」、「イ

スタンブール」、「サシャ・マイルド・ロシア風ブレンド」、「メキシコのアブンダンシアの最高級タバコ」、トルコの高官やエジプトの副王やトルコ皇帝後宮の側妻の絵が描かれているもの、白と青で念入りに着飾ったおそらくジョージ5世と思しき王の手入れされたあごひげのあるイギリス海兵が描かれた豪華な箱、それから見覚えがある気のする箱もあって、女性の手、つまりイヴの象牙色の手の内に見たようなのも、「紙巻タバコ・セッラーリョ」も、果ては、アフリカとかミリットといった大衆タバコのへこんでしわくちゃになった紙製の小袋まであった。そんなものを集めようなんて誰も思わなかったから、誰かは知らないがゴミの中から未来の記憶のために拾い集めたとしたら、感謝状ものだ。

　少なくとも10分、3リラのタバコ「マチェドニア10番」のつぶれてぼろぼろになったラベルにかかずらって、こうつぶやいていた。「ドゥイリオ、マチェドニアを吸うと指の腹が黄色になるわよ」。父についてぼくはまだ何も知らなかったが、いまでは父がマチェドニアを吸っていたと確信していた。しかもまさしくその箱のタバコを吸ったのであって、母はニコチンで黄色くなった父の指の腹を「キニーネ剤のドロップみたいな黄色」と言って嘆いていたのだった。色あせたタンニンの色調をとおして父のすがたを推測するなどたいしたことではなかったが、ソラーラへきたことを正当化するだけのことはあった。

　傍にあった箱に描かれた奇跡にも見覚えがあった。そのいかにも安物の臭いに惹きつけられたものだ。いまでも見かけることがあり非常に高価で、2,3週間前コルドゥーシオの露店で目にした。それは床屋でもらうようなミニ・カレンダーで、耐えがたいほど匂いがついていて、50年かそれ以上隔たってもまだ残り香を留めていた。娼婦、フープ・スカートをはいたしどけない格好の貴

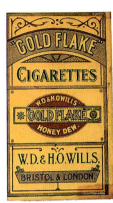
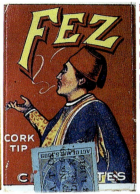

婦人、シーソーにのった美女、退廃的な恋人、異国風の踊り子、エジプトの女王などのシンフォニー……世紀別の女性の髪形、若い貴婦人の絵のあるお守り、マリア・ドゥニとヴィットリオ・デシーカを含むイタリアの芸能スターたち、皇后陛下、サロメ、マダム・サン・ジェンヌが描かれた帝政時代様式の香水年鑑、「パリのすべて」、ケンキンヌ豪華石鹼は世界的な化粧石鹼で防腐性だから暑い気候にとても貴重で、壊血病、マラリア熱、乾燥性皮膚病（原文のまま）に効き、ナポレオンのモノグラムがついているのはなぜだかよくわからないが、最初の図柄にはトルコ人から大発明の知らせを受けてそれを承認する皇帝のすがたがある。詩聖ダンヌンツィオが描かれたミニ・カレンダーもあるなんて、床屋も恥じ知らずだ。

　遠慮気味に、禁じられた王国に立ち入るかのように匂いをかいでみた。床屋のミニ・カレンダーは子どもの空想を不健全にたきつける可能性があったから、ぼくには禁じられていたのだろう。たぶん屋根裏部屋で、ぼくは性的な意識形成について何かを理解したのだと思う。

　日はもはや天窓に垂直に差していたが、ぼくは満たされていな

かった。たくさんの物を見たのに、ほんとうに自分のものといえる物をまだ見ていなかった。でたらめに歩き回ったところ、閉まったままの戸棚に惹きつけられた。開けてみると、おもちゃでいっぱいだった。

それまで何週間も孫たちのおもちゃを見たが、どれも色つきのプラスチック製で、大部分が電動式だった。ぼくが贈ったモーターボートについて、サンドロがすかさず箱を捨てないでと言ったのは、箱の底に電池があるはずだったからだ。昔のぼくのおもちゃは木製かブリキ製だった。サーベル、先端に球のついた小銃、エチオピア征服時代の植民地風の小さなヘルメット、全部揃った鉛の小兵隊軍団、それ以外のもっと大きくてもろい物質でできた兵隊はもはや頭が取れたり片腕がなくなったものもあり、あるいは、鉄の太い線がついているだけで、そのまわりにニスが塗られた粘土のようなものでどうにか支えられていたりした。ぼくはくる日もくる日もそんな銃や負傷した英雄たちと戦闘の興奮に捉えられて暮らしていたにちがいない。何が何でもあの時代に男の子は戦争を崇拝するよう教育されなければならなかったから。

下段には妹の人形があり、おそらくそれらは母から受け継がれたもので、母は祖母から受け継いだものだった（おもちゃが受け継がれる時代だったにちがいない）。人形は陶器のような肌色で、小さな口はバラ色で、頬は真っ赤、オーガンジーの洋服を着て、目はいまも物憂げに動いていた。揺すると、ある人形はまだ「ママ」と声を出した。

銃をあれこれ探し回るうちにおもしろい小兵隊をいくつか見つけた。のっぺりとして木で形作られていて、赤い軍帽をかぶり、青いベストを着て長ズボンは黄色の条つきの赤で、ローラー付きの軸受けに乗っていた。顔立ちは軍人風ではなくじゃがいもみた

いな鼻でむしろ奇妙だった。それらの兵隊の1人がピノッキオの桃源郷にいる小兵隊団の「ポテト将軍」だという気がした。確かそういう名前だったのだ。

　最後にブリキのカエルを引っ張り出してみた。カエルは腹を押すといまでもかすかに聞こえるようにケロッ、ケロッと鳴いた。オジモ博士のミルク・キャラメルがほしくないとすれば——とぼくは思った——ヒキガエルが見たいということだ。オジモ博士はヒキガエルと何の関係があったのだろう？　ぼくはヒキガエルを誰に見せたかったのか？　まったくわからない。よく考えてみる必要があった。

　ヒキガエルを見たりさわったりしながら、ぼくは本能的に、アンジェロ・オルソは死なねばならないと言った。アンジェロ・オルソって誰だったっけ？　ブリキのヒキガエルとどんな関係があったのだろう。何かが振動するのを感じて、ヒキガエルかオジモ博士かがぼくを何者かに結びつけるのだと確信したが、純粋に言葉だけのぼくの記憶は不毛で、それ以外の取っ掛かりはなかった。というか、ぼくは2行ほどつぶやいた。「隊列を開始しに行け、とポテト将軍が言う」。それからもう何も出なかった。ぼくは再び現在に、すなわち屋根裏部屋の暗い静寂の中にいた。

　2日目、マトゥがぼくのところにやってきた。早速食べる最中ぼくの膝に上がり、チーズの欠片にあずかった。もはやお決まりとなったワインのあと、適当に進むと、がたついた大きな洋服ダンスがふたつ、いくつか初歩的な木の楔がかましてあるおかげでどうにか垂直に保たれて天窓の前に立っているのに行き当たった。ぼくはちょっと苦労してひとつ目を開けてみたが、いまにも後ろに倒れそうだった。開けると、まるで本が雨のように足もとに降

ってきた。ぼくはその崩壊を押しとどめることができなかった。何世紀も閉じ込められていたあのシマフクロウやコウモリやメンフクロウが、ワインの精霊が、不注意者が復讐する自由をあたえるのを、待っていたのだった。

足もとに積み重なる本と降ってこないよう取り出すのに間に合った本にまみれてぼくが見出したのはよく揃った蔵書で、たぶん叔父たちが街で処分した祖父の古い店の在庫だったのだろう。

そのすべてを閲覧することはできそうになかったけれど、一瞬のうちにきらめいて消えた事実確認にぼくはもう震え上がっていた。それらは様々な言語の本で時代も異なっており、ぼくにどんな炎も引き起こさなかった題名もあったが、それはロシア小説の旧版の多くのように周知の目録に属していたからだった。例外もあり、ページをめくっただけで、ある呆然としたイタリア人——タイトルページに書いてあるようにふたつの姓をもつ紳士——がぼくを印象付けた。それらは明らかにロシア人がフランス語から訳していた。なぜなら登場人物がMyskine（ムイシュキン）やRogozyneine（ロゴズィネン）というようにイヌと語尾変化した名前だったからだ。

これらの本の多くが紙に触れただけで、ぼくの手の中でばらばらになったのは、まるで何十年にもわたる陰気な暗がりをへた紙が日の光に耐えられないかのようだった。事実、指が触れるのに耐えられず、長いあいだ、極小の欠片にばらばらになり、端と角が薄片に砕けるのを持して待っていたのだった。

ぼくはジャック・ロンドンの『マーティン・エデン』に惹きつけられて、機械的に最後の一文を、まるで自分の指があるべき場所を知っていたかのように探しに行った。マーティン・エデンは栄光の絶頂で大西洋横断客船の船窓から海に落下して自殺する。

7. 屋根裏部屋の8日間

肺にゆっくり入り込んでくる水を感じて、最後のわずかな意識の中で何かを、おそらく人生の意味を悟るが、「人生の意味を悟った途端、かれの意識は途絶えた」。

最後の啓示を本気で希求する必要があるとして、啓示が暗闇に沈みこんだあかつきにはどうなるのだろう？　そのことを再発見したことが、影のようにぼくがしていたことに投影したのだった。運命はもはやぼくに忘却をあたえていたのだから、立ち止まるべきだったのかもしれない。だが乗り出してしまったからには、つづけないわけにいかなかった。

昼間あれこれ拾い読みして過ごして、時折ぼくは、公的には大人になってから身につけたと記憶していた名作群にはじめて接したのは『黄金の階段』の子ども用簡略版だったのだと直観した。アンジョロ・シルヴィオ・ノヴァーロの幼年期のための詩「小さなかご」の歌詞が身近に感じられた。「３月の小糠雨は何をいう？　屋根の古瓦を、野菜畑の乾いた木屑を、銀鈴の響きで打っている」。あるいは、「春は踊りながらやってくる、踊りながらきみの戸口にやってくる。何をもってきてくれるかぼくに言えるかい？　蝶々のちいさな冠、西洋昼顔の輪」。ということは、ぼくは西洋昼顔と木屑を当時知っていたのだろうか？　さてその直後、ファントマ・シリーズの表紙が目に入って、「ロンドンのビッグ・ベン」、「赤のヴェスパ［スクーター］」あるいは「麻のネクタイ」が、パリの下水道を通っての追跡や、石棺から出てくる娘たちや、四つ裂きにされた体、切断された首の怪しい出来事をぼくに語り、燕尾服をきて殺人を犯す王子のすがたが、嘲笑しながらいまにも夜の地下のパリを呼び覚まし支配しようとしていた。

それからファントマと一緒に、別の紳士殺人犯ロカンボレ・シリーズがあったので、「ロンドンの悲哀」の扉ページを開けて、

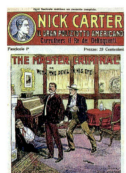

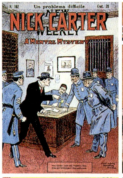

7.屋根裏部屋の8日間

こんな描写を読んだ。

> 「ウェルクローズ広場の南西の角に3メートルほどの幅の小道がある。その中ほどに劇場が1軒立っている。そこではいちばん良い席が12ソルドで売られていて、平土間席には1ペニーで入ることができる。主演男優は黒人だ。劇を見ながら喫煙も飲酒もできる。ボックス席を行き来する売春婦は裸足で、平土間席は泥棒だらけ」

悪の魅力に抵抗することができなくて、ファントマとロカンボレに一日の残りを捧げた。あちこち目をくらませながら読むうちに、別の罪人、といっても紳士のアルセーヌ・ルパンと、またさらに別の紳士の、とびきり優雅で変装を重ねる、過度にアングロ・サクソンっぽいすがたをした(挿絵を描いたのはイギリスびいきのイタリア人だと思う)貴族的な宝石泥棒バローネの話とごちゃまぜになった。

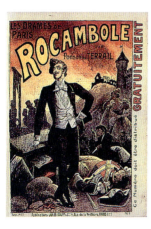 

.... il serpente si rizzò all'improvviso come una molla....

第2部　紙の記憶

　ピノッキオの美しい版を前にしたときは震えた。1911年のムッシノの挿絵で、紙の端は欠け、ミルクコーヒーのしみがついていた。誰もがどんな話か知っているそのピノッキオは、ぼくにとって楽しい御伽噺の象徴でありつづけ、孫たちに何度読んで楽しませたかわからないが、ぎょっとする挿絵を前にして鳥肌が立った。挿絵は黄と黒あるいは緑と黒の2色刷りで、リバティ様式の渦形装飾の中で、「火食い」の川のような髭が、仙女の不安をもよおす濃青色の髪が、「殺人者」の夜の光景が、あるいは「漁師ヴェルデ」の強迫じみた笑いがぼくに襲いかかった。そんなピノッキオを見てからというもの、嵐の夜、ぼくは布団をかぶってうずくまっていたのだろう。何週間か前、パオラに暴力的な映画やテレビに登場する幽霊のもろもろは子どもに悪くないのかとたずねたとき、パオラは、ある心理学者が自分のあらゆる診療経験において、映画のせいで神経症になった子どもに遭遇したのは一度だけだと明かしたと言っていた。治療不可能なほど心の奥底に傷を負ったその子どもは、ウォルト・ディズニーの『白雪姫』によって害されたのだそうだ。

　そうこうしながらぼくは、似たような恐ろしい光景からぼくの名前そのものが由来していることを発見した。それはヤンボという名の『前髪少年の冒険』で、ヤンボについては別の冒険本があり、まだアール・ヌーヴォーの絵柄で背景は暗く描かれ、山頂には領主の邸宅が夜の闇に黒く浮かび上がり、炎のような目をした狼のいる幻想的な森が、自家版で死後出版されたヴェルヌの海底の光景が、そして御伽噺の傭兵ふうの前髪のある小さな可愛い「前髪少年」が描かれていた。「前髪の広がりが少年に興味津々の雰囲気をあたえて、車用のはたきに似ていました。そして少年はみんなも知っているように、前髪に愛着をもっていました!」。そ

172

こでぼくヤンボは生まれ、ぼくはそれが気に入っていた。まあ、結局のところピノッキオと言われるよりましだ。

　これがぼくの幼年時代だったのか？　あるいはそんなよいものではなかったか？　なおも本をあさりながら、ぼくは『地上海上旅行冒険図解新聞』のさまざまな年度版（濃青色の砂糖紙に包まれてゴムで留められたもの）を再び日のもとにさらした。それらは週刊号の束で、祖父のコレクションには20世紀初頭の20年から30年の号と、さらに『図解新聞』のフランス語版が数冊含まれていた。

　表紙の多くには勇ましいズワーヴ兵に発砲する獰猛なプロイセン兵が描かれていたが、大部分ははるか遠い国々における情け容赦のない残酷な冒険がテーマだった。串刺しにされた中国の日雇い人夫、陰鬱な表情の十人委員会の前にはがれた衣服でひざまずく乙女、どこかのモスクの控え壁の尖った柱に綱で引き揚げられている切断された頭の列、新月刀で武装した北アフリカの侵略者トゥアレフ族によってなされた娘たちの殺戮、巨大な虎に引き裂かれた奴隷の体。それは、『最新版メルツィ』の拷問リストが、邪悪で自然にそむくほどの競争心に取りつかれた挿絵画家に着想をあたえたかのようで、あらゆる形をとった悪の報告書だった。

　大量の書物を前に屋根裏部屋にすわって手足が痺れたぼくが雑誌の束を1階のリンゴのある大部屋に持っていったのは、日ごとに暑さが耐えがたくなったからだが、ぼくは棚に並べられたリンゴがカビだらけになっているように感じた。だがやがてぼくは、カビの匂いがまさにその雑誌からきていることをさとった。屋根裏部屋の乾燥した環境の中に50年間置かれていて、なぜ湿気た匂いがしたのだろう。寒くて雨の多い月には、とはいえ屋根裏部

IL PROFETA TI GUIDI! - Sulla Porta Bruciata, si allineavano le teste dei ribelli!..

LA VERGINE DELLA LACUNA. - Il capo del Consiglio dei dieci ordinò che la fanciulla...

IL SEGRETO DEL LAGO. - ... Il vecchio è ritto dietro a lui e impugna il suo handjar.

L'AMULETO INSANGUINATO. - Inorridirono ad un tristo spettacolo che si parò ai loro occhi.

屋はそれほど乾燥していないため雑誌の束は屋根から湿気を吸ったかもしれないし、屋根裏部屋に辿り着く以前に何十年も壁から水が伝う倉庫か何かに置かれていたかもしれず、祖父はそこから掘り出したわけで(そんなものを買うにあたり、祖父も未亡人のご機嫌をとったちがいない)、雑誌は羊皮紙で包まれて温かったとはいえ、匂いが消えないほど腐っていた。ただ、残酷な出来事や無慈悲な復讐劇を読んでいる最中、カビはぼくに残酷な感情を呼び起こすことはなかったが、東方の三博士と幼子イエスを思い起こさせた。なぜだ？ ぼくは東方の三博士とかかわったことなどないし、三博士はサルガッソーの海の虐殺と何の関係があるというのだろう？

　目下のところぼくの問題は、しかしながら別のことだった。ぼくがそれらの話を全部読んで確かに雑誌の表紙を見ていたとしたら、歌いながら春がやってくるのをどうして受け入れられたのだろう。ぼくはおそらく慣れ親しんだ善なる感情の宇宙を、八つ裂きや皮剝ぎ、火刑や絞首刑の宇宙である大ギニョールをモデルにした残酷な世界についてぼくに語った冒険譚から、本能的に切り離す術を心得ていたのだろう。

　ひとつ目の戸棚は、全部見ることはできなかったけれど、完全に空っぽになった。3日目、ひとつ目ほど詰め込まれていないふたつ目の戸棚に取り掛かった。そこには本が順序よく、始末したくて詰め込むのに必死の叔父たちが躍起になって処置を講じたようにではなくて、祖父がそれ以前にしていたように並んでいた。あるいはぼくがしたのか。本はどれも子ども時代にふさわしいものだったから、ぼくの小さな私的文庫の本だったかもしれない。

　〈ぼくのサラーニ子ども図書館〉のコレクションを全部出してみ

たら表紙に見覚えがあり、本をまだ取り出さないうちから題名を、同僚の図書目録上か最後の末亡人の蔵書かにおいて本の在処がわかるのと同じ確信をもって声に出して読んだ。いちばん有名なのは『ミュンスターの宇宙学』あるいはカンパネッラの『事物の感覚と魔術について』だった。それに、『海からきた少年』、『ロマの遺産』、『太陽花の冒険』、『野生のウサギ族』、『意地悪な幽霊』、『カーサベッラの女囚人』、『挿絵のある荷馬車』、『北の塔』、『インディアンの腕輪』、『鉄人の秘密』、『バルレッタのサーカス』など。

　たくさんありすぎて、屋根裏部屋にいながらにしてぼくはノートルダムのせむし男のように体がしびれそうだったので、本をひと抱え持って下におりた。書斎に行くなり庭に座るなりできたが、ぼくはなぜか別のところがよかった。

　家の裏側を通ってぼくは右のほうに向かった。そこは最初の日に豚が鼻先で地面を掘り返したり雌鳥ががあがあ鳴いたりしているのを聞いた場所だ。アマリアの翼廊のうしろ側にあたるそこには、正真正銘の昔風の麦打ち場があり、そこでは鶏が地面を引っかいていて、その先にはウサギ小屋と放牧用の囲いがあるのが見えた。

　地階には大きな部屋があり、草かき用の熊手、堆肥用の熊手、シャベル、石灰用の手桶、大桶といった農具で溢れていた。

　麦打ち場の奥で小道が果樹園へと通じていた。ほんとうに実がたくさんなって新鮮だったから、はじめ木の幹に登りまたがってそこで本を読むという誘惑に駆られた。子どもならそうしただろうが、60歳となっては老婆心が働いて、足ははやくも別のところにぼくを導いていた。青葉が茂るなか石の階段に行き当たり、

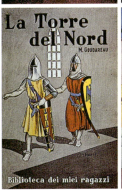

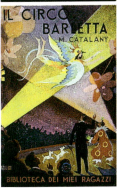

蔦に覆われた塀に囲まれた円形の空間へと下りた。ちょうど入り口の前に塀に背を向けて噴水があり、水が流れる音を立てていた。

　そよ風が吹き、完璧な静かさで、ぼくは噴水と塀のあいだの岩が突き出た上に、本を読めるようしゃがんだ。何かに導かれるようにしてそこに行ったのは、ぼくがまさしくそれらの本をいつも持っていっていたからだろう。ぼくは自分の動物的な霊感を受け入れて本に没頭した。挿絵をひとつ見ただけで、しばしば出来事の全容がよみがえるのだった。

　40年代と思われる絵や著者の名前から『謎のロープウェー』あるいは『ミラノ生粋小さな射手』のようにイタリアの本だとわかったのもあり、多くは愛国的で国家主義的な感情に発想を得ていた。だが、大部分はフランス語から翻訳されていて、B. ベルナージュ、M. グダロー、E. ドゥスィス、J. ロスメール、ヴァルドール、P. ベスブル、C. ペロネ、A. ブリュイエール、M. カタラニィしかじかによって書かれていた。これら無名の人たちの高名な隊列については、おそらくイタリアの出版社は洗礼名さえ知らなかったのだろう。祖父はシュゼット文庫に登場した原書も蒐集していた。イタリア語版は10年あるいは2,30年遅れて出ていて、挿絵は少なくとも20年代まで遅れていた。子ども読者としてぼくはほどよく熟成した空気を吸い込んだにちがいないだろう。結構なことだ。とにかく、昨日の世界のうちにすべてが映し出されていて、その世界は良家の子女のために書く非常に紳士らしい雰囲気の紳士によって支持されていた。

　結局のところぼくにはそれらの本がいずれも同じ話を語っているように思われた。いつも貴族の家柄の3,4人の子どもが（どういうわけか両親は始終どこかに旅行中）、古い城とか奇妙な農地

に住む叔父のもとにやってきて、興奮を掻き立てる不思議な冒険に出くわし、地下聖堂や塔で宝物や不実な管理人の策略や裏切り者のいとこによって横領された財産を没落した一家に取り戻すための書類を見つけ出す。ハッピーエンドで、子どもたちの勇気や、叔父や祖父たちが無鉄砲によって引き起こされる危険を優しく見守ってくれる様子が寛大にたたえられている。

　物語がフランスに場面設定されていることが、作業用の上っ張りや農民の木靴にみてとれるが、翻訳者は奇跡ともいえる釣り合いをとって名前をイタリア名に変え、景色や建築がブルターニュやオーヴェルニュだったりするにもかかわらず、出来事はどこかイタリアの地方で繰り広げられているかのように見せていた。

　ぼくは明らかに同じ本（M.ブルセの本）の版をふたつもっていて、1932年版では『フェルラックの遺産』という題名だったが（それに登場人物はフランスの名前だった）、1941年版は我がイタリアの人物が登場する『フェッラルバの遺産』になっていた。これらの年代のあいだに、お上の規定か任意の検閲のようなものによって物語の出来事をイタリア化することが課されたのは明らかだった。

第 2 部　紙の記憶

　と、そのときやっと、屋根裏部屋に入ろうとしたぼくの頭に浮かんだあの表現の説明がついた。すなわち、そのシリーズに『屋根裏部屋の 8 日間』が入っていて（ぼくはフランス語版『屋根裏部屋の 8 日間』も持っていた）、それは少年たちが 1 週間自分たちの屋敷の屋根裏部屋にニコレッタという家を飛び出した少女を迎え入れるという愉快な出来事だったのだが、屋根裏部屋への愛がこの本を読んだことでぼくに芽生えたのか、屋根裏部屋をうろうろしていたからその本を見つけたのかはわからなかった。それにしても、ぼくが自分の娘にニコレッタと名前をつけたのはなぜだろう？

　屋根裏部屋でニコレッタは真っ黒い威厳のあるアンゴラ種の猫マトゥと一緒にいた。まさにそこから、ぼくがマトゥを独り占めしようと考えるようになったのだ。挿絵は少年たちをきゃしゃで、時にはレースのついたきちんとした服装で、髪はブロンドの繊細な容貌に描いていて、母親たちも同様に、よく手入れのされたショートカットで、服のウエストは低く、スカートは 3 連フリルがついた膝丈で、貴族風に胸はほとんどふくらみがなかった。

　噴水のそばでの 2 日間を過ごしながら、日の光が弱まって挿絵だけが見分けられるころ、〈ぼくのサラーニ子ども図書館〉の本で自分の空想好きが確かに培われたと思った。だがぼくは、著者がカタラニィという名前なのに登場人物がリリアーナやマウリツィオと呼ばれる国に暮らしていたのだ。

　これが国家主義的教育といわれるものだったのだろうか？　同時代の小さな勇気ある同胞たちとして紹介されたその少年たちが、ぼくが生まれる前の何十年のうちを外国の地で暮らしていたことをぼくはわかっていたのだろうか？

7. 屋根裏部屋の8日間

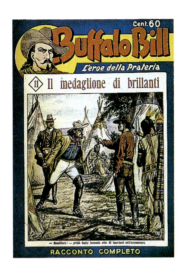

　噴水のほとりでの休息を終えて屋根裏部屋にもどったぼくは、紐で結わえられた束を掘り出した。そこには30冊ほどの『バッファロー・ビル』の冒険の載った雑誌が含まれていた（1冊160チェンテージミ）。雑誌は出版された順にまとめられてはいなかったが、1冊目の表紙を見たとたん、不思議な炎が一斉にぼくを襲ってきた。「宝石のついた大型のメダル」だった。背中でこぶしを握ったバッファロー・ビルが、ピストルでかれを脅す赤っぽいシャツの無法者に怖い目つきで飛び掛ろうとしている。

　ところで、そのシリーズの11号を見ながらにして、ぼくはそれ以外の『小さな使者』、『森林の大冒険』、『乱暴者ボブ』、『奴隷商人ラミーロ氏』、『呪われた大農園』などのタイトルを先取りして知っていた。印象深かったのは、表紙に「バッファロー・ビル ── 大草原の英雄」とうたわれているのに、内側の表題見出しは「バッファロー・ビル ── 大草原のイタリア人英雄」となってい

ることだった。この出来事は、少なくとも古書店員には明らかだった。新シリーズである1942年版の第1号を見ればじゅうぶんで、そこには太くて大きな活字体でこれ見よがしの注があり、ウィリアム・コーディは実際にはドメニコ・トンビーニという名前で、ロマーニャ出身だとあった(ムッソリーニみたいだ。注がこの驚くべき偶然の一致に羞恥心から触れていなかったとはいえ)。

1942年には確かぼくらはすでにアメリカとの戦争に突入していて、このことがすべてを説明していた。出版社(フィレンツェのネルビーニ)はウィリアム・コーディが安心してアメリカ人でいられた時代にそれらの表紙を印刷し、そのあと英雄は必ずイタリア人でなければならないと決められた。経済的な理由から、古い色刷りの表紙はそのまま維持して第1ページだけを組み直すしかなかったのだ。

おもしろいぞ、とぼくはバッファロー・ビルの最後の冒険にうとうとしながら言った。ぼくはイタリア語化されたフランスとアメリカの冒険物で精神的渇きを癒したのだ。これがファシズム時代に少年が受ける国家主義的な教育だとすれば、かなりゆるい教育だった。

いや、ゆるくなどなかった。翌日ぼくが最初に手に取った本はピーナ・バッラリオの『世界の中のイタリア少年』で、黒と赤の勝った力強くモダンな絵だった。

何日か前、ぼくの小部屋でヴェルヌやデュマの本を見たとき、バルコニーにしゃがんでそれらの本を読んだような気がした。そのときはたいして気にもかけず、ただ稲妻のような単なる既視感だった。ところがいま、バルコニーが祖父の翼廊の中心に実際開けていることをよく考えると、そこでぼくはそれらの冒険を読み

7. 屋根裏部屋の8日間

つくしたことになる。

　同じことを経験してみるために『世界の中のイタリア少年』をバルコニーで読むことに決め、バルコニーの手すりの間に足を入れて下にたらしてすわったりさえしながら、読んでみた。だがぼくの足はもはやその狭い幅を通ることはできなかった。日向で、太陽が建物の正面の影を2倍にして日が和らぐまで何時間もいたので顔が真っ赤になった。まったくこんなふうにぼくはアンダルシアの太陽を感じていた、というか、当時感じていたようにいうべきか、たとえ出来事はバルセロナで起こったとはいえ。家族と共にスペインに移住したイタリア人の若者の集団が、フランコ大将軍の反共和国の謀反によって驚愕する。ただちがうのは、ぼくの物語において横領者は革新派で酔っ払いの残忍な民兵のようだったことだ。イタリア人の若者はファシストとしての誇りを取り戻し、黒シャツを着て、広場で暴動の餌食となったバルセロ

第 2 部　紙の記憶

ナの女性へと勇敢に進み、共和党員が閉鎖した「ファッショの家」の隊旗を無事に取り戻し、勇気ある主人公は社会主義者で大酒飲みの父親をムッソリーニの名において転向させることにさえ成功するのだった。これを読んだことでぼくはファシストとしての誇りに燃えたにちがいなかった。ぼくはこれらのイタリアの少年たちと、例のベルナージュのパリの子どもたち、あるいは結局トンビーニではなくまだコーディと呼ばれる紳士に自分を重ね合わせていたのだろうか。誰がぼくの子ども時代の夢を育んだのか。世界の中のイタリア少年たちか、あるいは屋根裏部屋の可愛い少女か。

　屋根裏部屋に戻ると、新たにふたつのことがぼくの心を揺さぶった。まず『宝島』。ぼくが再び題名を認識できたのは『宝島』は古典だから当然として、話を忘れてしまっていたのは、『宝島』

がぼくの人生の一部になっていた印だった。２時間かけて一気に
『宝島』を辿ったのだが、章を読み進めるごとに次につづく話が
頭に浮かんできた。ぼくは果樹園に戻り、奥のほうの、ぼくが野
生のハシバミの茂みを見かけたあたりの地面に座って、読書をす
るかわりにハシバミの実をお腹一杯食べた。石で３つ４つ一度
に割り、殻の欠片を吹きとばして、戦利品を口に入れた。ぼくに
はロング・ジョン・シルヴァーの秘密集会を盗み聞きするために
ジムがもぐりこんだ蜂蜜の樽はなかったけれど、その本をほんと
うに読んでいたにちがいない。船の上でするように乾物をぼそぼ
そと噛んでいた。

　それはぼくの物語だった。わずかな原稿をもとにフリント船長
の宝物探しに出発した。話が終わりに近づくと、ぼくはアマリア
の食器棚で見つけたグラッパを１本取りに行き、その海賊の物
語を読むのをやめてゆっくり飲んだ。死人の衣装箱に15人、ヨ
ー、ホホー、ラム酒が１本。

　『宝島』のあと、ジュリオ・グラネッリの『老人に生まれて赤
ちゃんで死んだピピーノさんのはなし』の内容を確認した。話は
数日前ぼくの記憶に再浮上したとおりだったが、ひとつ違ってい
たのは、その本によれば、粘土でできたおじいさんの像のそばの
テーブルに置き去りにされたまだ温かいパイプが生命のないその
像に温かみをあたえて命を誕生させ、そこから小さなおじいさん
が生まれてくるという話だったことだ。「老いた子ども」は古く
からよくある話だ。最後にピピーノさんは揺りかごの赤ちゃんと
なって亡くなり、妖精の仕事の賜物となり天に昇る。ぼくが覚え
ていたみたいに、ピピーノさんはキャベツの中で生まれて再びキ
ャベツの中で乳飲み子として亡くなるほうが良かった。ともあれ、

第2部　紙の記憶

ピピーノさんの幼年時代への旅はぼくの旅でもあった。おそらく、ぼくは生まれる瞬間に戻りながら、ピピーノさんのように無(あるいは「すべて」)の中に溶け込んでいくのだろう。

その晩、ぼくが連絡しないのでパオラが心配して電話をしてきた。仕事に明け暮れていたよ、血圧のことは心配ない、まったく正常だから、とぼくは言った。

だが翌日また戸棚を探っていたら、リバティ様式の表紙のサルガーリの小説が全部揃っていた。優美な渦巻きの中に陰気で冷酷なカラス色の髪の毛と憂いをたたえた顔としてみごとに描かれた美しい赤い口の『黒い海賊』、猫のような体にくっ付けられたマレーシア人王子の獰猛な頭をした『2匹のトラ』のサンドカン、官能的なスラマと『マレーシアの海賊』のプラフ船があった。祖父はスペイン語とフランス語とドイツの翻訳版も集めていた。

ぼくが何かを再発見したのか、あるいは紙の記憶を発動させただけなのか言い当てるのは難しかった。というのも、サルガーリについては今日でも始終話題になり、気取った批評家が郷愁にまみれた価値のない論文をサルガーリに捧げる。ぼくの孫たちまでもが、この何週間か「サンドカン、サンドカン」と歌って、まるでサンドカンをテレビで見たことがあるかのようだった。ぼくはたとえソラーラに来なくても、サルガーリについての項目を小さな百科事典に書くことができただろう。

もちろんぼくはサルガーリの本を小さいころむさぼるように読んだにちがいないのだが、個人的な記憶が再び発動したとすれば、それは一般的な記憶と混ざっていた。ぼくの子ども時代をおそらくもっとも特徴づけた本は、大人の一般的な知識を揺るがすこと

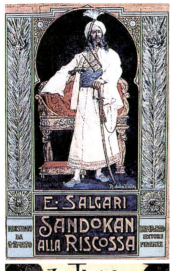

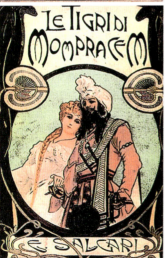

なくぼくに再び送りだされた本だった。

　またもや本能に導かれて、ぼくはサルガーリの大部分をブドウ畑で読んだ（そしてそのあと寝室に持って行って、つづく幾夜かを読んで過ごした）。ブドウの木のあいだもとても暑くて、太陽の熱風が砂漠や平原や炎に包まれた森、ナマコ漁師が沿岸を航海する熱帯の海へとぼくを結びつけ、ブドウの蔓と丘の縁にすがたを現す木々のあいだで汗を乾かそうと時折目を上げると、バオバオやジロ－バトルの小屋を取り囲むそれのような巨大なカワラバトや、マングローブや、アーモンドの味がする粉っぽい果肉のシュロキャベツや、黒いジャングルの聖なるガジュマルの樹を直観的に感じて、ラムジンガーの音すら聞こえてくる気がして、樹列のあいだの土壌に打ち込まれた２本のフォーク状の枝間に串に刺して回し焼きする立派なシカイノシシがすがたを現すのを見ることさえ期待した。ぼくはアマリアが夕食にブラシアンをこしらえてくれればいいのにと思った。マレーシア人が目のないブラシアンは小エビと魚のミンチを混ぜあわせ、日に当てて腐らせてから塩をするから、サルガーリが汚いとみなすほどの匂いがする。

　素晴らしいご馳走だ。パオラが言ったように、たぶんブラシアンがあるからぼくは中華料理が好きで、特にフカひれ、ツバメの巣（鳥糞の中で採取される）に、腐った味がすればするほど食欲をそそるアワビが好きだったのだ。

　だがブラシアンは別にしても、英雄がしばしば有色人種や腹黒い白人だったりするサルガーリを世界のイタリア少年が読むとき、何が起きただろうか。イギリス人のみならず、スペイン人も忌み嫌われた（どれほどぼくはモンテリマールの侯爵を嫌悪したのか）。ところが、「黒」「赤」「緑」３人の海賊はイタリア人で、そのうえヴェンティミリアの伯爵もそうだが、ほかの英雄はカルモー、

ファン・シュティラー、ヤネツ・ド・ゴメラという名だった。ポ
ルトガル人は若干ファシストだったから良く見られたにちがいな
いが、スペイン人もファシストだったのではないか。ぼくの心臓
は勇ましいサンビリオンが釘の砲撃を放つのに高鳴っただろうが、
ぼくはかれがソンダのどの島からきたのかは自問しなかった。

　カンマムリとスヨダーナは2人ともインド人だったが、一方
は善人、もう一方は悪人だったかもしれない。サルガーリは文化
人類学へのぼくの最初の手掛かりをかなり混乱させたことは間違
いない。

　それからぼくは書棚の奥から英語の雑誌や冊子を引っ張り出し
た。その多くはシャーロック・ホームズの冒険がもれなく載って
いる雑誌『ストランド・マガジン』だった。当時ぼくは英語がわ
からなかったことは確かだが(パオラによれば、ぼくは大人にな
って英語を独習したらしい)、幸い翻訳がたくさん出ていた。だ
がイタリア語版はたいてい挿絵がなかったから、たぶんぼくはイ
タリア語で読んでから『ストランド・マガジン』で一致する絵を
探したはずだ。

　ぼくはホームズ全部を祖父の書斎に引っ張っていった。ベイカ
ー・ストリートの家の暖炉に折り目正しい紳士たちが座って穏や
かな会話に余念がないあの宇宙を生き直すには、文化的な雰囲気
においてのほうが相応しかった。それはフランスの連載物の主人
公が逃げ惑う湿気た地下や気味悪い地下水道とはあまりにも異な
っていた。シャーロック・ホームズがピストルを犯人に突きつけ
て現れるのは数少なかったが、そんなときは必ず脚と右腕を緊張
させてほとんど彫像みたいに平静を失わず、紳士に似つかわしか
った。

第 2 部　紙の記憶

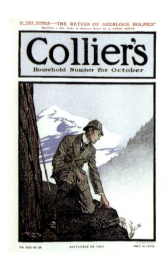

　シャーロック・ホームズがワトソンあるいはほかの人物と、列車の客室に、馬車に、暖炉の前に、白い布で貼られた肘掛け椅子に、揺り椅子に、サイドテーブルの脇に、ランプのおそらく緑っぽい明かりのもとに、わずかに開いた長持ちの前に座って、あるいは立って、手紙を読んだり謎のメッセージを解読していたりするすがたが、ほとんど取りつくように戻ってきてぼくは驚いた。それらのすがたは「我がふりなおせ(*de te fabula narratur*)」を語っていた。シャーロック・ホームズはぼくで、まさにその瞬間それまでまったく知らなかった遠い出来事を、家に閉じこもり、おそらく(そのページをくまなく調べるのに)屋根裏部屋にまでいって、一から辿り直して再構成するのに夢中だった。ホームズもぼくといっしょで、世間から離れ、黙々と純然たる記号の解読につとめていた。そしてやがて消し去られたものたちを再現したのだ。ぼくにも同じことができただろうか。ぼくには少なくともお手本

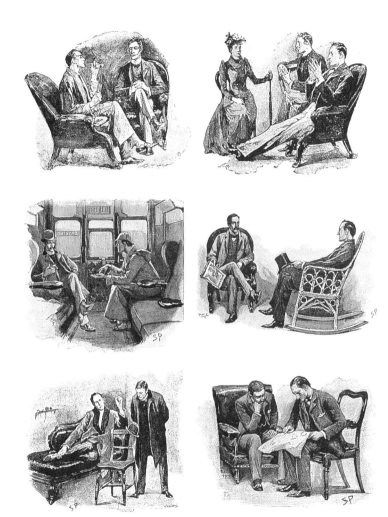

があった。

　ホームズのように、ぼくも霧に立ち向かわなければならなかった。それには、行き当たりばったり『緋色の研究』か『4つの署名』を開けばよかった。

　9月のある夕方のことだ。まだ7時にもなっていなかったがその日は薄暗く、濃い湿り気を含んだ霧が大都会に降りていた。泥色の雲がぬかるんだ道を物悲しく覆っていた。ストランド通り沿いの街灯は、ぼんやりした光がところどころかすんだ染みそのもので、泥まみれの歩道に丸くか弱い明かりを投げかけていた。ショーウインドーの黄色い反射光が蒸気に満ちた空気の中をたゆたい、人でごった返した大通りにぬかるんで揺れる明かりを投げかけていた。私には、何か不思議で謎に満ちたものが、細い光の帯を通して時折忍び込む果てしなくつづく顔の行列の中にあるように思えた。顔は悲しげだが陽気で、驚愕しているが幸せそうだった。

　かすんで霧のかかった朝だった。灰色っぽいヴェールが家々の屋根に垂れ下がり、道のぬかるんだ灰色の照り返しのように見えた。私の友は上機嫌で、クレモナのヴァイオリン、それからストラディヴァリウスとアマーティのちがいについてしゃべりながら歩いていた。私はといえば黙っていて、というのも、その陰鬱な天候と私たちがかかわりあっていた気の滅入る問題に気持ちを圧迫されていたからだ。

ホームズとは対照的に、ぼくは夜ベッドで、サルガーリの『モンプラチェムの虎』を開いたのだった。

7. 屋根裏部屋の8日間

　1849年12月20日の夜、モンプラチェム島上を激しい雷雨が吹き荒れていた。おそろしい海賊の巣窟だと不吉な評判のある人跡未踏の島で、マレーシア海に位置し、ボルネオの西海岸からほんの2、300マイルのところにあった。抗えないほどの風に押しやられた空には、馬ろくを外された馬のように走って絶えず混ざり合う黒い蒸気の塊が、時折、島の暗闇に包まれた要塞に猛烈な土砂降りを降らせていた……。誰がいったいそんな時間に、ひどい嵐の中残忍な海賊の島で夜警を務めているのだろう。……要塞の居室の1部屋に明かりがともされていて、壁は分厚い赤い布、ビロード、大変高価な浮織りの錦に覆われていたが、あちこち皺が寄り引き裂かれ染みがついていて、床は金色にきらめくペルシャ絨毯の厚い層の下に見えなくなっている。その真ん中には母真珠貝で象嵌細工を施され銀色の帯状模様で飾られた黒檀の台があり、極めて混じりけのないクリスタルの瓶とグラスがたくさんあった。部屋の隅々には大部分が壊れた大きな棚が立ちはだかり、金の腕輪やイヤリング、指輪、メダル、形が曲がってつぶれた貴重な聖具、間違いなくセイロンの有名な養魚場からきた真珠、エメラルド、ルビー、そして天上に吊るされた金色に光る電灯の反射のもといくつもの太陽のようにきらきら光るダイヤモンドで溢れる壺で占められていた。こんなふうに奇妙に装飾されたその部屋で、1人の男が、がたつく肘掛け椅子に腰掛けている。背が高くほっそりして、しっかりした筋肉質の、エネルギーに溢れた男っぽい不思議な美しさのある容貌をしている。

　誰がぼくの英雄だったのだろう。暖炉の前で手紙を読む、7パーセントの解決に恭しく驚くホームズか、愛しいマリアンナの名

193

第 2 部　紙の記憶

を呼びながら胸を激しくかきむしるサンドカンか？

　それからぼくは、質の悪い紙に印刷されたほかのペーパーバック版をかき集めたが、その本をおそらくぼくは何度にもわたる再読を通してしわくちゃにし、何枚もページの余白に自分の名前を書いて台無しにしたのだった。完全に製本が駄目になって、まとまっているのが奇跡のような本があるかと思えば、おそらくぼくが青い砂糖紙と大工用の糊で新しい背表紙をくっつけて修繕した本もあった。

　ぼくにはもはや本のタイトルすら見ることができなくなっていた。8 日間その屋根裏部屋にいたことは自分でわかっていた。すべてを一字一句再読していたら、どれだけ時間がかかっただろう。計算してみると、どうにか読むことを覚えたのが生まれて 5 年目の終わりで、それら発掘品に埋もれて暮らしたのが少なくとも高校時代までだとすれば、最低でも 8 日どころじゃない、10 年かかったはずだ。絵本など、ぼくがまだ字を読めないころ両親あるいは祖父が読み聞かせてくれたほかの多くの本は数えないとして。

　もしそれらの紙にまみれて自分自身をやり直そうとしていたら、「記憶の人フネス」になってしまって、瞬間ごとに幼年時代すべてを、夜聞こえるページをめくる音や朝嗅ぐカフェラッテの香りをいちいち生き直したことだろう。行きすぎだ。それに、もしそれらの紙が独占的に常に残ったとして、なお言葉がいっそうぼくの病んだ神経単位を混乱させてひそかに交換を発動させなければ、何がぼくの最も真実の秘めた思い出に自由の道をあたえるのか。「どうすればいいのだ？」玄関広間の白い椅子に座ったレーニンだ。ぼくもパオラも大間違いをしてしまったのではなかろうか。

194

ソラーラに戻らなければぼくは失神しただけだったのに、ソラーラから戻るときは発狂してしまうかもしれなかった。

再び本を全部ふたつの書棚にしまってから、ぼくは屋根裏部屋をあとにすることに決めた。だが移動中、ゴシック体のような端正な書体で、「ファシズム」、「40年代」、「戦争」などと書かれたラベルのある一連の小箱を見つけた。それらもまた間違いなく祖父が分類した箱だった。ほかの小箱はずっと最近のもののようで、叔父たちが基準を設けずそのへんで見つけた空の入れ物を利用したにちがいなく、ワイン商会ベルサーノ兄弟社、帽子のボルサリーノ、カンパリ酒、テレフンケン製ラジオ（ソラーラにラジオがあったのか？）とあった。

箱を開ける気力はなかった。屋根裏部屋を出て丘へ散歩に出掛けなければならなかったので、あとで戻ることにした。もはや精根尽きていた。熱があったかもしれない。

日暮れ時が迫っていて、アマリアが早くも大声でぼくが舌なめずりをするフィナンシエール・ソースですよと言っていた。最初のおぼろな影が屋根裏部屋のいちばん奥まった隅を満たして、ぼくに背後から飛び掛かって麻のロープで縛り、底なし井戸の深淵に吊り下げようとして、ぼくがへたりこむのを待つファントマか何かの奇襲を思わせた。何よりも、ぼくはもはやもう一度なりたいと自分が思う子どもではないことをぼく自身に示すために、明かりの少ないあたりを一瞥しようと勇敢に時間稼ぎをした。そしてしまいに、また古いカビの匂いに襲われた。

遅い午後の最後の光がまだ入ってくる天窓のほうにあった大きな長持ちを取り出すと、口の部分が荷造り用の紙で丁寧に保護されていた。埃がかかったその覆いをはがすと、指に2層のコケ

がついた。乾燥しているとはいえ本物のコケで、1週間のうちに
『魔の山』の保養所の患者をすべて退院させ、ナフタとセッテン
ブリーニの素敵な会話にけりをつけることができるほどの大量の
ペニシリンだった。コケの層は草の生えた土くれみたいで、層を
まとめる土が少し下に付着して収穫されていたので、ふたつの層
を隣り合わせにすると、祖父の仕事机みたいな広い草原になった。
いかなる奇跡によってか、紙に保護されて生じた湿気た部分のた
めか、何度も訪れた冬のためか、雨や雪や霰が屋根裏部屋の屋根
を打ちつけた日々のお陰か、コケは鼻をつく臭気のようなものを
留めていた。

　コケの下には、包んでいるものを壊さないように少しずつ削ら
れて丸くなったおが屑に包まれて木と厚紙製の彩色された石膏塗
りの小屋と、圧縮した藁製の屋根のある、藁と木でできた、まだ
どうにか歯車の回る水車小屋と、色つきのボール紙でできたたく
さんの小さな家や城があって、小屋のところで少し高みに遠近法
で小さな家や城が背景をなしているのだった。それから最後に、
おが屑の間に彫像が、肩に仔羊をのせた羊飼いたち、研ぎ師、2
頭の仔ロバをつれた粉屋、頭に果物かごを載せた農婦、2人のバ
グパイプ弾き、ラクダを2頭つれたアラブ人、東方の三博士が
いた。それらもお香や没薬というよりカビの匂いがしていて、最
後にロバ、牡牛、ヨゼフ様、マリア様、飼い葉おけ、赤子のイエ
ス、腕を大きく開いた2人の天使が少なくとも1世紀はつづく
栄光に身を硬くしていて、金色の流れ星と、内側に星が縫い付け
られた青色の布がひと巻きと、水が出入りする穴がふたつある小
川の河床の形に作られたセメント詰めの金色のたらいがあった。
ぼくが夕飯に30分遅れたのは、ゴムでできた長い管がいくつか
分かれているガラスの円筒でできたその妙な仕掛けにかかずらわ

7. 屋根裏部屋の8日間

っていたからだ。

　プレゼピオ〔キリスト降誕図の人形模型〕一式だった。祖父や両親が信者だったかどうかは知らないが（たぶん母はナイトテーブルに祈禱書を入れていたからそうだったのだろう）、あきらかにクリスマスのころ誰かがその長持ちをまた取り出して、階下のどこかの部屋でプレゼピオを飾ったのだ。プレゼピオに心を動かされた。ぼくはそう感じたが、別の似通った部分への反応なのではないかと恐れた。そうしてそれらの小さな彫像はぼくに、別の、名前ではなくてあるイメージを思い出させようとしていた。それは屋根裏部屋で見たものではなかったが、その瞬間ぼくの心を打ったわけだから屋根裏部屋のどこかにあるものにちがいなかった。

　ぼくにとってプレゼピオは何を意味したのだろう。イエス・キリストとファントマ、ロカンボレとチェステッロ、東方の三博士のカビとグラン・ヴィジールの串刺し刑のカビのどちら側に、ぼくはいたのだろう？

　ぼくは屋根裏部屋で過ごした8日間を下手に費やしたことを悟った。つまりぼくは6歳か12歳で、あるいは15歳でめくったページを再読して、毎回さまざまな出来事に心を動かされたのだった。記憶を再構築するとはそういうことじゃない。記憶が混ざり合い修正され変わっていくのはほんとうだが、まれに時間的な距離を混乱することがあるから、ある出来事が7歳で起こったのか、あるいは10歳でだったのかよくよくわかっていなければならなくて、ぼくもいま、病院で再び目覚めた日をソラーラへ出発した日と区別できたし、ある日と別の日のあいだに時間の円熟というか、意見が変わったり経験に向き合ったりすることがあるのを重々承知していた。それなのにその3週間でぼくは、小

197

第 2 部　紙の記憶

3 e, con passo lieve lieve
sul tappeto della neve,

s'incolonnan dietro a quello
misterioso pastorello

さいころ一度に一気に飲み込んだみたいにあらゆることを吸収した。そういうわけで、ぼーっと混乱して茫然自失しているような感じがしたのは当然だ。

　だから、そんなふうに古い紙をたくさん食べるのはやめて、物事を整頓しなおし、時の流れに従って少しずつ食べるべきだった。13歳のときよりむしろ8歳でぼくが読んだり見たりしたことを誰がぼくに言うことができただろう。少し考えて、わかった。すなわち、どれかそれらの入れ物の中にぼくの本や学校のノートがないはずはなかった。それらこそ再び辿るべき資料であり、その教えに従い手にとるにまかせるだけでじゅうぶんだった。

　夕飯のとき、アマリアにプレゼピオについて質問をした。やはり、祖父のものだった。もっとも祖父は信心深くなかったが、プレゼピオは王様のスープみたいにそれがなければクリスマスとはいえなかったのだ。それに、孫がいなかったとすれば、自分のために飾ったのだろう。12月初めに準備をはじめて、屋根裏部屋でよく見えるように骨組み一式が取り出され、そこに空となる布が取り付けられ、星をちかちかさせるプロセニウム・アーチの内

7.屋根裏部屋の8日間

部にたくさん小さなランプをつけたのだった。「おじいさまのプレゼピオはそれはきれいで毎年涙が出るほどでした。だって水がほんとうに川に流れていまして、一度など水が外に溢れて、その年届いたばかりの新鮮なコケが全部濡れてたくさん小さな青い花を咲かせたものですから、実に幼子イエスの奇跡のようでした。教区神父までやってきたのは、見るまで信じられなかったからです」

「でもどうやって水を流したの?」

アマリアは顔を赤らめて、何かもごもご言ってから意を決した。「プレゼピオの家の中に、私が主顕節の日のあと毎年取り除くのを手伝いましたが、まだあれがあるはずです、口のないガラスの大きな壜が。ご覧になりましたか。そうです、いまはあのようなものはもう使いませんが、ある道具で、下世話な言葉で失礼しますが、浣腸する道具です。浣腸はご存知ですか。よかった、説明しなくてすんで、恥ずかしいですからね。で、当時、おじいさまはプレゼピオの下に浣腸の道具を置いてうまく管を回すという名案を思いつかれたのです。水は外に出て、それから下に戻りました。ほんとうに見もので、映画顔負けでした」

8. ラジオの時代

　屋根裏部屋での8日間のあと、ぼくは村まで下りて薬局で血圧を測ってもらうことにした。180なんて高すぎだ。グラタローロはぼくを、血圧を130に保つという約束で退院させてくれていて、ソラーラに出発したときの血圧が130だった。薬剤師が言うには、村まで丘を下りて測ったから高くて当然ということで、もしぼくが朝起きぬけに測っていればもっと低かっただろうと。そんなはずはない。自分で状況はわかっていた。ぼくはくる日もくる日も取りつかれたように過ごしたのだから。

　グラタローロに電話をすると、かれはぼくがしてはならないことをしたのではないかと訊いた。ぼくは箱を運んだこと、食事のたびに少なくともワインを1本飲んだこと、一日にジタンを20本吸って、しばしば軽い心拍急速に見舞われたことを認めなければならなかった。グラタローロに叱られた。ぼくは回復期にあるけれども、血圧が高くなりすぎると同じことが繰り返される可能性があって、もしかするとそのときは前回みたいにうまく切り抜けられないですよ。ぼくが健康に気をつけると約束すると、服用する丸薬の数を増やして、尿から塩分を体外に排出させるようにほかの薬を追加した。

　ぼくが食べ物の塩分を減らすように言うと、アマリアは、戦時中、塩を1キロ手に入れるのに食用ウサギ2,3匹と引き換える

くらい大変でしたから、塩は神の恵みで、塩が足りないと味気な
んてありはしませんと言った。ぼくが医者に塩分を禁じられたの
だと言うと彼女は、医者は勉強ばかりするのにほかの人よりも愚
かだから医者に耳を傾ける必要はないと反論した。アマリアをご
らん、いままで一度も医者にかかったことがなくて、もう70歳
を超えるというのに一日中たくさんの仕事に身を粉にしても、ほ
かのみんなみたいに坐骨神経痛にすらなったことがない。やれや
れ、ぼくはおしっこで塩分を取り除くしかなかった。

　いやそれよりも、屋根裏部屋に行くのを中断し、少し運動して
気晴らしする必要があった。ぼくはジャンニに電話した。という
のも、ぼくがこの8日間で読んだすべてがジャンニにも何かを
意味するかどうか知りたかったからだ。ぼくらがした経験は異な
っていたようだが——つまりかれには流行でない物を集めるおじ
いさんはいなかったが——本をお互い貸しあったこともあって、
たくさん共通の本を読んでいた。サルガーリの雑学知識について、
ぼくらは30分間テレビ番組みたいにクイズをして戦った。アッ
サム王の悪党ギリシャ人は何という名前か？　テオトクリス。
「黒い海賊」が敵の娘だからという理由で愛せなかった美しいオ
ノラータの姓は何か？　ファン・グルト、それからトレマル・ナ
イクの娘ダルマと結婚するのは誰か？　スヨダーナの息子モアラ
ンド卿。

　ぼくは『前髪少年の冒険』でも試してみたが、ジャンニには何
も意味しなかった。ジャンニはむしろ漫画を読んでいたから、漫
画になると持ち直してぼくにタイトルの一斉射撃を浴びせた。漫
画はぼくも読んだはずで、ジャンニがぼくに言った名前のいくつ
かは馴染みがあった。『航空隊』、『雷撃男対フラッタヴィオン』、
『ミッキーマウス』に『影の男』、とりわけ『チーノとフランコ』

など。だが、屋根裏にこれらの漫画の跡は見つからなかった。た
ぶん、ファントマとロカンボレが好きだった祖父は、漫画を、子
どもをだめにする価値のないものとみなしたのだろう。でも、ロ
カンボレは漫画じゃないのかな。

　ぼくは漫画なしで大きくなったのだろうか？　長らく中断して
強制的に休息しても無駄だ。ぼくにまたもや探索の熱狂が始動し
ようとしていた。

　ぼくを救ったのはパオラだった。その同じ朝、正午ごろ、いき
なりカルラとニコレッタと３人の子どもをつれてやってきた。
ぼくの数少ない電話に納得できなかったのだ。抱きしめたくてち
ょっときただけだから夕飯の前には帰るわと言いつつ、ぼくをし
っかり観察していた。

　「太ったわね」と言った。幸いなことにぼくの顔色は、バルコ
ニーやブドウ畑で太陽をたくさん浴びたから悪くなかったが、ち
ょっと体重が増えたにちがいなかった。ぼくがアマリアのご馳走
だよと言うと、パオラは指示通りにするよう伝えると約束した。
数日前からあらぬところで背中を丸めて何時間も動かなかったと
は言わなかった。

　たっぷり散歩が必要ねとパオラが言って、家族みんなで小さな
尼僧院まで出かけた。尼僧院とは名ばかりの、どうにか礼拝堂と
いえそうなものが、2,3キロ離れた岩山の上に現れた。ずっと上
りがつづいているので最後の2,30メートルを除けば登っている
ことにほとんど気づかないが、ぼくは息をととのえるあいだ、子
どもたちに野バラとすみれの小さな花束を作ってごらんと言った。
パオラは不機嫌に、詩人（レオパルディ）を引用するのではなく花
の匂いをかぐようにぼくを仕向けた。というのも、詩人なんてい

う輩はみんな嘘つきで、すみれが終わってから最初の野バラが咲くのであって、とにかく野バラとすみれを一緒の束にできないのは論より証拠だ。

覚えていることが百科事典からの引用だけでないことを示そうと、ぼくがその何日かで知った話をいくつかひけらかすと、そんな話を聞いたことのなかった子どもたちは目を見開いてぼくのまわりをちょこちょこ走り回った。

年長のサンドロには『宝島』の話をした。ぼくはまるで、自分が「司令官ベンボー亭」という安宿から出発して、トレローニー卿とリヴシー先生とスモーレット船長と共に帆船ヒスパニオラ号へと乗り込むかのように話した。サンドロにとっていちばん身近だったのは、足が木でできているところからジョン・シルヴァーと、あの不運なベン・ガンの2人のようだった。子どもたちは興奮して目を見張り、灌木の間で待ち伏せする海賊たちを思い描いてはもっと話してと言ったが、フリント船長の宝を手に入れたからには物語は終わりで話すことはもうなかった。その代わりぼくらは長いこと歌った。「死人の衣装箱に15人、ヨー、ホホー、ラム酒が1本……」

ジャンジョとルーカのためにぼくは、『ジャン・ブッラスカ［嵐のジャン］の日記』のジャンニーノ・ストッパーニの悪党ぶりを思い起こして最善を尽くした。ぼくが杖をベッティーナおばさんのハナハッカの木の鉢の底に差し込んだり、ヴェナンツィオ氏の歯を引き抜くところでは、3歳なりに理解可能なことについてふたりの笑いは収まらなかった。おそらくぼくの話はカルラとニコレッタのほうがより気に入っただろう。というのも、彼女らにとって当時の悲しい傷跡であるジャン・ブッラスカの登場人物は何も

意味しなかったから。

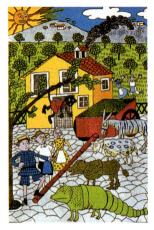
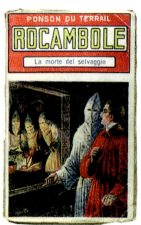

　だが子どもたちには、ぼくがロカンボレになりきって、犯罪の技におけるぼくの師匠であり、もはや盲目だがぼくの過去の困った証人であるウィリアム卿をやっつけるのがいっそう魅惑的だと思われたので、ウィリアム卿を地面に倒して首に先の尖った長いピンを打ち込み、そのあと、誰もが急に卒中に襲われたと信じるように、髪の毛のあいだにできた小さな血の染みを消すように語った。

　そんな話を子どもたちに聞かせてはだめ、とパオラが叫んだ。幸いいまのわが家に長いピンはないけれど、そうでなかったら猫にでも使って試してみるところよ。だが、それもこれもそんな話の中の出来事が全部ぼくの身に起こったことであるかのように、話して聞かせたせいで、すっかりだまされてしまったからだ。

　「もしあなたが子どもたちを喜ばせるためにおもしろおかしくするなら、それは物語になるけれど」と、パオラはぼくに言った。「そうでないとすれば、あなたは自分が読むものに一体化しすぎ

204

ていて、こうなるとほかの誰かの記憶を借りるっていうことになる。自分と物語のあいだにはっきり距離はとれているの？」

「さあ、行こう」とぼくは言った。「ぼくは記憶は失っているけれど正気を失っているわけじゃない。子どもたちのためにしているんだ」

「そうだといいけど」パオラは言った。「でも、あなたはソラーラに自分自身を見つけるためにやってきたのよ。ホメロスやマンゾーニあるいはフロベールからなる百科事典に潰されたように感じたから。それなのに、擬似文学の百科事典に入り込んでいるじゃない。まだ効果はないようね」

「そうだね」ぼくは答えた。「まず、スティーヴンソンは擬似文学ではなくて、次に、ぼくが再び見つけたがっていることが擬似文学を侵食したからといってぼくのせいでもないし、そもそもきみじゃないか、クララベル・カウの宝物の事情でぼくをここに送ったのは」

「ほんとうね、ごめんなさい。自分のためになると思うならつづければいいわ。でも注意して、読書に毒されないように」。話題を変えようと、パオラは血圧について訊いた。ぼくは嘘をついた。つまり、血圧は測ったばかりで130だったと言った。聞いて喜んでいた、不憫にも。

遠足から帰ると、アマリアがおやつと新鮮なレモン水をみんなに用意してくれていた。こうして、パオラたちはまた帰って行った。

その夜、ぼくは良い子にして、雌鶏が寝るような早い時間に眠った。

翌朝、大急ぎでしか訪れていなかった古い翼廊の部屋にまた戻

った。祖父の寝室に再び入って見たとたん、畏敬の念にとらわれた。そこにも、昔のあらゆるほかの部屋と同様に、タンスと鏡のついた大きなクローゼットがあった。

クローゼットを開けたぼくはものすごく驚いた。奥に、蒸発し切ったナフタリンの匂いをとどめて吊るされた洋服にほとんど隠れるように、ふたつのものがあった。手回し式のラッパ形蓄音機とラジオだった。どちらも雑誌の紙で覆われていたので、ぼくは紙を元にまとめた。それはラジオ番組専門の出版物『ラジオ新聞』で、40年代の号だった。

蓄音機の上にはいまもLPレコードがのっていて、うっすらとした汚れがこびりついていた。30分かかってハンカチに唾をかけながらきれいにした。曲名は「アマポーラ」とあった。タンスの上に蓄音機を置いてレコードをかけてみると、ラッパ部分から何かくぐもった音が出てきた。かろうじてメロディがわかった。その古道具はもはや老人性痴呆状態にあり、なすすべもなかった。いずれにしてもぼくが子どものころすでに博物館入りする代物だったはずだ。当時の音楽を聴きたいのであれば、書斎のプレーヤーを使わなければならなかった。でも、レコードはどこにあったっけ。アマリアにたずねる必要がありそうだった。

ラジオは紙で保護されていたにもかかわらず、50年のうちにとにかく埃で覆われ、指で字がかけるくらいだったので、ぼくは念入りにきれいにしなくてはならなかった。マホガニー色のきれいなテレフンケン社製で(これで、ぼくが屋根裏部屋で見た梱包の理由がわかった)、太い糸でできた布の覆い(たぶん音をよくするため)のあるスピーカーが付いていた。

スピーカーの横に局が付いたパネルがあり、消えて何も見えな

かったが、下に３つつまみがあった。明らかに真空管ラジオだった。ラジオを揺すると内部でことこと何か音がした。差込の付いた線がまだあった。

　ぼくはラジオを書斎に持って行って、注意して机の上に置き、差込をコンセントにつないだ。なかば奇跡的だが、当時はしっかりとした品物が作られていたしるしに、局のパネルを照らす電球が、かすかではあるがまだ作動した。それ以外だめだったのは、ヒューズが飛んでしまっていたからだ。どこか、たぶんミラノで、こんな受信機をまた使えるようにできる誰かマニアが見つかるのではないかと思った。マニアたちは、解体業者に送られてきた車の状態の良い部品を使って年代物の車を直す修理業者のように、古い部品の倉庫を所有しているから。そうしてぼくは、庶民的で常識に満ちた年老いた電器屋が言うであろうことに思いをはせた。「お客さんに浪費させたくないのでね。だって、もしこのラジオをまた動くようにしたとしても、昔放送されていたものが聴けるわけじゃなくて、いま放送されているものが聴けるだけだから、新しいラジオを買うほうがいいし、これを修理するより安くつきますよ」。賢い人だ。最初からぼくは負け試合をしていたわけか。ラジオは古書ではないから、開くと500年前に人々が思考し言述し印刷したことが見出せるわけではない。そのラジオはぼくに、ロックとかなんとか今日呼ばれるひどい音楽をさらに耳障りな音で聞かせるだけだったろう。それは、スーパーで買ったばかりのサン・ペッレグリーノを飲みながら、ヴィシーの鉱水のシュワッという音を舌の先で感じるのを願うようなものだ。その壊れた箱は、ぼくに永遠に失われた音を約束してくれるだけだった。パンタグリュエルの凍結した言葉みたいによみがえらせることができたなら……。だが、たとえぼくの脳の記憶がある日戻ってきたと

しても、このヘルツ波の記憶をもはや取り戻すことはできなかった。ソラーラは、静寂の耳をつんざかんばかりの音以外には、どんな音をもってしてもぼくを助けることはできなかった。

とはいっても、ランプのついたパネルはそこにあって、局の名前が黄色は中波、赤は短波、緑は長波と付いていた。それらの名前にぼくは長いこと知恵を絞り人さし指をちょこちょこ動かして、ストックホルム、ヒルヴェルスム、リーガ、タリンという魔法の街々の未知の音を聴こうとしたにちがいない。以前は聴いたことのなかった名前を、ぼくはおそらくマケドニアやトルコのアッティカ、ヴァージニア、アル・カリフ、そしてイスタンブールに結び付けていた。ぼくがとりわけ夢見たのは地図帳だったのか、あるいは、そんな局の一覧表と局が発するささやきだったのだろうか。ミラノやボルツァーノといった国内の地名もあった。ぼくはロずさんだ。

ラジオがトリノで中継されると、
「今晩きみをヴァレンティーノ公園で待つよ」になるけれど、
急に番組が変わったら、
今度は「気をつけろ。ママが家にいる」になる。
ラジオ・ボローニャだと「心はきみを夢見る」で、
ラジオ・ミラノだと「きみを遠くで感じている」で、
ラジオ・サンレモだと「今晩たぶん会えるね」になる。

街の名は、いまなお再び別の言葉を呼び起こす言葉だった。
装置は見たところ30年代に遡るようだった。あの時代、ラジオは高価だったはずで、しかるべきときにのみステイタス・シンボルとして家に導入されたにちがいない。

8. ラジオの時代

　ぼくは 30 年から 40 年代のあいだにラジオを所有することがどういうことだったのか知りたいと思った。ジャンニに電話してみた。

　最初ジャンニが、教えた内容に見合う礼をしてくれよとぼくに言ったのは、ぼくがかれを水中に沈んだ甕を水面に再び持ってくる潜水夫みたいに扱ったからだった。でもそのあと、感動した声で付け加えた。「えーっと、ラジオは……ぼくらの家には 1938 年あたりになってやっと導入された。高価で、ぼくの父は会社員だったけれどきみのお父さんとは違って小さな会社で働いていたから稼ぎは少なかった。きみらは休暇にでかけたけど、ぼくらは街の家に残り、夜、涼を求めて公園に行き、週に一度アイスクリームを食べたものさ。寡黙だったぼくの父は、当時ある日、家に帰り食卓に座って黙って食事をして、それから最後にお菓子の紙包みを出してきた。「どうしたの、日曜日でもないのに？」と母が訊いた。で、父は、「食べたいからさ」って。みんなでお菓子を食べて、父が頭を掻きながら言った。「マーラ、この数ヶ月間儲かっているらしくて、今日社長がぼくに 1000 リラくれたのさ」。母は急に驚いたように手を口に当てて叫んだ。「ああ、フランチェスコ、それならラジオを買いましょう！」って。当時何年間か、「月に 1000 リラあったなら」が流行っていた。若くて可愛い奥さんにいろんなものを買ってやれる 1000 リラの月給を夢見るしがない会社員の歌さ。だから 1000 リラはなかなかの月給に相当した。たぶんぼくの父がもらっていた月給よりよかっただろう。とにかくその日父がもらった 1000 リラは、誰も思いもよらないボーナスのようだった。こうしてラジオがぼくの家にやってきた。言うなよ、うーんと、あれはフォノーラ社のラジオだっ

209

た。週に一度マルティーニとロッシのオペラ・コンサートがあって、ほかの日にはコメディがあった。えーっと、タリンとリーガがぼくのいまのラジオにもまだあればなぁ。数字だけだなんて……それから戦争になり、暖かい部屋は台所だけだったからラジオはそこに移されて、夜とても小さな音で、じゃないと監獄行きだから、ラジオ・ロンドンを聴いたものさ。窓ガラスを灯火管制のために例の青い砂糖紙で覆った家に閉じこもってね。そして歌だね！　きみが戻ったら、お望みならファシスト賛歌まで何でもうたってやるよ。懐かしがっているわけじゃなくて、時どきファシスト賛歌を、ラジオのそばで過ごしたあの夜みたいに自分をもう一度感じるために、うたいたくなるんだ。宣伝は何て言ったっけ？　ラジオは魔法の声です、だ」

　ぼくはジャンニにもういいと言った。話をしてと頼んだのは確かにぼくだが、いまかれはぼくのまっさらな石板を「かれの」記憶で汚そうとしていた。ぼくはかつての夜をひとりで生き直す必要があった。ぼくらの夜は違っていたはずだから。ジャンニのはフォノーラでぼくのはテレフンケンだったし、それにかれはリーガに局を合わせ、ぼくはタリンだったかもしれない。でもタリンを選べば、ほんとうにエストニア語が聞こえたのだろうか。

　食事に階下におりて、グラタローロをだましてワインを飲んだのは、ひたすら忘れるためだった。忘れるためにだ、このぼくが。とにかくこの１週間の興奮状態を忘れて午後の木陰でベッドに横になり（あのころは明け方まで目を覚ましているのが普通だったのに）、ここ二晩でありがたいことに眠気を誘うことが明らかになった『モンプラチェムの虎』を読んで、眠気を催す必要があった。

8. ラジオの時代

　ところが、自分が食べてマトゥに残り物をあたえているうちに、単純だがひどくすばらしい考えが浮かんだ。つまり、ラジオは現在電波に乗るものを放送するが、蓄音機は当時のレコードにあったものを聴かせてくれる。すなわちパンタグリュエルの凍結した言葉だ。50年前のラジオを聴いている感じを得るためには、レコードが必要だった。

　「レコードですって？」アマリアはぼやいた。「そんなことより、ちゃんと食べてください。レコードのことはいいですから。このご馳走がすっかりまずくなって体の毒になり、果てはお医者さま行きです！　レコードのことばかりで……。まったく、屋根裏部屋なんて行ったことありません！　叔父さま方が全部片付けられたとき、私はお手伝いしましたけど……ちょっと待ってください……私はレコードが書斎にあったと言いましたが、ぜんぶ屋根裏部屋に持って上がらなければならなかったわけで、手からすべって階段で割ってしまいますからね。だからレコードに穴を通して……穴を通したんです……すみません、記憶がないわけじゃないんです。もっとも私の年なら記憶してなくてもおかしくはないんですが、もう50年の月日が経ちましたし、ここで50年間いつもレコードのことを考えていたわけではないですし。そうだ、思い出しました！　おじいさまの書斎の前にある長持ちの中にレコードを押し込んだはずです！」

　ぼくは果物を食べないで、長持ちを確かめに上がった。はじめて見に行ったとき、長持ちのことはあまり気にかけなかった。開けるとレコードが重なりあっていて、どれも古いLPレコードで、保護袋に入っていた。アマリアは運ばれたままに入れたので、あらゆるレコードが揃っていた。30分かけてレコードを書斎の仕事机に運び、書棚に整理して置きなおしにかかった。祖父は高尚

211

な音楽を好んだらしく、モーツァルトにベートーヴェン、オペラのアリア（カルーゾにいたるまで）にショパンもたくさんあって、当時の歌の楽譜まであった。

　古い『ラジオ新聞』を見てみると、ジャンニの言ったとおりで、週に一度のオペラ音楽の番組に、コメディ、珍しい交響楽コンサートとか、ラジオ・ニュースがあって、ほかにはイージーリスニングやメロディ音楽と当時呼ばれた音楽番組があった。

　ぼくはそういうわけで歌をもう一度聴かねばならなかった。それが、ぼくが共に成長した音響家具一式にちがいなかった。もしかすると祖父は書斎でワグナーを聴き、家族のほかのものはラジオで歌謡曲を聴いていたのかもしれない。

　すぐにインノチェンツィとソプラーニの「月に1000リラあったなら」を探し当てた。祖父はケースの多くに日付を、歌が出たときの日付かレコードを買ったときの日付かはわからないが記していたので、だいたい何年ごろ歌がラジオで流されたのかなどがわかった。この歌の場合は1938年だったからジャンニは物覚えがいいということになり、つまり歌はかれの家でフォノーラを買

ったころに出たのだった。

　プレーヤーを動かしてみた。まだ動いた。スピーカーの音はよくなかったが、かつてのように何もかもがキーキーいうのは、いたしかたなかっただろう。こんなふうにランプのついたラジオのパネルを、まるでラジオが動いているかのように見ながらプレーヤーを起動させて、ぼくは1938年夏の放送を聴いた。

　月に1000リラあったなら、
　大げさではなく、確実に
　ほんとうに幸せさ！
　しがないサラリーマンのぼくはてらいなどなくて、
　いつかすっかり安泰に暮らせるよう
　働きたい！
　郊外の小さな家、
　奥さんは、
　若くて可愛い、まるできみみたいな。
　月に1000リラあったなら、
　いっぱい買い物をして、とりわけ
　きみがほしいいちばん素敵なものを買うだろう！

　それまでの数日間ぼくは、国民的栄光のメッセージにさらされた子どもでありながら、シャーロック・ホームズの、行儀よく途方に暮れる英国人の胸に穴を開けて腕と足をへし折る釘のような霰が降るなかサンドカンに出くわすファントマに遭遇するロンドンの霧を夢想する分裂した自分というものを、何者だろうかと自問していた。そうしていま、ぼくが子どもだった数年間ラジオが人生の理想として郊外の安泰に憧れるだけのわずかな要求を意味

第 2 部　紙の記憶

していたのだとわかった。といっても、これは例外だったかもし
れないが。

　レコードを、あれば日付によって整理し直さねばならなかった。
聴く音を通して、ぼくは自分の意識形成を年毎に辿り直さねばな
らなかった。

　ぼくのいくらか常軌を逸した再編成の途上で、一連の愛の中で、
あなた、私にバラをたくさん持ってきて、きみはもうぼくを想う
恋人じゃない、ねえ、花のあいだに隠れて小さな教会があるの、
帰っておいでぼくの可愛いきみ、私だけのために弾いて、ロマの
ヴァイオリンを、きみは素敵な音楽だ、1時間だけでいいきみが
ほしい、草原の小さな花よ、「チリビリビン」、チニコ・アンジェ
リーニ、ピッポ・バルツィッツァ、アルベルト・センプリーニと
ゴルニ・クレーマーのオーケストラ演奏の合間に、フォニット、
カリッシュ、「あるじの声」という名前のあるレコード、可愛い
犬が鼻を向けて蓄音機のラッパ部分から出てくる音を聴いていて、
ぼくはファシスト賛歌のレコードに出くわしたが、これらを祖父
が紐で結わえていたのは保護したかったからか、あるいは別にし
ておきたかったからか。祖父はファシストだったのか、それとも
反ファシストだったのか、もしくはそのどちらでもなかったの
か？

　ぼくは身近に聴こえる歌を、歌詞の言葉だけが口に浮かぶ歌も
あればメロディだけのこともあったが、聴きながら夜を明かした。
「青春」のような古典的作品がすぐにわかったのは、集会のたび
に歌った公式賛歌だったからだろうが、おそらくぼくのラジオで
「恋するペンギン」からほとんど時間的に離れていないときにそ
れを、レコードの表紙にあるようにレスカーノ・トリオによって
歌われるのを聴いたことを度外視するわけにもいかなかった。

214

8. ラジオの時代

ぼくはその女性トリオの声をずっと前から知っているような気がした。3人は3度と6度の音程で巧みに歌っていて、明らかな不協和音の効果が結果としてとても耳に心地よかった。世界のイタリア少年たちがイタリア人であることが最高の特権であるとぼくに教える一方で、レスカーノ姉妹はオランダのチューリップのことを語ってくれた。

賛歌と歌を交互にかけてみることにした（たぶんそんなふうにラジオから届いたはずだったから）。チューリップからバリッラの賛歌へと進んで、レコードをかけたとたん、暗誦するかのように歌詞を追った。賛歌は、あの勇気ある若者（元祖ファシストなのは、つまり百科事典にあるように、バリッラで知られるジョヴァン・バッティスタ・ペラッソが18世紀に生きたからだ）がジェノヴァの反乱を先導するオーストリア人に向かって石を投げたことを称えていた。

ファシズムがテロリスト的な身振りを好んだのは間違いなくて、ぼくは自分が持っている「青春」でも「オルシーニの爆弾をここにぼくは、恐怖の剣を手に取って」と歌われているのを聴いたのだが、オルシーニはナポレオン3世を暗殺しようとしたのではなかったか。

ともあれ、レコードを聴いているうちに夜になり、菜園からか丘からか庭からか、ラヴェンダーやぼくの知らないほかの香草の強い香りがしてきた（タイムなのか、バジルなのか？　ぼくは一度たりとも植物学が得意だったことなどなかったと思うし、それどころかバラを買いに行かされるといつも「犬の金玉」──たぶんオランダのチューリップだ──を家に持ち帰るような子どもだった）。アマリアがぼくに教えてくれた別の花、ダリアかヒャクニチソウかの香りもしていた。

「戦闘ファッショ連盟」

塹壕から
戦の時が鳴らされると、
いつも最初に黒い炎が
すさまじく放たれる。
手に爆弾を、
心に忠誠を、
かれは進み彼方へと、
栄光と殊勲に満ち溢れ。

青春、青春
人生の美しき春よ
激戦の中
きみの歌が轟き響き、そして止む。

オルシーニの爆弾をここにぼくは、
恐怖の剣を手に取って、
榴弾が轟くも、
ぼくの心は胸を震わせず、
輝かしき旗を、
ぼくは敬々しく守りぬいた。
漆黒の炎が
みんなの心に燃え上がる。

青春、青春
人生の美しき春よ
激戦の中
きみの歌が轟き響き、そして止む。

統帥ムッソリーニのために
エイエイオー。

「チューリップ
（チューリ、チューリップ・タイム）」クルチ版

５月の空に丸い
オランダのチーズみたいに
旅する月が昇り
月光が私たちに届けるのは……
愛を語る
チューリ、チューリ、チューリ、
　チューリップが
つぶやきが声合わせ
チューリ、チューリ、チューリ、
　チューリップの……。
きみは甘美な歌をきく
物悲しい魅惑のうちに。
愛を語る
チューリ、チューリ、チューリ、
　チューリップが
甘美な心
チューリ、チューリ、チューリ、
　チューリップが
きみに語るだろうぼくのことを
素敵なチューリ、チューリ、チューリ、
　チューリ
チューリ、チューリップ！

「フィアット」

石が鳴り、名が響き渡る、
ポルトリアの少年の、
勇ましいバリッラ少年は
歴史の中の巨人。
銅製のその迫撃砲が
泥に沈み込むも、
鋼鉄の少年は
母国を解放した。

目は誇りに満ち、歩みは迅速、
手柄の呼びかけは明快だ。
敵に向かえば石を、
友には真の心をもって。

ぼくらは数多の種、
ぼくらは勇気の炎。
ぼくらのために泉は歌い、
ぼくらのために5月は輝き微笑みかける。
だが、もしある日
戦さが
英雄たちにまで達すれば
ぼくらは弾になる
聖なる自由の。

「マラマーオ、なぜ死んじゃったの？」

すべてが静まり、空の上に
月がすがたを現すと、
ぼくのいちばん甘美で優しいみゃーおで、
マラマーオを呼ぶ。
屋根の上に猫ちゃんが勢ぞろいして
歩くのが見える。
でもきみのいない猫ちゃんたちなら
ぼくと同じで悲しいものさ。

マラマーオ、なぜ死んじゃったの？
パンもワインも足りていて、
サラダは菜園にあって、
家だってあったのに。
恋するメス猫ちゃんたちは
いまでもきみに喉を鳴らすけれど、
扉はいつも閉まっていて
きみはもう返事をしない。

マラマーオ……マラマーオ……
猫ちゃんたちがみゃーおと合唱する。
マラマーオ……マラマーオ……
マーオ、マーオ、マーオ、マーオ、
マーオ……

マトゥがすがたを現し、鼻を鳴らしながらぼくのズボンに体をこすり付けてきた。表紙に猫が1匹いるレコードが目に入ったのでバリッラ少年賛歌と取り替えて、その猫の哀悼歌に身をまかせた。「マラマーオ、なぜ死んじゃったの？」だ。

だがほんとうにバリッラ少年団は「マラマーオ」を歌っていたのだろうか。ぼくはファシスト党賛歌に立ち返る必要があったかもしれない。マトゥにしてみればぼくが歌を変えたところでどうでもよかったはずだ。ぼくは居心地よくすわってマトゥを膝に乗せ、猫の右耳を掻きながらタバコに火をつけてバリッラ少年の宇宙にどっぷり身を沈めた。

1時間聴くとぼくの頭は、英雄ふうの言い回しや襲撃や死への扇動やムッソリーニに忠誠を尽くして崇高な犠牲になろうという申し出でごちゃ混ぜになった。神殿の外で翼と炎をもって燃え盛る「ウェスタ神の火」のように、青春は古代ローマ人の意欲にみちた雄々しい若さで闘い、ぼくらは監獄で一日過すのなんてへっちゃらさ、待ち受ける悲しい運命なんてへっちゃらさ、この屈強の人々はもはや死なんて気にしない、世界中が知っている、黒シャツを着て、ムッソリーニとイタリア帝国のために闘って死ぬのだと、エイエイオー、王様皇帝万歳、新たな法をムッソリーニが世界にあたえ、新ローマ帝国よ、きみにぼくは敬礼してアビッシニアに行く。親愛なるヴィルジニア、ぼくは戻ってくるよ、きみにアフリカから赤道の空の下に芽生える花を送ろう、ニース、サヴォイア、コルシカ島、運命のマルタ島はローマ性の堡塁で、チュニジアはぼくらの岸辺、山に海に、自由が響く。

ニースがイタリア領になることを、あるいは、その価値もわからない1000リラの月給を欲しがったのだろうか？　鉄砲と人形の兵隊で遊ぶ少年は、息も絶え絶えのコルシカ島を解放したいが、

8. ラジオの時代

チューリップと恋するペンギンに囲まれて弱いものいじめなどしたくない。とにかく、バリッラ少年団は別としても、ぼくは『サタン船長』を読みながら「恋するペンギン」を聴いて、北の氷海にペンギンを思い描いていたのだろうか？　そして、『80日間世界一周』を辿りながら、フィリアス・フォッグがチューリップ畑の中を旅するのを目に浮かべたのだろうか？　それにしても、先の尖った長いピンを手にするロカンボレとジョヴァン・バッティスタ・ペラッソの石にどうやって折り合いをつけたのか？　「チューリップ」は1940年で、戦争がはじまった年だから、確かに当時ぼくは「青春」も歌っていたわけだが、その一方でサタン船長とロカンボレを、戦争が終わってファシスト党の歌が跡形もなくなった1945年に読まなかったわけがない。

　こうなったら何としてでも学校の本を辿り直す必要があった。学校の本にこそぼくの真のはじめての読書経験を目の当たりにできるかもしれず、歌に日付があるおかげでどの本を読みながらどの歌を聴いていたかがわかるかもしれなかった。そうすれば「ぼくらは悲しい運命なんてへっちゃらさ」と『地上海上旅行冒険図解新聞』がぼくにしかけようとした虐殺の関係が明らかになるかもしれなかった。

　何日間か強制的に休むなんて無駄だった。翌朝、ぼくは屋根裏部屋に上がらねばならなかった。もし祖父が几帳面だったとすれば、学校の本は子ども時代の本箱から遠くにあるはずはなかった。叔父たちが滅茶苦茶に置き直さなかったとすればだけれど。

　さしあたりぼくは栄光への召喚に疲れて、窓から外を見た。丘の輪郭が空に暗く浮かび上がり、月のない夜に「星の刺繍がほどこされていた」。なぜこの使い古されてぼろぼろになった表現が

浮かんできたのだろう。歌の一節からにちがいなかった。ぼくは
かつてその歌がうたわれるのを聴いたときのように空を眺めた。

　レコードをあさって、曲名が夜とか何か星に関する領域を思わ
せるレコードを全部選んだ。祖父のプレーヤーはすでに、1枚終
わると次が台に下りるというようにたくさんレコードを上に積み
重ねて準備できるタイプのプレーヤーだった。まさにラジオが、
つまみを回さなくてもひとりでに歌を聴かせてくれるように。レ
コードがはじまるようにしておいて、ぼくは窓の敷居のところで、
頭上の星空を眺めながら、良いも悪いもぼくの中に何かを再び目
覚めさせる楽の音に、身をまかせた。

　いま宵星は数多輝き……。一夜、星ときみとともに……。話し
てよ、話してよ、星の下で、言ってよ、とびきり素敵なことを、
愛の甘美な魔法の中で……。アンティル諸島の空の下、星はまた
たき、愛の香りが数多降りてくる……。マイルーよ、シンガポー
ルの空の下、金の星たちの夢の中でぼくらの愛が生まれた……。
ぼくらを見つめる星空の下で、星空の下できみにキスしたい……
きみと共に、別々に、ぼくらは星に月に歌う、ぼくに幸運がやっ
てくるかもしれない……海上の月、愚かな愛は美しく、ヴェネツ
ィアと月ときみ、きみとふたりっきりで夜、きみと歌をロずさみ
ながら……ハンガリーの空、郷愁のため息、限りない愛でぼくは
きみを想う……ぼくは常青の空のもとを彷徨し、雀が木の上を飛
び空にさえずるのを聞く……。

　ぼくが間違って載せた最後のレコードは、空とはまったく関係
がなくて、盛りのついたサクソフォンみたいな官能的な声で歌っ
た。

　あのカポカバーナでは──カポカバーナでは女は女王さまで至
上のもの……。

第2部　紙の記憶

　遠くの、おそらく谷を通る車の音に心を乱されて、ぼくは心拍急速の徴候を感じて言った。「ピペットだ！」まるで誰かが時間通りにすがたを現したようなその訪れは、しかしながらぼくを不安にさせた。ピペットって誰だっけ？　ピペットだよ、と言ってみても、またもや唇が覚えているだけだった。口から息が出てくるだけだった。ピペットが誰やらわからなかった。あるいは、ぼくの中の何かはわかっていたのかもしれないが、とにかくその何かはぼくの脳の負傷した領域で意地悪くくつろいでいた。

　『ピペットの秘密』は〈ぼくのサラーニ子ども図書館〉の最上のタイトルだった。もしかすると、『ランテナックの秘密』のイタリア風翻案だったのか。

　ぼくは『ピペットの秘密』に夢中だったけれど、もしかするとそれは夜遅くラジオでみんなにむけて発せられたささやきにすぎなくて、秘密などなかったのかもしれない。

222

9. けれどピッポは知らない

　かわり映えのしない何日（5、6日あるいは10日？）かが過ぎ、記憶は混濁していたが、それでよかったのかもしれない。なぜなら、そうして残ったことこそが、記憶を組み立てる真髄みたいなものだからだ。ぼくはバラバラの証言を、ときには思考や感情の自然な流れにしたがって、またあるときはその違いによって切り貼りした。記憶に残ったことはもはやソラーラで見たり感じたりした物事ではないし、まして子どものときに見たり感じたりしたであろうことでもない。それは作り事であって、10歳でぼくが考えたはずのことを60歳でまとめあげた仮説のようなものだった。「こんなふうに起こった」と言うには少なすぎるが、当時経験したと推定されることを羊皮紙上で見直しをするには相当な量だった。

　屋根裏部屋に戻り、小中学校については何も残っていないのではないかと気に懸かりはじめたそのとき、粘着テープで閉じられて上部に「小中学校ヤンボ」と書かれた大きな箱が目に留まった。箱はもうひとつあって、「小中学校アーダ」とあった。もっとも妹の記憶まで再起動させるわけにはいかなかった。自分の記憶について、しなければならないことがたくさんあったから。

　さらなる1週間を高血圧で過ごすのは避けたかったので、アマリアを呼んで、その大箱を祖父の書斎に運ぶのを手伝ってもら

った。そして小中学校時代は1937年から45年にかけてのはずだと考えて、「戦争」、「40年代」、「ファシズム」と書かれた大箱も下に運んできた。

　書斎で中身をはじから出して、それぞれ違う棚に整理した。小学校の教科書に歴史や地理の教本、それから、ぼくの名前に学年と組の書かれたノートがたくさんあった。新聞もたくさんあった。祖父はエチオピア戦争以降、帝国占領に際してのムッソリーニの歴史的な演説や1940年6月10日の開戦宣言などなどの載った重要な号を、広島への原爆投下や終戦に至るまで保存していたようだった。さらに令状、貼紙、小冊子に、雑誌も何種類かあった。

　ぼくは歴史家のやり方で類別を進めることに決め、証拠を相互に対照させて確かめた。つまり、40年から41年の小学校4年生の教科書やノートを読むときはその年の新聞をめくり、可能であればその年の曲を蓄音機に乗せたのだ。

　本がファシズム体制のものだということは新聞もそうだな、たとえばスターリン時代のプラウダ紙は一般民衆に公正なニュースを伝えていなかったわけだから、とぼくはつぶやいた。だがじっくり考えねばならなかった。仰々しく宣伝的であるものの、イタリアの新聞を読めば戦時中でも何が起こりつつあるのかがわかった。時代を隔てて祖父がぼくに与えてくれた市民としてのまっとうな暮らしの歴史を正しく知るための大切な教訓は、行間を読めということだ。実際祖父は行間を読み、大見出しのタイトルだけでなく小記事や短い記事、一読では見逃してしまうようなニュースに下線を引いていた。1941年1月6日から7日の『コッリエーレ・デッラ・セーラ』のあるタイトルにはこうあった。「バルディア前線では闘いが非常な執拗さでつづけられている」。3段

目には戦争の公報（公報は一日一回あって、撃墜した敵機の数まで形式的に挙げていた）があって、淡々と「別の要塞もイタリア軍の勇猛果敢な抵抗ののち陥落し、敵軍に著しい敗北の打撃を与えた」と述べていた。別の要塞だって？　文脈から北アフリカのバルディアは英国軍の手に落ちたと読めた。ともあれ祖父は余白に赤インクでほかの号と同じように「RL、バルディアを失う、4万人捕囚」と記していた。RL は明らかにラジオ・ロンドンの意味で、祖父はラジオ・ロンドンのニュースをイタリア政府公式のニュースと照らし合わせていたのだった。バルディアが失われただけでなく、4万人のイタリア人兵士が敵軍に引き渡されねばならなかったのだった。ご覧のように、『コッリエーレ』はでたらめを述べていたのではなく、ただ言えず仕舞いになっていたことを暗黙の了解みたいにとらえていたというわけだ。この『コッリエーレ』2月6日版に、「西アフリカの北部前線でイタリア軍の反撃」という見出しがあった。西アフリカの北部前線とは何だろう。一方で前年の多くの号では、英国領ソマリアとケニアにイタリア軍がはじめて侵入したニュースを伝えるのに詳細な小地図が載せられ、イタリア軍がどのあたりの国境を意気揚々と越えているのかがわかるようになっていたが、北部前線に関するニュースには小地図はなく、地図上で探してはじめて英国軍兵士がエリトリアに侵入したことがわかった。

　1944年6月7日の『コッリエーレ』は、9段にわたり「ドイツ軍による大量の防衛砲火がノルマンディの海岸で同盟軍部隊を猛撃」と勝ち誇ってタイトルをつけていた。ドイツ軍と同盟軍がノルマンディの海岸で何をしたというのだろう。侵攻開始である有名なノルマンディ上陸が行われたのは6月6日で、新聞はそのことを前日に取り上げられるはずはないから、ゲルト・フォ

第2部　紙の記憶

ン・ルントシュテット陸軍元帥ならばきっと不意打ちを食らうは
ずもないから、浜辺は敵軍の死体でいっぱいだったと書くことで、
事の真相をほのめかして伝えたのだ。それを嘘とはいえなかった。

　しかるべき方法、すなわち当時誰もがそうしていたはずの方法
でファシストの新聞を読んだので、秩序だって一連の出来事の流
れを確認しながら進むことができた。ラジオの文字盤を点け、レ
コードプレーヤーを始動させ、追体験した。もちろんそれは、ほ
かの誰かの人生を追体験するみたいだった。

　学校に入ったばかりのノート。当時はまず何よりも字画を習い、
ページをまっすぐ一直線で埋めることができてようやくアルファ
ベットの文字に移った。手と手首の訓練だ。習字は、タイプライ
ターが事務所にしかない時代には大切なことだった。国家図書が
ファシスト暦16年に出したマリア・ザネッティ編纂でエンリー
コ・ピノーキによる挿絵の『小学校1年生教科書』を見てみた。

　最初の二重母音のページには、イーオ、イーア、アィヤのあと、
エィヤ！　があった。エィヤ！　とあって、その横にファシズムの
紋章が描かれている。アルファベットはぼくの知っている限りで
は、ダンヌンツィオの呼び声「エイエイオー！」の音で学んだわ
けだ。BにはBenito（ベニート）の文字があり、Balilla（バリッラ）
に1ページ分が割かれていた。と、そのとき、ぼくのラジオが、
ぼ、ぼ、ぼくにキスして、可愛い子ちゃん、と、別の音節区分を
奏でていた。ぼくはどうやってBを覚えたのだろう。孫のジャン
ジョはまだBをVと間違えてヴェルメをベルメと言っている
けれども。

　バリッラ少年団と子ども党員。あるページには少年が描かれて
いて、黒シャツと、中央にMのついた胸に交差する白い飾りの

9. けれどピッポは知らない

ようなものをつけていた。「マリオは立派な大人です」と書いてあった。

　子ども党員。5月24日のこと。グリエルモは子ども党員のかっこいい新しい制服を着る。「お父さん、ぼくもムッソリーニの子ども兵隊だよね。少年団に入って団旗を持って、銃を手に愛国少年団員になるよ。ぼくも本物の兵隊みたいに訓練をして、いちばん優秀になって、たくさんメダルをもらいたいな」

第 2 部　紙の記憶

　そのすぐあと、エピナール版画に似たページがあったが、ズワーヴ兵やフランスの胸甲騎兵ではなくて若手ファシストの年齢別の制服だった。

　glの音を教えるのに、教本は例として団旗、戦い、掃射を載せていた。6歳の子どもにである。まだ年端のいかない子どもたちに。一方、音綴表の真ん中あたりでぼくは守護天使について学んでいた。

　子どもがひとり遠い道のりを歩いていく
　たったひとり、行き先も知らずに
　子どもは小さく野原は広い
　けれど天使が見まもり道を誘う

228

9. けれどピッポは知らない

　天使はぼくをどこへ導こうとしたのだろう。掃射のとどろくところか。ぼくが知る限りでは、教会とファシズムのあいだにラテラーノ条約が交わされてずいぶん経っていたから、そのころは天使のことを忘れないで少年団員になるよう教育しなければならなかったわけだ。

　ぼくも制服を着て街を歩いたのだろうか。ローマへ行って英雄になりたがったのだろうか。ラジオからはいま、軍歌が流れていて、若き黒シャツ団員の行列が思い浮かんだが、すぐに眺めは変わって、道を、見かけも着る服もあまり恵まれていないピッポという少年がベストの上に黒シャツを着て通り過ぎた。アマリアの犬のことを考えるうちに、気落ちした顔で瞼が両方の涙目にかかり、ぼんやりして歯の抜けた笑顔で関節の外れた2本の脚に偏平足のこの旅人が、目に浮かんできたのだった。しかし、脚が満足にあるということは、別のピッポにちがいなかった。このことはクララベル・カウの宝物と関係がありそうに思えたが、宝物は浮かんでこなかった。それにしても、ピッポとピペットのあいだには何の関係があるのだろう。

　歌のピッポはベストの上にシャツを着ていたが、ラジオの声は「シャツ」じゃなくて「シャッツー」と発音していた（コートの上に上着を着て――それからベストの上にシャッツーを着て……）。歌詞と音楽を合わせるためだったにちがいない。ぼくは自分も、違う文脈においてだが同じことをしたような感じがした。ぼくは前の晩に聴いた「青春」を、もう一度ベニートとムッソリーニのために、エイエイオーと言って歌った。ぼくらはベニート・ムッソリーニのためにではなく、ベニートとムッソリーニのために、と歌ったのだった。この「と」は明らかに満足感を与える働きをしていて、ムッソリーニに最大の力を与えるのに一役買っていた。

229

第2部　紙の記憶

ベニートとムッソリーニのために、ベストの上にシャツを着る。

だが、街の道を通ったのは少年団員なのかピッポなのか。人びとは誰のことを笑ったのか。たぶんファシスト党はピッポの出来事にかすかなほのめかしを認めていたのではないだろうか。それは人びとの生きる知恵ともいうもので、いかなるときも耐えなければならないあの英雄伝にまつわる雄弁とはいえ、なんとも幼稚でくどい話に、慰めを得たのだろうか。

ほかのことに気をとられているうちに霧のページに辿り着いた。

挿絵がひとつあった。アルベルトとお父さんのふたつの影が真っ黒な別の影を背にして浮かび上がり、共に灰色の空に輪郭を描いている。空に住宅の形が少し濃い目の灰色で霧の中から現れる。文章によれば、霧の中では人間が影のように見えるらしかった。霧って、そんなものだったっけ？

空のあの灰色は、ミルクみたいに、あるいは水やアニス酒みたいに人間の影まで覆いはしなかったよな？　ぼくの引用集によれば、霧の中で影は浮かび上がるのではなくすがたを隠してまぎれるらしい。霧は何もないところでも影を見えさせ、その何もないところでやがて影はすがたを現し……ということは、小学1年生の教科書は霧に関してもでたらめを述べていたのか。事実、本は、霧を晴らしにくる大きな太陽を願う祈りで終わっていた。霧は避けて通れず、歓迎されないとあった。ぼくにとって霧はぼんやりとした郷愁でありつづけたのに、霧がよくないと教えられたのはなぜだろう。

ぼんやりした、灯火管制。言葉が言葉を喚起する。ジャンニが言ったのだが、戦時中、街は敵軍の爆撃機に見つからないよう暗闇に沈んでいて、家の窓からひと条の光さえ漏らしてはならなかったそうだ。もしそうだとすれば、霧は人々を守るマントを広げ

230

ウェスタの火は
神殿の外にあふれ出し
翼と炎をもって若者は行く
祭壇と墓の上に
燃える松明
ぼくらは希望だ
新しい時代の

統帥よ、統帥よ、
死ねない者などいない。
誓いが破られることはない。
剣を抜け！
団旗を風上にと
望むなら
誰もがあなたのもとにやってくる。
古代の英雄の
武器と旗を
イタリアのため、あるいは統帥のため
太陽に煌かせろ。

つづく、生はつづく
ぼくらを連れて
ぼくらに未来を約束する。

猛々しい若者が
古代ローマ帝国の意志で戦う

きたる、
英雄の偉大なる母が
統帥のため、あるいは祖国のために
王様のために、ぼくらを呼ぶ、
その日がぼくらにきたる！
ぼくらはきみにもたらす、光栄と
海の向こうの帝国を！

「けれどピッポは知らない」

けれどピッポは、ピッポは知らない
いつやって来ても町じゅうが笑いに
つつまれることを
そして
けれどピッポときたら大まじめで
誰かれかまわず挨拶をとお辞儀をしては
立ち去っていく。
自分では美しいこと
アポロンみたい、
飛び退るさま、雄鶏みたいと信じて。
外套の上に上着を着込み
ジレの上にはシャツを。
靴の上には靴下を、
ボタンはひとつもなくて
ブーツは靴紐で結わえてある。
けれどピッポは、ピッポは知らない
そしてまじめもまじめ、
町を去っていく。
自分では美しいこと
アポロンみたい、
飛び退るさま、雄鶏みたいと信じて。

るから、祝福されていたわけだ。霧はよいものだった。

　もちろん灯火管制については、1937年と日付のある1年生の教科書はたいして参考にならなかった。起伏のある丘を這い上がるというような陰鬱な霧のことが書いてあるだけだった。2年生以降の教科書もめくってみたが、戦争がはじまって1年になる1941年の5年生の教科書でさえも戦争への言及はまったくなかった。まだ旧版だったからスペイン戦争やエチオピア占領の英雄たちのことだけが話題となっていた。小学校の教科書で戦争の苦労を話題にするのはよくないから、現状を避けて過去の栄光を祝福したわけだ。

　1940年から41年の4年生の教科書には、つまり戦争がはじまった年の秋のことだが、第1次世界大戦の武勇談ばかりが載っていて、挿絵にはカルソ地方のイタリア歩兵が古代ローマ帝国の剣闘士のように上半身裸で筋肉隆々に描かれていた。

　ところが別のページには、バリッラ少年団を天使と両立させる

ために、楽しく素敵なことがいっぱいのクリスマスの話が載っていた。イタリアが西アフリカをすべて失うのはようやく41年の終わりになってからだから、そのころもう学校に出回っていた教科書において我らが誇り高き植民地部隊はまだ野営していた。ぼくはその教科書で、ソマリアのドゥバット隊が、イタリア軍が教化しようとしていた弾薬入れに結びつける白い帯以外は上半身裸の土着民の慣習に合ったかっこいい特徴のある制服を着ているのを見たわけだ。注釈つきの詩「レギオンの鷲が飛翔する——世界へと。止めるは異教の神のみ」。だがソマリアはもう2月以降英国軍の掌中にあって、そのころぼくははじめてそのページを読もうとしていたのだろう。読みながらそのことを知っていたのだろうか？

　いずれにせよ、その初等教本でぼくは語り直された「小さなかご」を読んだのだ。さらば、怒れる嵐よ！　さらば、雷の轟音！　——暗雲は晴れる——そして空は晴れたまま……——和んだ世界は静まる。——いずれの悲嘆にも——香油のように降りてくる——平穏なる友、平和が。

　戦争は進行中だよな？　5年生の教科書にはさまざまな人種についての考察がたくさんなされていて、小さな章が「狡猾にもアーリア人側に侵入して……もうけ主義からなる新しい風潮を北方民族に植え付けた」。ユダヤ人に割かれ、この不実の血統に注意するようにとあった。大箱には1938年創刊の雑誌『種の保全』が何号かあったが、祖父は果たしてこれらをぼくの手にとらせてくれただろうか（まあ、とにかくぼくは何でも興味津々だったから）。サル並みと見下されたアボリジニの写真があり、中国人とヨーロッパ人の交配のおぞましい結果（だが、それらはフランスだけで行われていた堕落の現象であった）を示す写真もあった。

第2部　紙の記憶

日本人は褒められていて、英国民の不可避の特徴が明らかにされ、女性は二重あご、男性はアルコールで赤鼻のかくしゃくとした紳士で、ある漫画では英国軍のヘルメットをかぶった女性が下品にもトゥトゥのようにまとめあげた『タイムズ』の新聞紙数枚だけで体を覆われていた。その女性は鏡を見ているので、『タイムズ』の文字は逆さになって「セム人」と読めた。正真正銘のユダヤ人については選択の余地もなかった。鷲鼻に伸び放題のあごひげ、豚のような、歯が出た好色な口、ボラのような頭蓋、目立つ頬骨にエルサレムのユダの悲しい目、燕尾服を着たサメみたいな不摂生な腹、ベストの上に垂れた金時計の鎖、プロレタリア大衆の富に伸ばされた獰猛な手をまとめて報告していた。

　祖父はそれら雑誌のページのあいだに差別主義を宣伝するカードを差し挟んだらしく、そこには自由の女神を背景に嫌悪を催させるセム人が見る者のほうへ握り締めた手を突き出していた。いずれにせよ、セム人だけではなく、別のカードにはカウボーイハットをかぶった酔っ払いの「黒んぼ」が爪の伸びた黒い手をミロのヴィーナスの臍あたりにかけてくだを巻いていた。絵の描き手は、イタリアがギリシャにも宣戦したことを、つまり、その野獣のような「黒んぼ」が、夫がキルトのスカートをはき靴に飾り玉をつけてうろつく、手のないギリシャ人女性の体をさわるかどうかがイタリア人にとって大問題であることを忘れていた。

　これとは対照的に、雑誌にはイタリア人種の純粋で力強い横顔が載せられ、ダンテや国の長たちの鼻は必ずしも小さいともまっすぐともいえないのに、「鷲的人種」と括られていた。また、イタリア人同胞の純粋アーリア性へのこじつけをぼくは全然信じられなかったが、読本にはムッソリーニについての強烈な詩があって（四角いあごに、それよりも四角い胸。細長い脚で歩く。声は

9. けれどピッポは知らない

ほとばしる水のように辛辣だ)、ユリウス・カエサルとムッソリーニの男性的特徴の比較が載っていた(それはそうと、カエサルがレギオン兵士と寝ていたとぼくが知ったのは、後に百科事典でだった)。

イタリア人はみんなかっこよかった。ムッソリーニもかっこよく、挿絵付き雑誌『テンポ』のある号では、戦争突入を祝して剣を伸ばして馬に乗ったすがたで表紙に現れていた(それは本物の写真で、寓話的な創作ではなかった——ということは、剣をつけて外出していたのだろうか)。かっこいい黒シャツは「諸君、憎っくき敵を打ち負かせ!」と布告していた。イギリス帝国の横っ面に伸ばされたローマ帝国の剣はかっこよく、炎に包まれるロンドンのほうへ親指を曲げた農民の手は美しく、エチオピアの崩壊したアンバ・アラジの廃墟に浮かび上がる誇り高きレギオン兵士は「戻ってくるぞ!」と自信に溢れ美しい。

　楽観主義。ラジオから引き続き歌が聞こえてきた。かれはとて

も背が高く大きかったから、みんなはボンボロと呼んだ。踊ってみたらよろめいたからとんぼ返りをして、こちらで回転し、あちらでボールのように跳ねたら、そういう運命だったのか運河に落ちていつまでも浮かんでいた。

　だが、とりわけ素敵だったのは多くの雑誌や宣伝ポスターの純血イタリア人の女の子たちだった。豊かな胸をして柔らかい曲線を描き、骨ばって拒食症気味のミス・イギリスたちや金権政治のころの記憶に残るセクシーな女性たちとは対照的に、子どもを産む優れた機械だ。「きみの微笑みは5000リラ」コンテストに専心のお嬢さんたちはきれいだし、お尻の形がよく挑発的なスカートをはいた扇情的な女性たちもきれいで、曲線の美しい足取りでポスターを横切っていた。一方ラジオは、黒い瞳も青い瞳もきれいだけれど、脚が、とりわけ脚がお気に入りと請け合った。

　歌の女の子たちは素敵だった。昔風でかなり田園風美人の「ぴちぴちした田舎の女の子」も、薄く頬紅をさした小顔のミラノの

「可愛い子ちゃん」

薄く頬紅をさした小さな顔で
最高に無邪気に微笑んで、
人であふれる大通りを歩きまわる
大きな箱に目新しさを詰めて。
あぁ、とびきりの可愛い子ちゃんが
毎朝通るよ
人ごみのなか幸せそうに
ちょこちょこ歩く
鼻歌まじり
いつも陽気に。
あぁ、とびきりの可愛い子ちゃん、
きみはかなりいたずら好きで
真っ赤になるね
誰かがすかさず
甘い言葉を囁いて
ウィンクをして色目を送る
そうして別れを告げていく。

さてさて自転車で可愛い子ちゃんは
どこへ行くの
そんなに急いで必死にペダルをこいで、
ほっそりした形のいいきれいな脚で
早くもぼくの心に
情熱を植えつけた。
さてさて髪を風になびかせ
どこへ行くのか
心は満ち足り、魅惑の微笑みで……。
もしきみが望むなら、遅かれ早かれ
ぼくらは愛のゴールに到着さ。

「新しいバリッラはみんなのために」

女の子が通るのを見ると
ぼくらはどうする？
跡をつけてしっかり見逃さず
当ててみる
頭から足まで何があるかを
きれいな黒い瞳に
きれいな青い瞳
でも脚が
でも脚が
ぼくにはいちばんお気に入り。
きれいな空色の瞳
ちょっと上を向いた可愛い鼻も
でも脚が
でも脚が
ぼくにはいちばんお気に入り。

夜明けに日が昇るとき
アブルッツォではすべてが
　　金色になり……
ぴちぴちした田舎娘たちが
花咲く丘を下りてくる。
あーきれいな田舎娘よ
きみは可愛い女王さま。
きみの瞳に太陽がある
花咲き乱れる丘の
すみれの色がある！
きみの声が歌えば
平和のハーモニーが広がり
きみは言う
「幸せに暮らしたいなら
　　ここで暮らさなくっちゃ！」

可愛い子ちゃんのような都会的美人も、あるいは細くて形のいいきれいな脚で自転車に乗る、大胆で髪の乱れた女性らしさの象徴のような美人も素敵だった。

　醜いのはもちろん敵で、イタリア青年兵士団の少年向けの週刊誌『バリッラ』の何号かには、デ・セータの図版が、敵を愚弄する、常に獣のように風刺的に描かれた話で載っていた。たとえば、戦争に怯える英国王ジョージ6世チュルチッローネ大臣に援助と保護を求めるといった具合で、そこに別の2人の悪党ルスヴェルタッチョとクレムリンの人食い鬼の恐るべきスターリンが介入するのだった。

　英国人はイタリア語のLei（レイ）に相当する言葉を使うから邪悪であり、優秀なイタリア人は親しい間柄でも非常にイタリア的なヴォイを使わなければならないとされていた。外国語についてのわずかな知識があれば、きみたちを意味するVoi（ヴォイ）を使うのが英国人とフランス人で、あなたを意味するレイはスペイン語の名残がいくらかあるとはいえすこぶるイタリア的で、まあどちらにしろ、フランコ寄りのスペイン人とぼくらイタリア人は当時仲良しだったわけだ。他方、ドイツ語のSie（ズィー）はあなた、あるいはあなた方で、きみたちではない。とにかく、おそらく外国人などほとんど知りもしないでお偉いさんが決めたことであり、祖父はそんな大変あからさまでいっさい融通のきかない内容の切り抜きを保存していた。祖父はウィットにも富んでいて、女性雑誌『レイ』の最終号も保存しており、そこでは次号から『アンナベッラ』という名前に変わると告知されていた。雑誌の名前は、理想的な女性読者に向けられた呼称（たとえば「すみません、奥さま」という場合のレイ）を表しているのではなく、一般の女性

9. けれどピッポは知らない

読者（彼女と彼女と彼女について話しているのであってかれについてではない）への言及だった。いずれにせよ、レイは、別の文法上の用法があったところでタブーになったのだ。この出来事は当時の女性読者をも笑わせただろうかと自問してみたが、事の次第はこんなふうで、誰もがそれを飲み込んだ。

それから植民地的美というのもあって、黒色人種系はサルに似ていて、アビシニア人は複数の病気に冒されてされていたが、美人であれば例外とされた。ラジオは、黒い可愛い顔のアビシニア美人は時が近づくのを待ち望んでいる。ぼくらはきみの近くにきて、法律と王様を変えるから、と歌った。

アビシニア美人の扱いについては、デ・セータの色刷り漫画のあの『チュルチッローネ』で述べられていた。そこには半裸の黒人少女を奴隷市場で買って故国の友に郵便小包で送るイタリアのレギオン兵士が描かれていた。

239

ところでエチオピアの黒人女性の美しさは占領キャンペーンの初期から、悲しい郷愁にまみれた隊商ふうの歌で早くも切望されていた。ティグライの隊商は、いまや愛に輝ききらめく星へと向かう。

そんな楽天主義が渦巻く中で何を考えていたのだろう。そのことはぼくの最初の5年間のノートが語っていた。表紙を見るだけで、勇気と勝利の思考を促しているのがわかった。中央に誰か偉人（ぼくは、神秘的で微笑を浮かべた顔とシェークスピアという紳士の名前について屁理屈をこねたにちがいない。そしてその名前を、文字の意味を問い記憶するようにペンでなぞっていたから、綴り通りに発音したのは間違いなかった）の肖像画のついた白い丈夫な紙でできた何冊か（いちばん高価だったはずだ）を除いて、ほかは馬に乗ったムッソリーニや、敵に手榴弾を投げる黒シャツを着て戦う英雄や、防備した敵の戦艦を沈没させる非常に細身の哨戒艇や、手榴弾でつぶれた手で、敵の掃射がとどろくなか伝令を口にして走りつづける至高の犠牲精神を帯びた伝令兵の絵であった。

男の先生（なぜ男の先生で女の先生ではないのかわからないまま、「男先生どの」と口をついた）はぼくたちに、1940年6月10日の宣戦の日にムッソリーニが発した歴史的な演説の主要な文章を、新聞の要約に従いヴェネツィア広場で演説を聴く数知れない群集の反応をはさみながら書き取らせていた。

陸軍・海軍・空軍の戦士よ！　革命とレギオンの黒シャツよ！　イタリアの、ローマ帝国の、そしてアルバニア帝国の男女よ！　聴け！　運命に刻印された時が我らが故国の空を打つ。

決定的決断のときだ。宣戦布告(「戦争！ 戦争！」と大声で叫ぶ歓呼)はすでにイギリスとフランスの大使に渡された。いかなるときも歩みを阻みイタリア国民の生存そのものを危険にさらした西洋の金権的で反動的な民主主義に対して出陣しよう……。

　ファシストの道徳法に従い、友がいれば友と最後まで行進する(統帥！ 統帥！ 統帥！ の叫び声)。我らはこれをドイツとともに、ドイツ国民とともに、かれらの素晴らしい軍とともになし、これからもなす。この世紀に一度の価値ある出来事の前日に、常に祖国の魂を演じてきたローマ皇帝の気高さに(大勢がサヴォイア王家をたたえて歓呼する)思いをはせよう。偉大なる同盟ドイツ(大衆はヒトラーをたたえて長いあいだ歓呼する)の長フューラーに声を出して敬礼しよう。プロレタリアでありファシストのイタリアは３度目に立ち上がり、かつてないほど強く誇り高くまとまっている(多くの叫びが「そうだ！」の一声になる)。命令の言葉は皆にとって絶対的で義務的な唯一の言葉だ。言葉はいま飛翔し、アルプス山脈からインド洋まで心に火をつける！ 勝利だ！ 我らは勝つ！(大衆は大声の歓喜に沸き立つ)

　そのころの数ヶ月間、ラジオは統帥の言葉に呼応して「勝利」を流していた。

　1,000 の情熱に鍛えられ
　イタリアの声は響き渡った！
　「義勇部隊、歩兵隊、レギオンよ
　立て、時は告げられた！」

第2部　紙の記憶

進め若者よ!
どんな拘束も障害も
超えよう!
我らを窒息させる
隷属を粉砕して
我らの自由の海に匿おう!
勝利!　勝利!　勝利!
空で陸で海で勝とう!
最高の自発性に基づいた
命令の言葉
勝利!　勝利!　勝利!
いかにしてでも!　我らを止めるものなし!
我らの心は歓喜する
服従を渇望して!
我らの唇は誓う
勝利、さもなくば死を!

　どんなふうに戦争というもののはじまりを経験したかって?
それはドイツ人兵士とともにはじまったかっこいい冒険だった。
リヒャルトという名前だったか、1941年にラジオで聴いた。兵
士リヒャルト、ようこそ……。当時の栄光に満ちた数年にぼくが
どんなふうにリヒャルト(韻律に基づけばフランス語風にリシャ
ールと発音すべきで、ドイツ語風にリヒャルトにするべきではな
い)を見ていたかは、1枚のカードが教えてくれた。かれはイタ
リア人兵士の傍にいて、2人とも横顔で男らしく確固として勝利
の目標を見据えていた。
　そうしてぼくのラジオは兵士リヒャルトのあと、もう(いまや

242

ぼくは生放送だと信じていた）別の歌を流していた。今度のはドイツ語で歌われた物悲しい哀歌(エレジー)で、葬送曲にも似て、女性の低いかすれた諦めたような罪深い声で歌われ、体の奥底でかすかに感知される振動のリズムのようだった。兵舎の前の大きな門の前に街灯がひとつ立っていた。そしていまでもそこに立っている。

　祖父はそのレコードを持っていたが、ぼくは当時歌をドイツ語で辿ることはできなかった。
　そして実はそのあとすぐイタリア語版のレコードを聴いたのだが、訳はむしろ言い換えというか脚色だった。

毎晩
兵舎のそばの
あの街灯の下で
きみを待った。
今夜もぼくは待つ
世界のすべてを忘れてしまう
きみといると、リリィ・マルレーン
きみといると、リリィ・マルレーン

泥の中を
歩けば
布鞄の下
自分がよろめくのを感じる。
これはどういうことなのか。
ともあれぼくは微笑んで、きみを思う
きみを、リリィ・マルレーン
きみを、リリィ・マルレーン

　イタリア語の歌詞では言っていないが、ドイツ語の歌詞は霧の
中の街灯を浮かび上がらせていた。そのときゆっくりと霧が渦巻
く。だがあの時代、いずれにしろぼくは理解できていなかった。
街灯の下（たぶんぼくの疑問は、灯火管制時にどうして街灯をつ
けることができたのかということだけだった）、霧の中のあの悲
しい声が、例の、自分を元手に商売をする女性、すなわち神秘に
満ちた売春婦のものであることを。このことについて後年コラッ
ズィーニが注釈してくれた。売春宿の門の前のひっそりとした道
で、陰気に哀れに吊り香炉の芳香が立ちのぼる、霧だろうか、空

気を不透明にして。

　リリィ・マルレーンは血気にはやる兵士リヒャルトからほどなくして現れた。イタリア人はドイツ人より楽天的だったのか、あるいはそれからしばらくして何かが起こって、哀れな兵士は意気消沈し泥の中を歩き疲れ、あの街灯の下に帰ることだけを夢見たのだろうか。そのときぼくは、戦争宣伝歌の一連の繰り返しが、いかに勝利の夢からお客同様に絶望した売春婦の心地よい胸の夢へと辿り着くかを教えてくれるのかに気づいたのだった。

　初期の熱狂が去り、人々は灯火管制や、思うには爆撃に、そして空腹にさえ慣れていった。そうでなければ、小さなバリッラ少年に1941年、自分の家のバルコニーに戦争の小さな菜園を作るよう勧めるはずはなくて、ほんとうに小さな場所でさえわずかでも野菜が採れるからだったのだろう。ところで、バリッラ少年が前線にいる父からもはや便りを受け取らないのはどういうわけだろう。

　　お父さん、手紙を書いていると手が
　　震えそうになるのをわかってくれますね。
　　遠くへ行ってしまわれて長くなるのに
　　どこで暮らしておられるかもう教えてくれないのですね。
　　ぼくの顔をぬらす涙が
　　誇りの涙であることを信じてください。
　　ぼくにはお父さんがゆっくり微笑んで、
　　お父さんのバリッラ少年を腕に抱きしめてくださるのが見えます。
　　ぼくも闘います、ぼくも戦争をします。

第2部　紙の記憶

忠誠を誓い、誇り高く、規律をもって
我が大地に実りあることを願い
小さな菜園を毎朝世話します……
戦争の小さな菜園を！
そして誰かが
ぼくの大事なお父さんの面倒を見てくれることを祈ります。

　勝利のための人参。その一方でぼくは、あるノートの別のページで、先生がイタリアの敵であるイギリス人が一日5回食事をする国民であることを指摘しているのを読んだ。ぼくだって、ミルク入りのコーヒーにパンとジャム、10時に学校で間食、昼食、おやつ、それから夕食と、5回食事していると思ったはずだ。ただ、おそらく子どもみんながぼくみたいに恵まれていたわけではないから、一日5回食事をする人はバルコニーでトマトを栽培する者に恨みを起こさせたにちがいない。

　それにしてもなぜイギリス人はこんなに痩せていたのだろう。なぜ祖父が集めたカードの「口をつぐめ！」に腹黒いイギリス人のすがたがあるのか。軽率なイタリア兵がバールで漏らすかもしれない軍の知らせを探ろうとしているのだろうか。しかし、全国民が一丸となって武器に駆けつけるなんてことがあるだろうか？スパイをするイタリア人はいたのだろうか。破壊活動分子は、読本に書いてあるように、ローマ進軍を行った統帥によって排除されなかったのだろうか？

　ノートのあちらこちらでいまや差し迫った勝利が話題になっていた。それを読んでいる最中に、蓄音機の面にとてもかっこいい歌が乗った。それはイタリア軍の砂漠駐屯地ジャラブブの最後の抵抗の歌で、最終的に飢餓と軍需品の欠乏のために負けた包囲の

246

「敵の耳がある、口をつぐめ！」

雪が解け
霧に霜
酒場で夜を明かす
あの汚らわしいイギリス人が
何本も一気飲みして
ドロップを舐めながら
ネズミにたずねる
いつになったら時勢は変わるのかと。
4月はまだこない
鳩が飛んでも
空から降ってくるのは
爆弾の雨
魚雷を正確に撃つ
イタリアの4月には
栄光が我々に与えられるだろう
性悪のイギリスよ
お前は戦に負ける
我々の勝利が
誇りをもってお前の頭上に。

いまに素晴らしいことが起こる
いまに素晴らしいことが起こる
北の漁師の小島に
きみは戻るのだ
いまに素晴らしいことが起こる
いまに素晴らしいことが起こる
イギリスよ、イギリスよ
お前の終わりはもう刻印されている。

「必ずや再び戻る！」

ヤシの木の畑に立ちつくし
不動で月は守る
砂丘にまたがって
古いイスラム寺院の尖塔がある。
けたたましい音、車、旗、
爆発、血、教えてくれ
ラクダ引きよ、何が起こっているのか？
ジャラブブの民間伝承だ！

陸軍大佐、ぼくはパンはいりません
小銃に銃弾をください
袋の土だけで
今日は充分です。
陸軍大佐、ぼくは水はいりません
破壊する火薬をください
この胸の血で
ぼくの渇きはいやされるでしょう。
陸軍大佐、ぼくは交代はいりません
ここでは誰も後戻りしない
1メートルたりとも屈しない
死がよぎらないかぎり。

陸軍大佐、ぼくに表彰はいりません
故国の地のために死んだのですから。
さあ、イギリスの終わりは
ジャラブブからはじまる。

出来事が英雄的な次元まで高められていた。ぼくはその何週間か前ミラノで、アラモ要塞におけるデイヴィ・クロケットとジム・ボーウィの抵抗に関するカラー映画をテレビで見ていた。包囲された要塞ほどわくわくする主題要素はない。ぼくは、西部劇の映画を追う今時の少年みたいに熱中して、その哀歌をうたったのだと思う。

　ぼくはイギリスの終わりがジャラブブからはじまるとうたったが、その歌が「マラマーオ、なぜ死んじゃったの？」を思い出させたはずだと思うのは、歌が敗北を祝っているからだ。実際祖父の新聞にはそう書いてあった。ジャラブブのオアシスはすさまじい抵抗のあと、まさに41年3月にキレナイカで陥落した。敗北について国民に衝撃を与えるのはかなりの非常手段のような気がした。

　ところで、同年の別のこの歌は勝利を約束していたのだろうか？　「いまに素晴らしいことが起こる」のことで、4月にアジスアベバを失うという快挙を期していた。とにかく、「いまに素晴らしいことが起こる」とは、上手くいかないとき状況が変わることを願うという意味だ。なぜ（4月に）素晴らしいことが起こるはずだったのか？　歌がはじめてうたわれたその冬、運が戻るよう念じられたことを記しておこう。

　ぼくらが洗脳された英雄的な宣伝はいずれも挫折を象徴していた。「帰ってくるぞ！」というリフレインは、敗北したその地に帰ると念じ、願い、信じることだけを意味していた。

　ところで、M大隊賛歌は何年の歌だろう？

　統帥の大隊は死の大隊で
　生きるために創られた

春に勝負がはじまり
大陸は火と花をつける!
勝つためには徳で武装した
ムッソリーニのライオンが必要だ。

死の大隊
生の大隊
勝負を開始する
憎しみのないところには愛もない。
赤き「M」は運命を表し
ファシスト隊員に黒い紐飾りを
我らは死を見た
爆弾をふたつ手にして、口には花が1本。

　祖父の日付によれば歌は1943年で、あいかわらず2年後の別の春(イタリアは9月に休戦協定に調印するのだった)のことを歌っていた。ぼくをとりこにさせたであろう爆弾をふたつ手にして口に花を1本挿した死者の絵はいいとして、なぜ勝負が春に再開され、やり直されなければならなかったのだろう?　ということは中断されたのだろうか?　ともあれ、最終的に勝つことをあくまで信じる精神で歌われたのだった。
　ラジオが聴かせてくれた唯一の楽天的な賛歌は「潜水艦乗組員の歌」だった。「広大な海を／死の女神と運命の顔に微笑を浮かべて!」そしてその歌詞はほかを思い出させたので、ぼくはその「お嬢さんたち、水兵さんを見てはだめ」を探してみた。

　この歌は学校で歌うわけにはいかなかっただろう。明らかにラ

『日曜日新聞』より

黒波が寄せる
真っ暗闇の中
荘厳な小塔のもと
誰の視線も注意を凝らす。
静かにすがたを隠して
潜水艦が出発する!
襲撃者の
心臓とエンジンは
無限に対峙する!

行く
広大な海を
死の女神と運命の顔に
微笑を浮かべて!
打ちて
埋葬する
道で出会う
敵は誰でも!
さように生きる海兵は
鳴り響く海の
深い中心で!
敵や逆境のことを
気にしないのは
勝つとわかっているから。

「お嬢さんたち、水兵さんを見てはだめ」
歌:マスケローニ

なぜだろう最近
女の子たちは
みんな水兵さんに夢中……
わかっちゃいない、
警戒しなくちゃならないのを
言うとするとのあいだには
海があるってことを

お嬢さんたち、水兵さんを見てはだめ
なぜって、なぜって
すごく困ったことになる
だって、だって……

動詞「愛する」を活用させながら
きみたちに泳ぎを教え、
そうして溺れさせる。

お嬢さんたち、水兵さんを見てはだめ
なぜって、なぜって……

9. けれどピッポは知らない

ジオで流れていたのだった。ラジオで流れてはいたが、潜水艦乗組員賛歌とお嬢さんたちへの呼びかけは別々の時間で、全く違う世界だった。

ほかの歌も聴いてみると、生はふたつの線上を流れているように思えた。一方は戦争の公報で、他方は楽天主義とイタリア人が奏でるオーケストラによって大いに広まった陽気の読み直しだった。スペイン戦争がはじまり、イタリア人があちこちで亡くなるなかムッソリーニが国民に興奮したメッセージを放っていたのは、いっそうひどい血なまぐさい戦いに備えさせようとしていたからだろうか。ルチァーナ・ドッリヴェール（最高に素敵な炎だ）が、ぼくの言葉を忘れないで、可愛いきみは恋が何かわかっていないと歌い、バルツィッツァ管弦楽団が、恋する乙女よ、今夜ぼくはしびれた心できみを夢見た、きみは微笑んでいたよと奏で、みんなが小さな可憐なお花さん、恋は素敵だよ、きみのそばでと繰り返した。ファシズム体制は田舎風の美と多産な母親を称賛して独身者に税金を課していたのか。ラジオが、嫉妬はもう流行じゃなくて時流に遅れたたわごとだと告げていた。

戦争が勃発して、窓を暗くしてラジオに張り付いていなければならなかったのか。アルベルト・ラバッリャーティが、もしぼくの心臓の鼓動を聞きたいならラジオの音を下げてとささやいた。折り悪く「ギリシャをやっつけ」なければならないという政治的な宣伝活動がはじまって、イタリア軍は沼の中で死にはじめたのだろうか。心配ない、雨が降れば愛の営みは為されない。

ほんとうにピッポは知らなかったのか？　ファシズム体制はいくつの魂をもっていたのだろうか。アフリカの太陽の下エルアラメインの戦いは激しさを増し、ラジオは、ぼくは前線でこうして太陽を浴びて幸せな歌をうたい楽しく暮らしたい、と歌を流した。

251

ぼくらはアメリカ合衆国との戦争に突入し、イタリアの新聞は日本軍による真珠湾攻撃を称賛し、ハワイの空の下へ一夜舞い降りるなら天国を夢見るだろうと、ラジオは流した（だが、ラジオの聴衆は真珠湾がハワイにあってハワイがアメリカ領であることをたぶん知らなかった）。フリードリヒ・パウルスがスターリングラードで両側に死体が積まれるなか降伏し、ぼくらは、靴に小石が入って、ああとっても痛い、という曲を聴いた。

　連合国軍がシチリア上陸を開始し、ラジオが（アリダ・ヴァッリの声で！）、愛はバラと違って風で舞ったりしない、愛は戦場に赴く兵士と違って必ず帰ってくる、をぼくらに思い起こさせた。ローマへの最初の空撃があって、ジョーン・カチャッリが、昼も夜もふたりだけできみと手を取り合って夜明けまで、と歌った。

　同盟軍がアンツィオに上陸するとラジオでは「キスして、キスして、いっぱい」が人気を博し、アルデアティーネの洞窟で大虐殺があるとラジオは「クラパペラータ」や「ザザはどこ」でみんなを明るくさせてくれ、ミラノが爆撃でひどい目に遭うとラジオ・ミラノが「ビッフィ・スカラのハイカラさん」を流した。

　ところでぼくは、こんな精神分裂症的なイタリアをどう生きていたのだろう？　勝利を信じて統帥を愛し、かれのために死んでもいいと思っていたのだろうか？　先生がぼくらに書き取らせた国家元首の歴史に残る文章を信じていたのだろうか？　つまり、溝の跡をつけるのは鋤だが、領土を守るのは剣であって、我々はまっすぐ進むのみ。前進すれば従われ、後退すれば撃たれると信じていたのだろうか？

　ぼくが見つけた授業の作文は小学校５年生のノートに書いて

あって、1942年ファシスト暦20年のものだった。

テーマ：「ああ、少年たちよ、きみたちは一生、イタリアが生み出そうとしている新しく勇ましい文明の番人にならねばならない」(ムッソリーニ)
論述：列をなして少年たちが砂埃の道を前進する。

　バリッラ少年団が誇り高くたくましく、早春の暖かい太陽のもと、将校が発する断固たる命令に整然と従順に行進する。少年たちは20歳になれば、学業をやめてイタリアを敵の策略から守ろうと小銃を手にするだろう。バリッラ少年団は、土曜日に道を練り歩き、それ以外の日は学校の机で背を丸め勉強しているが、適齢になればイタリアとイタリア文明の忠実で清廉な番人になるだろう。

　誰が想像できただろう、「若者の行進」団が行進するのを見て、そんな年端のいかない少年たちが、その多くはまだ愛国少年団員なのに、マルマリカの焼けた砂を己の血で早くも赤く染めてしまうことなど。陽気でいつも冗談を言いたがるそんな少年たちが1、2年もしたら唇にイタリアの名を浮かべて戦場で死ぬこともあるなど、想像できやしない。

　ぼくには始終こんな考えがつきまとっていた。大きくなったら兵士になろう。だからいまラジオで無数の勇気ある英雄的な自己犠牲の行為が我らの雄々しい兵士たちによってなされたと知れば、この願いはますますぼくの心の中にしっかり繋がって、いかなる人間的な力もそれを抜き取ることはできないだろう。

　そうさ！　ぼくは兵士になり戦って、イタリアが望むなら死んでもいい、イタリアの新しく偉大で聖なる文明のために。異

ぼくの言葉を忘れないで
ベイビーきみはまだ愛を知らないから
それは素敵でお日さまみたい
お日さまよりもっと熱いんだ。
ゆっくり血管のなかにおりてきて
それから少しずつ心臓にまでとどく。
こうしてはじめて痛みが生まれる
まぶしい最初の夢といっしょに。

けれど愛はちがう
ぼくの愛はちがうんだ
バラの花束の風に散ったりしない
それに負けないくらい強い
枯れることなんてない。
ぼくが離れずにいるから
ぼくが護るから
どんなに甘い毒の罠からも
この愛を引き剝がそうとしても
哀しい心から

恋するベイビー
今夜きみの夢をみた
眠りに落ちた心に
きみが微笑みをくりかえし
恋するベイビー
きみの口にキスをした
そのキスできみが目覚めたこと
それを忘れないで

花よ花
すてきな愛がきみのすぐそばに！
ぼくを夢に、ぼくに震えを
どうしてなのか
マルゲリータの花
ぼくの人生って
愛がなければ
ぼくらの胸の
鼓動もない？
バーベナの花
もしも愛に罪があるのなら
風のようなしぐさで
一瞬にして
通り過ぎていくこと！
でもぼくといるときのきみは
ぼくを幸せにする、なぜって……
花よ花
愛はすてきだ
きみがそばにいる

教の神はイタリアによってそんな文明が世界に幸福がもたらされることを欲したのだ。

そうさ！　陽気で冗談好きなバリッラ少年団は大きくなって、敵が我らの聖なる文明を冒瀆するような場合には獅子となるだろう。鎖を解かれた野獣のように戦い、倒れてもまだ戦って、勝って、もう一度イタリアを、不死のイタリアを凱旋させるだろう。

そして、元気を与える過去の栄光の思い出と現在の栄光の結果と未来の栄光の希望が、今日の若者であり明日の兵士であるバリッラ少年団によって与えられ、イタリアは軽快な勝利へと栄光に溢れた道をつづける。

ぼくはほんとうに信じていたのか、あるいは与えられた文章を繰り返していただけなのか。両親はぼくが最高点でそれらの教本を家に持ち帰ると、何と言ったのだろう。多分両親も信じていたにちがいない、というのも、似たような文章によってファシズム以前にも教化されていたから。人びとが知る限りにおいてそんな文章は、清めの行水におけるように、第1次世界大戦で賛美された国粋主義的風潮において生まれたのでも増長したのでもなくて、たしか未来派は戦争が唯一世界を健康に保つことができると言っていた。ところで、屋根裏部屋の本の中で、ぼくはデ・アミーチスの『クオーレ』を偶然手にした。そこにはパドヴァの小さな愛国者の勇ましい行為やガッローネの寛大な行いのうちのあるページに、エンリーコの父が国王軍を称えてこんなふうに息子に書いているとあった。

この力強い希望溢れる若者たちはみな、近い将来わが故国を

第 2 部　紙の記憶

守るよう召集され、すぐさま弾や散弾で打ち砕かれる可能性が
ある。祝日に「軍隊ばんざい、イタリアばんざい」と叫ぶのを
聞くたびに思い描いてごらん、前を通る連隊の向こうに死体で
覆われ血で溢れた野原があることを、そうすれば軍隊ばんざい
がおまえの心にもっと深く湧き出て、イタリアがもっと厳格で
偉大に見えるだろう。

　すなわち、ぼくだけでなくてぼくの年長者も血を捧げるという
ような自国への愛を抱き、血で溢れた野原を目の前に怖がるので
はなく興奮するよう教育されたのだ。その一方で、100 年前、神
秘に満ちた詩人は、ああ、幸いで愛しい神聖なる古き時代、死へ
と、祖国のために人々は群れをなして駆けつけた、と歌ったので
はなかったか?
　ぼくは、『地上海上旅行冒険図解新聞』の大虐殺がぼくには必
ずしも真に奇妙だと感じられなかったのは、みんなが恐怖を崇拝
するよう育てられたからだと理解した。イタリアにおける崇拝だ
けではなかった。というのも、『図解新聞』の話の中では、ほか
にも戦争礼賛や血の風呂を通しての罪のあがないがフランス人の
勇ましい歩兵によって述べられ、セダンの不面目については、イ
タリア人がジャラブブでしたように自らの怒りと復讐に燃える神
話を作りあげるのを読んだからだ。大虐殺において敗北への怒り
ほど興奮するものはない。こんなふうにぼくらは、父も息子も、
死ぬことが素晴らしいかのように語られることで、生きるすべを
教えられたのだった。
　それにしても、ぼくはどのくらいほんとうに死んでもいいと思
い、死について何をわかっていたというのだろう。ちょうど 5
年生の教科書に「勇敢なロマ」という話があった。話の箇所は本

9. けれどピッポは知らない

の中でいちばんしわくちゃになっていて、タイトルには鉛筆で十字の印がつけられ、多くの部分に下線が引かれていた。それはスペイン戦争の英雄物語だった。黒矢の大隊はスペイン語でロマと呼ばれる険しく荒れた山頂の前に陣取るも、なかなか攻撃を仕掛けられない。ところが、24歳の褐色の闘士ヴァレンテによって小隊が命じられる。この闘士は祖国で文学を学び詩を書いていたが、拳闘でファシスト兵士に勝ったこともあってスペインで自ら志願した。スペインでは拳闘士にも詩人にも戦うべきものがあったわけだ。ヴァレンテは危険を意識しながらも攻撃を命じ、と、話はこの英雄的な手柄のいろんな局面を描写する。革新派（畜生、どこにいるんだ？　なぜ出てこない？）はあらゆる武器で、「広がり近づく火に水をまくように」大雨のごとく発射する。ヴァレンテは山頂を征服するほどには前進できず、目前で不意に素早く銃声が鳴り、つんざくような音がかれの耳を満たす。

　　そして真っ暗闇となった。ヴァレンテは倒れ、顔は草の上だ。暗闇はもうそれほど濃くはなく、赤い。地面に近いほうの英雄の目は2、3本の棒杭のように伸びた草を見ている。

　1人の兵士が近づき、ヴァレンテに山頂を奪取したとささやく。ヴァレンテのかわりに作者が語った。「死とは何を意味するのか。言葉が、いつも恐怖をもたらすのだ。いま死にかけていることをかれは知っていて、暑さも寒さも痛みも感じない」。ただ為すべきことを為し、奪取した山頂に自分の名前がつけられることだけを知っている。
　大人になって読み直しても動揺したことから、それらの数ページがぼくにはじめてほんとうの死について語ったのだとわかった。

257

その棒杭のように伸びた草のイメージが記憶のない時からぼくの心を占めていたように感じられたのは、読みながらほとんど見ているようだったからだ。いやむしろ、子どもだから神聖な儀式のように何度も菜園に下りて行って仰向けになり、香草に顔を押し付けるようにしてその棒杭を見ようとした気がした。その本を読んだことはダマスカスの道へと下りることと同様、おそらく永遠にぼくに刻印を記したのだった。それと同じころ、ぼくは作文を書いていたが、その題目がぼくを非常に混乱させた。こんなすごい一致があるものだろうか？　あるいは、作文のあと話を読んだのかもしれなくて、それ以降すべてが変わってしまったのだろうか？

　ぼくは小学校の最終学年まで辿り着き、それはヴァレンテの死で締めくくられた。中学校の教科書は小学校ほど面白くなくて、ローマの7人の皇帝や多項式についてなど、ファシストであろうとなかろうと大体同じことが話題だ。ただ中学校には「ニュース」のノートがあった。カリキュラムの改正があって、もう決まった題の作文が出されなくなったので、自分たちの生活の出来事を語るよう奨励されたのだ。それに先生も変わり、ニュースを読んでは赤鉛筆で点数ではなく批評的なコメントを、書き方や想像力について書いてくれた。そんなコメントのあれこれ（「生き生きした描写に感動しました……」）から、ぼくらの先生が女性であることがわかった。1人の知的な女性（ぼくらは先生が大好きだったのではないか。というのも、その赤字の感想を読みながら、ぼくは先生が若くてきれいにちがいなくて、なぜだかわからないがスズランが好きだと感じた）が、ぼくらに率直で独創的であるよう仕向けようとしたのは確かだった。

なかでもいちばん褒められたのは、1942年12月のニュースだった。ぼくはもう11歳で、とはいっても、さっきの作文から9ヶ月しかたっていない。

　　ニュース ── 割れないグラス
　ママが割れないグラスを買った。それはまさに本物のガラスでできていて、ぼくはそのことに驚いた。なぜなら、この出来事があったとき、筆者はやっと2、3歳になったばかりで、頭脳の働きはまだ、グラスが、落ちると割れるグラス（割ってよくママに頭をぶたれた）に似たそのグラスが割れないなんて想像できるほどには発達していなかったから！
　割れない！　魔法の言葉みたいだった。ぼくは1度、2度、3度と試して、グラスは落ち、恐ろしい音をたてて跳ねても無傷だった。
　ある夜、知り合いが何人かやってきて、チョコレートが出された（当時はまだそんな美味しいものがしかも大量にあったことに注目）。ぼくは口いっぱい頬ばって（ジャンドゥイアなのかストレリオなのかカッファレル・プロシェなのかもう思い出せない）台所へ行き、話題のグラスを手にして戻る。
　「みなさん」、サーカスの興行主が通行人を見世物に参加させようと呼び込む声で、「みなさんに特別な魔法の割れないグラスをお目にかけましょう。さあ、地面に投げても、割れないでしょう」と大声で言い、「無傷のままでしょう」と重々しく荘厳な身振りで付け加える。
　投げると……言うまでもなく、グラスはこなごなになる。ぼくは自分が赤くなるのを感じて、その破片がシャンデリアの光を受けて真珠のように輝くのをぼーっと見て、泣き出す。

話はこれでおしまい。ぼくはいまこの話を古典のテクストのように分析しようとしていた。作文でぼくは技術がまだ発達していない社会のことを語ろうとしていたのだが、そこでは割れないグラスは珍しく、試しにひとつだけ買われたのだった。グラスが割れることは単なる失敗ではなく、家の財政にもたらされる損害でもあった。だから、徹底的な敗北の話といえる。

ぼくの話は、1942年といえば、幸せな時代である戦前の時期を思い起こさせた。そのころはまだチョコレート、しかも外国ブランドのものが食べられたし、シャンデリアで照らされた居間や食堂に客を招くこともできた。招集を呼びかけるぼくの声にはヴェネツィア広場のバルコニーの歴史的呼びかけを真似たのではなく、きっと市場で耳にでもしたのだろう客寄せ人の大げさな調子があった。賭けと勝利の試みと絶対的な確信が蘇ってきたあと、いちばんのクライマックスで状況は反転し、ぼくは敗北を認めたのだった。

これはほんとうにぼくの初期の物語のひとつで、学校のありふれた話の繰り返しでも、かっこいい冒険小説か何かの回想でもなかった。不名誉な手形の喜劇だった。シャンデリアに照らされその破片は（しらじらしく）真珠のように輝いていて、ぼくは11歳で調子に乗った虚栄をたたえ、宇宙規模の最悪を表明したのだった。

ぼくは失敗の語り手となり、その失敗についてもろい客観的な相関性を演じていた。ぼくは実存的にではあるが皮肉的に陰気で、徹底的に懐疑的でどんな錯覚にも陥らなくなった。

9ヶ月でこんなに変わるものだろうか？　自然な成長であることは確かで、誰もが大きくなるにつれて抜け目がなくなるが、それ以上のものがあった。為されなかった栄光の約束の過ちに気づ

き(たぶんぼくも、まだ街にいて、祖父が下線を引いた新聞を読んでいたのだろう)、ヴァレンテの死に遭遇し、あの腐った緑色のひどい棒杭を見ることのうちに解体した英雄的行為は最後に破綻し、ぼくは冥界から、そして死すべき者が自然に生を全うすることから引き離されたのだった。

　9ヶ月のうちにぼくはいやみたっぷりで迷いから覚めて賢くなった。

　それからあとは、歌に統帥の演説、恋する少女たち、爆弾をふたつもって口に花を挿した死体だろうか？　中学校のノートの表題から判断するに、ぼくがあのニュースを書いた1年生のクラスはまだ街中で、それにつづく2学年はソラーラにおいてだった。家族が最終的に田舎に疎開することを決めたのは、ぼくらのところにも爆撃がきはじめたからだったことを記しておこう。あの割れたグラスの興奮冷めやらぬままにぼくはソラーラの住人となったわけで、ほかの2年生や3年生のニュースは、サイレンが鳴るのを聞いても工場だとわかっていたから「お昼でお父さんが家に帰ってくる」というような良き時代の思い出だけで、平和が戻った街に帰ることがどんなにすばらしいかという話や、昔のクリスマスの空想譚だった。ぼくはバリッラ少年団の制服を打っ遣り、子どもながらに虚無的になって、はやくも失われた時の探求に没頭していた。

　ところでぼくは、43年から戦争が終わるまでの、パルチザンの闘いがあって、もはや仲間でないドイツ人のいるあの最も暗黒の年月を、いかに暮らしていたのだろう？　ノートに何もないのは、まるで恐ろしい現在について語ることがタブーで、先生がぼくらに書かせなかったかのようだった。

　まだ鎖をつなぐ輪がひとつ足りなかった。あるいはいくつもの

第 2 部　紙の記憶

輪が。ある時点でぼくは変わってしまったのに、その理由がわか
らなかった。

10. 錬金術師の塔

　ソラーラに着いたときより混乱している感じがした。少なくと
も、以前はまったく何も思い出さなかった。思い出さないのはい
まもだが、多くのことを知りすぎてしまっていた。ぼくは何者だ
ったのだろう？　学校と、ファシズムの建築や政治宣伝用のカー
ドや塀の貼り紙や歌によって展開した公教育のヤンボ、サルガー
リやヴェルヌの、サタン大尉の、『地上海上旅行冒険図解新聞』
の残酷さの、ロカンボレの犯罪の、ファントマの不思議なパリの、
シャーロック・ホームズの霧のヤンボ、はたまた前髪少年の、割
れないグラスのヤンボすべてだったのか。

　途方にくれたぼくがパオラに電話して心の動揺を話すと、彼女
は笑った。

　「ヤンボ、私には混乱した記憶にすぎないけど、防空壕で幾晩
か過ごした映像が残っているの。いきなり起こされて下に連れて
行かれて、4歳だったかしら。ところでちょっと心理学のことを
話させて。子どもというものは私たちの孫もそうで、いろんな世
界で生きることができる。テレビを点けるのを覚えたりニュース
を見るかと思えば、御伽噺を読んでもらったり優しい目をした緑
色の怪獣や言葉をしゃべる狼が登場する挿絵付きの本をめくった
りする。サンドロはいつも漫画か何かで見た恐竜のことを話して
いるけど、街角で怪獣に出くわすなんて思っていない。私に『シ

263

ンデレラ』を読み聞かせてもらっているかれが、やがて 10 歳に
なればベッドから起きだして、親が気づかないうちに部屋のドア
口から、テレビでアメリカ海兵隊員が機関銃一斉射撃でアジア人
を 10 人殺すのをこっそり見る。子どもは私たちよりずっとバラ
ンス感覚があって、お話と現実の区別がきちんとついていて、片
足をこちら、もう片方をあちらに置いていても混乱しない。空を
飛ぶスーパーマンを見て肩にタオルをつけて窓から身を投げるよ
うな病的な子どもは別だけど。もっともこれは病気の症例で、責
任はたいていいつも親にある。あなたの場合は病気じゃなかった。
サンドカンと学校の教本の区別がしっかりとついたのだから」

　「そうだけど、ぼくにとってどれが想像の世界なのか？　サン
ドカンの世界か、ロモスとレムスの子孫を手なずけるムッソリー
ニの世界か？　作文のことは話したね。それにしてもぼくは 10
歳のとき、鎖を解かれた野獣みたいに戦って不死イタリアのため
に死んでもいいとほんとうに思っていたのだろうか。10 歳とい
えば、もう検閲もあっただろうし、ぼくらはもう爆撃を受けてい
て、1942 年にはイタリア人兵士がロシアで虫けらみたいに死ん
でいった」

　「ところでヤンボ、カルラとニコレッタが小さかったとき、そ
れについこのあいだも孫たちを見て、あなたは子どもが狡賢いっ
て言っていた。つい数週間前に起こったことだから思い出すはず
よ。子どもたちがいるときジャンニが家にきて、サンドロがジャ
ンニに、「ジャンニおじさん、家にきてくれてすごくうれしいよ」
と言うと、ジャンニが「サンドロがどれだけぼくのことを好きか
わかっただろ」と言った。それであなたは「ジャンニ、子どもと
いうのは抜け目がない。こいつはきみがいつもガムを持ってきて
くれると知っている。それだけのことさ」。子どもは抜け目がな

い。あなたもそうだった。ただいい点を取りたかったから先生の
気に入ることを書いた。あなたがいつも人生の師と仰いできたト
ト風に言い換えるとこうなるわ。人は生まれつき抜け目がなく、
ぼくも控えめに言ったとしてそうだった」

「それは短絡的すぎるよ。ジャンニおじさんに対して抜け目が
ないことについてと、不死イタリアに対して抜け目がないことに
ついてとでは。それに当時、1年たてばぼくはもう相当懐疑的に
なっていて、例の割れないグラスの経験をして、目的のない世界
について寓意物語を書いているわけさ。それが自分の言いたかっ
たことだからだという気がする」

「単に先生がかわったからよ。新しい先生というものは前の先
生が伸ばしてくれなかった批判精神を解き放つことができる。そ
れにあの年齢では、9ヶ月の差は1世紀に相当するわ」

何かがその9ヶ月のうちに起こったのだった。祖父の書斎に
再び入ろうとしてそのことがわかった。コーヒーを飲んで適当に
ページをめくっているうちに、雑誌の山から30年代末のユーモ
ア週刊誌『ベルトルド』を抜き出した。1937年の号だったがぼ
くは遅れて読んだはずだ。というのも、そんな早くに週刊誌の線
状の絵や常軌を逸したユーモアの価値がわかるわけがなかったか
ら。とにかくいまぼくは、大いに変化を遂げたまさにあの9ヶ
月のあいだにぼくを印象付けたと思われるある会話（会話は毎号
必ず最初の見開きページの左に載った）を読んでいた。

ベルトルドは従者の一行の間を通り、素早くトロンボーネ大
公のそばに行って座った。大公は生まれつき善良で冗談好きだ
ったので、かような装いで楽しそうにベルトルドに質問をはじ

めた。

　大公：　やあ、ベルトルドよ。十字軍はどうであった？

　ベルトルド：　高貴でございました。

　大公：　その成果は？

　ベルトルド：　優秀で。

　大公：　推進力は？

　ベルトルド：　充分で。

　大公：　で、皆の団結力の勢いは？

　ベルトルド：　心を動かされるほどで。

　大公：　模範は？

　ベルトルド：　素晴らしく。

　大公：　率先力は？

　ベルトルド：　勇気に溢れ。

　大公：　申し出は？

　ベルトルド：　自発的で。

　大公：　武勇は？

　ベルトルド：　優雅でございました。

　大公は笑い、まわりに宮廷の名士を全員呼んでチャンピの乱を命じ、それが行われると、名士たちはみな自分の場所に戻り、大公と無粋人は再び話しはじめた。

　大公：　仕事人はどうだ？

　ベルトルド：　無骨でございます。

　大公：　食事はどうだ？

　ベルトルド：　簡素ですが、健康的で。

　大公：　土地は？

　ベルトルド：　肥沃で日当たり良好でございます。

　大公：　民衆は？

ベルトルド：　歓待してくれます。

大公：　眺めはどうだ？

ベルトルド：　最高でございます。

大公：　周辺は？

ベルトルド：　素敵でして。

大公：　屋敷は？

ベルトルド：　壮麗でございます。

　大公は笑い、まわりに宮廷の名士を全員呼んでバスティーユ占領（1789年）とモンタペルティの断絶（1266年）を命じ、それらが行われると、名士たちはみな自分の場所に戻り、大公と無粋人は再び話しはじめた……。

　同時にその会話は、詩人や新聞や公認の美辞麗句の言葉を茶化していた。ぼくが聡明な少年だとすれば、こんな会話を読んだからにはもう1942年3月に書いたような作文を二度と書くことはできなかっただろう。割れたグラスの素地はすでにできていた。

　それは仮定にすぎなかった。英雄をテーマとした作文と失意の出来事のあいだに、いくつほかのことが起こったかなどわかるはずがない。ぼくは再び探索と読書を中断することに決めて村へ下りた。もうジタンがなくなっていたので、マルボロ・ライトに慣れるしかなかったが、マルボロは好きでないから吸う量も減ってそのほうがよかった。薬局に戻って血圧を測ってもらうと、パオラと話してリラックスしたのか140台で、良くなっていた。

　帰るとリンゴが食べたくなり、中央翼の1階の部屋に入った。果物と野菜のあいだをうろつくうちに、その階のいろんな部屋が倉庫としても用いられているのが目に入った。突き当たりのひと

つの部屋にはデッキチェアーが集められていた。ぼくはそのひとつを庭に持ち出した。眺めを前にして座り新聞をちょっと読んで、自分が現在にほとんど興味がないことに気づくと、ぼくは椅子の向きを変えて家の前面とその背後の丘を眺めてみた。自分は何を探していて何を欲しているのか、ここにいてこんなきれいな丘を眺めているだけでじゅうぶんではないか、とぼくは自問したが、何かの小説に似たようなことが書いてあった、あの小説は何ていったか。天幕を3つ建てる、主よ、ひとつはあなたに、もうひとつはモーゼに、もうひとつはエリアに、そうして過去も未来もなくのんびり暮らす。それこそが天国というものだろう。

　だが紙のおそるべき力は上手をいった。少しするとぼくは家について空想しはじめた。忘れられた羊皮紙文書が横たわるはずの地下聖堂や納屋を探そうとフェルラックやフェッラルバの城の前にいる〈ぼくのサラーニ子ども図書館〉の英雄だと自分を想像して。紋章に彫られたバラの中央を押すと壁が開いて螺旋階段が現れる……。

　屋根の天窓が、ついで祖父の翼廊の1階の窓が見えると、すでにどの窓も全開になりぼくの彷徨を照らしていた。どうということもなしに窓を数えた。中央に控えの間のバルコニーがあった。左には食堂と祖父母の部屋と両親の部屋の3つの窓、右には台所と風呂とアーダの部屋の窓で、左右対称だ。左に祖父の書斎とぼくの小部屋の窓が見えないのは、廊下の奥に窓が開けているからで、そこでは建物の前面がもうぼくらの翼廊と角をなしていて、窓は側面に面している。

　ぼくは自分の対称感覚が狂わされたように感じて当惑した。左の廊下はぼくの部屋と祖父の書斎で終わっているが、右のはアー

ダの部屋のあとすぐ中断している。つまり、右の廊下が左のより
も短い。

　アマリアが通りがかったので、彼女の翼廊の窓の様子を言って
みてと頼んだ。「たやすいことです」と、彼女は言った。「1階に
は私たちが食事をする部屋がございますね。あの小窓はトイレの
で、おじいさまが、私たちがほかの農民がするように茂みに行く
のを嫌がられてわざわざお作りになられたのです。残りは、あち
らに見えるもうふたつの窓ですが、畑の農具がある倉庫で、後ろ
側からも入ることができます。上階のあそこには私の部屋の窓が
あって、ほかのふたつは私のいまは亡き両親の部屋と食堂の窓で、
私は敬意をこめて部屋をそのままの状態で残して開けることはあ
りません」

　「つまり、最後の窓は食堂ので、この食堂はその翼廊と祖父の
翼廊のあいだの角で終わっている」と、ぼくは言った。「そのと
おりです」と、アマリアは認めた。「残りはご主人たちの翼廊の
場所です」

　すべてが自然だと思われたのでそれ以上何もたずねなかったが、
ぼくは右の翼廊の後ろの、麦打ち場と鶏小屋の区域に行って一巡
した。すぐにアマリアの台所の後方の窓が見え、数日前にぼくが
とおった蝶
番
（ちょうつがい）の外れた大きな門が見えると、ぼくが訪れたこと
のある農具を納めた倉庫へと早くもつづいている。ただぼくは、
倉庫が長すぎる、つまり右の翼廊が建物の中央部となす角を越え
てつづいていることに気づいた。別の言い方をすれば、倉庫は祖
父の翼廊が終わる部分の下にもつづいてブドウ畑のほうにまで延
びていて、このことは丘の最初の分岐点が見分けられる小窓から
見える。

　何もおかしなことはないとぼくはつぶやいたが、アマリアの部

屋がふたつの翼廊のあいだの角で終わるとすれば、向こうへつづくこの部分の上にある2階には何があるのか？　言い方をかえれば、祖父の書斎とぼくの小部屋が左側を占める空間に相当する上階に何があるのだろう。

　麦打ち場に出て上を眺めた。3つの窓（ふたつは書斎の、ひとつはぼくの部屋の）は反対側の窓と同じように見えたが、どの窓もよろい戸が閉じられていた。上には屋根裏部屋の例の天窓があり、ぼくがもう知っているとおり家全体にわたってずっとつづいていた。

　足早に庭を歩いていたアマリアを呼んで、その3つの窓の後ろに何があるのかたずねた。何もありません、とこれ以上ないほど自然なようすで彼女は答えた。何もないだなんて。窓があるということは何かがあるということなのに、アーダの部屋の窓は中庭に面しているからアーダの部屋じゃない。アマリアはその場をそそくさと終えようとした。「おじいさまの物なのでしょうが、知りません」

　「アマリア、とぼけないでくれ。あそこへはどうやって入るの？」

　「入れません、もう何もないのですから。妖術師の女が持って行ったのかもしれません」

　「とぼけないでと言っただろう。そこの1階からか、どこかよくわからないほかのところから上がれるはずだ！」

　「乱暴な言い方をしないでください。乱暴は悪魔だけでじゅうぶんです。何を申し上げればいいのでしょう。おじいさまがあそこのことは何も言うなと誓わせたので私は誓いを違えることはしません。でなければほんとうに悪魔に連れて行かれます」

　「一体いつ何を誓ったの？」

「あの晩、夜になり黒い旅団がきたとき誓いました。おじいさまは私と母に、きみたちは何も知らないし何も見ていないと誓うように言われました。それどころか、私とマスールが——マスールはつまり私の亡き父ですが——することをきみたちが何も見ないようにすると言われました。黒い旅団がきて足を焼かれたらきみたちは我慢できなくて何かしゃべるから、何も知らないほうがいい。ひどいやつらで、舌を切り取ったあとでも口を割らせることができる」

「アマリア、もし黒い旅団がまだいたとしても40年も前のことで、じいさんもマスールも亡くなっているし、黒い旅団のやつらも死んだとわかっている、誓いはもう無効だ！」

「おじいさまと私の父は確かに亡くなりました。善人は早死にするのが常ですから。でもそれ以外の人たちは死ぬことのない哀れな人たちで、わかりやしません」

「アマリア、黒い旅団はもういないし、戦争もあの日をもって終わっていて、もう誰もきみの足を焼いたりしない」

「坊ちゃんがおっしゃるならほんとうでしょうが、黒い旅団にいたパウタッソのことはよく覚えています。当時20歳に満たないほどでしたからいまもまだ生きていて、コルセッリョにいます。コルセッリョで煉瓦工場を興して財を成し、一ヶ月に一度ソラーラに仕事でやって来ます。村にはかれがしたことをまだ覚えているものがいて、かれを見ると避けて通ります。まさか誰の足も焼くことはないでしょうが、誓いは誓いとして残っていて、教区神父でさえなかったことにはできません」

「それならぼくに、妻がきみのところにいればよくなると信じているまだ病気のぼくに、このことをここで教えてくれなければ、きみはぼくに害を及ぼすことになるかもしれないよ」

「あなたに害を与えるようなことがあれば神様は私をすぐに罰します、ヤンボ坊ちゃん。とにかく誓いは誓いでしょう？」

「アマリア、ぼくは誰の孫？」

「文字通りおじいさまのです」

「それならぼくは祖父の全面的な後継者で、ここにあるものすべての主人だ。いいかい？　だからきみがぼくにどうやってあそこに入るか言わなければ、ぼくのものを盗むようなものさ」

「あなたのものを盗もうものならこの瞬間にでも神様に捕らえられますが、そんなばかな。私はこの家のために命をかけて宝石みたいにしようとやってきたのです！」

「それにぼくは祖父の後継者で、いまぼくが言うことはすべて祖父が言ったのも同然だから、ぼくが厳粛にきみを誓いから解こう。いいね？」

ぼくは相当説得力のある論法を３つ提示したのだった。つまり、ぼくの健康と所有権と第一子の全特権を有する直系の地位を。アマリアは逆らえず降参した。ヤンボ坊やは教区神父や黒い旅団よりもずっと影響力があるということだろうか？

アマリアは中央翼の２階を右側の廊下の突き当たりまでぼくを連れて行った。廊下はアーダの部屋のあと、樟脳の匂いのする洋服ダンスのところで行き止まりになっている。アマリアはぼくにとにかく少し家具を動かす手伝いをするように言い、家具の背後に塗りこめられた扉があるのを見せた。みんなはかつてそこを通って礼拝堂に入っていたのだ。祖父にすべてを残した例の大叔父がまだいたころは、礼拝堂は使われていて、それほど大きくないものの日曜日のミサを家族で聴くにはじゅうぶんだったから、村から司祭がきていた。その後祖父が受け継ぐと、祖父はプレゼ

ピオは飾っても信者ではなかったので、礼拝堂は打ち捨てられたままになっていた。礼拝堂から長椅子が持ち出され階下の大部屋のあちこちに置かれて誰も礼拝堂を使っていなかったのを見たぼくは、祖父に屋根裏部屋の本棚をいくつか持って行き、自分のものを置かせてくれるよう頼んだ。そうしてぼくはしばしばそこに行っては隠れて何ごとかをしたのだった。だからそれを知ったソラーラの教区司祭は、少なくとも奉納された石を、神聖を汚さないために祭壇から持ち出してはと言い、祖父は司祭に聖母像や聖油入れや聖体皿から聖体の入った櫃まで持って行かせたのだった。

ある夕方のこと、当時すでにソラーラの周辺にはパルチザンがいたころで、村はパルチザンに押さえられたり黒い旅団に押さえられたりしていたが、冬のその月には黒い旅団がいて、パルチザンは下のランゲ地方の丘に陣取っていた。何者かがやってきて、祖父にファシストに追われる4人の若者を匿う必要があると告げた。ぼくが理解していたことからすると、若者たちはまだパルチザンではなく、山の中で抵抗運動に加わるためにそこを通ろうとしていた地下活動家たちだった。

ぼくらは両親もふくめて家におらず、モンタルソーロに疎開していた母の兄の家を2日間訪れていた。祖父とマスールとマリアとアマリアしかいなかったので、祖父は女性2人に起こっていることをけっしてしゃべらないと誓わせ、すぐ寝にやらせた。ところがアマリアは床についたふりをしてどこかでこっそり待ち伏せしていたのだった。8時ごろその若者たちが到着したので、祖父とマスールはかれらを礼拝堂に入らせ食べるものを与え、それから煉瓦と泥の入った小さな手桶を取りに行き、ふたりだけで、そんな仕事などしたこともないのに、それまでどこか別のところにあった例の家具をそこに立てかけてドアを塗りこめたのだった。

第2部　紙の記憶

作業が終わったとたん、黒い旅団のやつらがやってきた。

「ふたりの顔といったら。幸い命令を下す男が、きちんとした、手袋まではめた人物で、おじいさまには礼儀正しく振る舞いました。おじいさまが聞かれたところによると男は土地持ちだったらしく、つまり同類に無礼はしないということです。男たちはあちこちまわって屋根裏部屋にも上がりましたが、急いでいたようで、そこにも一応行ったと言えるよう通り一遍に事を行いました。というのも、まだ多くの集落に行かなければならなかったからです。私たち農民のほうが自分達の仲間を匿いやすいと考えていたからです。男たちは何も見つけることができず、手袋をした男が迷惑を詫びて統帥万歳と言ったので、おじいさまと私の父は適当に立ち回って、やはり統帥万歳と言って終わりました」

その4人の地下活動家はそこにどのくらい留まったのだろう？　アマリアは知らなかった。言わず聞かずで、何日間かマリアとともにパンとサラミとワインを入れたバスケットを準備することだけが仕事だったが、それもある時点で終わった。ぼくらが戻ると祖父は、礼拝堂の床がへこんでいたので暫定的に補強を施し、ぼくら子どもたちが興味本位に行って悪さをしないよう左官が入り口をふさいだとだけ言った。

ぼくはアマリアに、そうか、秘密の説明がついたね、と言った。だって、地下活動家はそこに入ったからには外に出なければならないし、マスールと祖父は何日間か食べものを運んだのだから、扉が塗りつぶされても何か出入り口が残っていたはずだ。

「誓って言いますが、どんな穴を通られたのかなんて自問したこともありません。おじいさまがなされることは私にとって正しいことでしたから。入り口をふさいだかですって？　ふさいだからには私には礼拝堂はもはや存在せず、いまもって存在せず、坊

ちゃんが私に話をさせなければすっかり忘れていたというものです。それにしても、トイレのことを話されるのはどういうわけです」

「出入り口のことだよ、出たり入ったりした通り道さ」

「でも食べ物は窓を通って紐でバスケットを引っ張り上げられたかもしれません。それから数日した夜、その窓からかれらを外に出させたのかもしれません」

「違うよアマリア、だって窓から出たのなら窓がひとつ開けたままのはずだけど、明らかに内側から全部閉められている」

「いつも言ってまいりましたが、坊ちゃんはどなたよりも聡明です。まあ、私などこんなこと思いもしませんでした。ということは、私の父とおじいさまはどこを通ったのでしょう」

「そうだね、*That is a question*.」

「何とおっしゃいましたか?」

　もしかすると45年の遅れをもってアマリアは問題を正しく投げかけたのかもしれなかった。とにかくぼくは自力で解決しなければならなかった。小さな出入り口や穴や格子窓をつきとめようとして家中を回った。再び中央翼の1階と2階の部屋や廊下を辿り、黒い旅団の一味みたいにアマリアの翼廊の1階と2階を捜索したが、何も見つからなかった。

　考えられるただひとつの答えに辿り着くのにシャーロック・ホームズである必要はなかった。というのも、礼拝堂には屋根裏部屋からも入ることができたから。礼拝堂は屋根裏部屋と専用の小さな階段で繋がっており、単に屋根裏部屋ではその出入り口が隠されていたのだった。黒い旅団からは隠されていたが、ヤンボからはそうでなかった。考えてみよう。旅行から戻ったぼくらに祖

父が礼拝堂はもうないと言ってぼくがそれに甘んじたとすれば、ぼくが礼拝堂に大事なものを置いていたからだと大いに考えられる。屋根裏部屋に通っていたからぼくは通り道をよく知っていたはずで、むしろ以前より好んで礼拝堂に行きつづけたのは隠れ家になったからで、そこへ行きさえすれば誰にも見られないですむからだった。

屋根裏部屋にもう一度上がり右の翼廊を探索するしかなかった。ちょうどそのとき嵐になったのでそれほど暑くなかったから、そこに積まれていたものを全部動かすという大仕事がたやすくできた。小作農のその翼廊には蒐集品はなく、がらくたや古い扉やどこかの改修のときに取っておいた梁や古い有刺鉄線のロールや割れた鏡、紐でどうにか結わえられた古い毛布の山や蠟を塗った布、何世紀にもわたって虫に食われ使い物にならず交互に積み重ねられた食器棚や長椅子があった。物を動かしていると板が落ちてきて錆びた釘でぼくは引っかき傷を負ったが、秘密の通り道などなかった。

そこでぼくは、ドアを探す必要などないことに思い当たった。なぜなら、壁は四方とも、長い側も短い側も外部に面していて、その壁にドアなど開けられなかったから。ドアがないなら、揚げ戸があった。揚げ戸をもっと早く思いつかなかったなんて、ばかだった。〈ぼくのサラーニ子ども図書館〉だってそうだったじゃないか。壁じゃなくて床を調べるべきだった。

言うのはたやすいが、床は壁より大変で、あれこれ無造作に捨てられた板やもはや壊れたベッドか簡易ベッドか何かの網、建造用の鉄棒の束や古色蒼然とした牛のくびきや馬の鞍まで、ちょこちょこ飛び越えたり踏んだりしなければならなかった。その真ん中に、つい前年、最初の寒波を耐え忍ぼうとそこに逃げてきたが

10. 錬金術師の塔

耐えきれなかった蠅の死骸が集まっていた。壁から壁へと、魔法にかけられた家のかつては豪華だったカーテンのように渡された蜘蛛の巣は言うまでもない。

天窓がごく近くの稲光に照らされると、あたりは暗くなった。そのあと雨は降らずに、雷雨はよそで猛威を振るった。錬金術師の塔、城の神秘、カーサベッラの女囚人たち、モランデの不思議、北の塔、鉄人の秘密、古い粉引き小屋、エッチングの神秘……なんとぼくは本物の嵐の只中にいて、もしかすると雷が頭上の屋根に落ちるかもしれないのに、古書店主として一連を体験していた。骨董屋の屋根裏部屋と題して、ぼくはベルナージュかカタラニィの名前でもうひとつ物語が書けたかもしれなかった。

運よく、あるところでぼくはつまずいた。物が乱雑に重なる下に小さな階段のようなものがあった。手をすりむきながら片付けると、そこには勇敢な少年への〈ご褒美〉があった。揚げ戸だった。そこを祖父とマスールと地下活動家たちが通り、そしてぼくが多くの紙の書物上でかつて夢見た冒険を生きなおそうと何度通ったことか。なんと素晴らしい子ども時代だ。

揚げ戸は大きくなかったので、埃をもくもくと立てたが簡単に引き上げられた。戸の隙間にいまや50年分の埃が堆積していたのだった。揚げ戸の下には何があるべきか？　小さな階段だよ、簡単さワトソン君、とても通りにくくぼくの手足は2時間引っ張ったり曲げたりしてもはやしびれていたが——確かに当時は一気に飛び下りていた、そろそろ60になろうとはいえ、ぼくはそこではまだ自分の足の爪が噛める子どものように振る舞っていた（誓ってもぼくはそんなことを考えたこともないが、できるかどうか暗闇のベッドでなら足の親指を噛んでみるのもおかしくない気がする）。

277

第2部　紙の記憶

　手短に言うなら、ぼくは下りた。ほとんど真っ暗闇で、もはや
うまく閉まらないよろい戸から通る光の線がわずかに刻まれてい
た。暗がりの中でその空間は広大に思えた。すぐ窓を開けに行っ
た。礼拝堂は予想通り祖父の書斎とぼくの小部屋をいっしょにし
たほどの広さだった。略奪を免れた金色に塗られた木の祭壇の残
骸があり、そこにいまなお4枚のマットレスが立てかけてあっ
た。間違いなく逃亡者のベッドだったが、かれらについてほかに
何も残っていなかったのは、礼拝堂がその後も、少なくともぼく
に使われていたしるしだった。

　窓の前の壁に沿ってニスの塗られていない木製の棚があり、印
刷紙や新聞や雑誌が不揃いの高さで積まれており、蒐集別になっ
ているようだった。真ん中には椅子がふたつある長い大テーブル
があった。入り口のドアにちがいないもの(1時間で祖父とマス
ールが手荒くこしらえたので、石灰が煉瓦と煉瓦のあいだにはみ
だした跡があった。最後に廊下側からこてで全体を平らにするこ
ともできたが、内側からはできなかった)の脇には、電気のスイ
ッチがあった。だめもとで回してみると、天井から等間隔で白い
傘の下にいくつか電球が釣り下がっていたものの、まったく点か
なかった。おそらくネズミが50年のうちに線を噛んでしまった
のだろう、ネズミなら揚げ戸を通ってそこまで辿り着けたかもし
れない……あるいは祖父とマスールがドアを塗りこめてすべてだ
めになった可能性もある。

　その時刻なら日の光でじゅうぶんだった。ぼくは自分を、
3000年以上もしてツタンカーメンの墓に足を踏み入れるカーナ
ヴォン男爵のように感じた。唯一の問題は、何千年もそこで待ち
伏せをしたままの不思議なタマコロガシに噛まれないようにする
ことだった。内部はぼくがおそらく最後に立ち去ったときのまま

278

だった。タマコロガシの休眠状態を妨げないよう、とにかく内部が見えるだけほんの少しでない限り、窓を開けすぎてはならなかった。

ぼくは棚に何があるかさえまだ見ようとしなかった。何があったとしてもそれはぼくの、ぼくだけのものであり、そうでなければそれらは祖父の書斎に残るか、叔父たちが屋根裏部屋に追いやったはずだ。この時点でなぜ思い出そうとするのか。記憶は人間にとって最高の解決策というべきもので、時間は人間に対して流れ、流れた時間が過去になる。ぼくははじまりというものの驚異を堪能した。ピピーノさんが老境から出発したように、ぼくは少年時代に辿り着くべく当時していたことを辿り直そうとしていた。そのときから、ぼくはそのあと自分に起こるはずのことだけを考えるべきだったのかもしれない。というのも、それはそのときぼくに起こったことと同じだったはずだから。

礼拝堂で時は止まっていたどころか、時計の針が前日をもう一度指すように、遡って回ったのだった。いまみたいに 4 時を指さなくてもよくて、針が指しているのが昨日の 4 時か、あるいは 100 年前の 4 時かわかっていればじゅうぶんだ（それがわかっていたのはぼくだけだった）。カーナヴォン男爵もこんなふうに感じたにちがいない。

もし黒い旅団がいまここでぼくを見つけたら、ぼくがいるのは 1991 年の夏だと思うだろうと考えたけれど、ぼくは（ぼくだけは）1944 年の夏にいるとわかるはずだ。そうしてあの手袋をした将校も、時間の神殿に入ろうとしているのだから帽子を脱ぐにちがいない。

引用・図版原典一覧

29 頁図版　　　著者による素描

79 頁　　　　　ダンテ・アリギエーリ『神曲』地獄編、第 31 歌

79-80 頁　　　ジョヴァンニ・パスコリ「みみずく」、『ミリーチェ』(ラッファエッロ・ジュスティ出版、リヴォルノ、1891 年)

80 頁　　　　　ジョヴァンニ・パスコリ「死者のくちづけ」、『ミリーチェ』前掲

同　　　　　　ジョヴァンニ・パスコリ「不思議な声」、『詩選集』(ザニケッリ出版、ボローニャ、1928 年)

81 頁　　　　　ヴィットリオ・セレーニ「霧」、「国境 1941 年」『詩集』(モンダドーリ出版、ミラノ、1995 年)

87-88 頁　　　ジャン・カルロ・テストーニ詞、エロス・ショリッリ「あなたを探して」、メトロン社、1945 年

92-93 頁図版　ウォルト・ディズニー『クララベル・カウの財宝』の表紙および図版(モンダドーリ出版、ミラノ、1936 年)(© Walt Disney)

117-118 頁　　ジョヴァンニ・パスコリ「霧のなかで」、『最初の詩』(ザニケッリ出版、ボローニャ、1905 年)

120 頁図版　　「一生の階段」、19 世紀のカタルーニャ地方の出版物(著者所蔵)

122 頁図版　　『服飾史について』(ブラウン＆シュナイダー社、ミュンヘン、1961 年、著者所蔵)

124 頁図版　　ジュゼッペ・リーヴァ『祈禱書』(イタリア・グラフィック・アート協会、ベルガモ、1886 年、著者所蔵)

128 頁図版　　エピナール版画、ジャン・シャルル・ペレラン(著者所蔵)

131 頁図版　　「ぼくは飛びたい」(原題 : It's in the air. 空気のなかに)の楽譜表紙、カリッシュ社、ミラノ、1940 年(著者所蔵)

134 頁図版(左上から横へ)

　　　　　　　アレックス・ボゼルリスキ「ダンスのあとで」、『雑誌上品』挿絵、1915 年(パトリシア・フランツ・ケリー『グラフィック・アート : アールデコ』ファッブリ出版、ミラノ、1986。以下同頁と次頁図版の出典同じ)

　　　　　　　ジャニンヌ・アギオン「その日のファッションのエッセンス」、1920 年

　　　　　　　作者不詳「キャンディー」宣伝ポスター、1929 年

　　　　　　　ユリウス・エンゲルハルト「ダンス・ファッション」ポスター、1928 年

135 頁図版(左上から横へ)

281

引用・図版原典一覧

	ジョージ・バルビエ「シェヘラザード」、『現代のファッションと作法』挿絵、1914年
	シャルル・マルタン「唇にりんご」、『雑誌上品』挿絵、1915年
	ジョージ・バルビエ「魅惑」、『ファルバラスとファンレッチ(フリルとひとひら飾り)』誌挿絵、1923年
	ジョルジュ・ルパド『ヴォーグ』表紙(1927年3月15日号)
136頁	ルネ・ヴィヴィアン「愛されし女へ」、『詩集』第1巻(ルメール出版、パリ、1923年)
139頁図版	『最新版メルツィ』(アントニオ・ヴァッラルディ出版、ミラノ、1905年、著者所蔵)より
145頁図版	アルフォンス・ヌーヴィル挿絵、ジュール・ヴェルヌ『海底二万里』(ヘッツェル出版、パリ、1869年)
146頁図版	アレクサンドル・デュマ『モンテ・クリスト伯』表紙(ソンツォーニョ出版、ミラノ、1927年)(© RCS)(著者所蔵)
148頁図版	H. クレリス挿絵、ルイ・ジャコリオ『海の怪物』(グラビア文庫、1894-95年、著者所蔵)
155頁図版	カカオ・タルモーネの缶(著者所蔵)
156頁図版	ポルヴェリ・エッフェルヴェシェンティ・ブリオスキの缶
159頁図版	煙草の箱、マイケル・ティボード&J.マーティン『煙が目にしみる』(アッベヴィル出版、ニューヨーク、2002年)より
160頁図版	スプラッツィ&バリオーリ、床屋のミニ・カレンダー、1929年(著者所蔵)
161頁図版	エルマンノ・デッティ、床屋のミニ・カレンダー「慎ましい紙」、ラ・ヌオーヴァ・イタリア、フィレンツェ、1989年
166頁図版(上段左から横へ)	
	『ニック・カーター』表紙(アメリカーナ出版社、ミラノ、1908年)
	エドモンド・デ・アミーチス『クオーレ』表紙(トレヴェス出版、1886年)
	ドメニコ・ナトリ表紙、アウグスト・デ・アンジェリス『クルティ・ボとブロンドの小さなトラ』(ソンツォーニョ出版、ミラノ、1943年)(© RCS)
	タンクレディ・スカルペッリ表紙、アレッサンドロ・マンゾーニ『いいなずけ』(ネルビーニ出版、フィレンツェ)
	『ニュー・ニック・カーター・ウィークリー』表紙、イタリア語版(アメリカーナ出版社)
	レオ・フォンタン表紙、モーリス・ルブラン『アルセーヌ・ルパンの冒険——窪んだ尖峰』(ラフィット出版、パリ、1909年)
	カロリーナ・インヴェルニツィォ表紙、『死の列車』(トリノ、1905年)

引用・図版原典一覧

エドガー・ワレス表紙、『4 の忠告』(モンダドーリ出版、ミラノ、1933 年、著者所蔵)

M. マリオ & L. ローネィ表紙、『ヴィドック ── 千の顔をもつ男』(ラ・ミラノ出版、ミラノ、1911 年)

167 頁図版(上段左から横へ)

フィリベルト・マテルディ表紙、ヴィクトル・ユゴー『レ・ミゼラブル』(U.T.E.T.、ラ・スカラ・ドーロ出版、トリノ、1945 年)

G. アマート表紙、エミリオ・サルガーリ『バミューダの海賊』(ソンツォーニョ出版、ミラノ、1938 年)(© RCS)

G. ロビーダ表紙、『サトゥルニーノ・ファランドラのすばらしい旅』(ソンツォーニョ出版、ミラノ、1938 年)

ドメニコ・ナトリ表紙、ジュール・ヴェルヌ『グラント将軍の子どもたち』(サクセ社、ミラノ、1936 年)

タンクレディ・スカルペッリ表紙、ユジェーヌ・シュー『人びとの謎』(ネルビーニ出版、フィレンツェ、1909 年)

S. ヴァン・ダイン表紙、『ベンソン氏の謎の死』(モンダドーリ出版、ミラノ、1929 年)

ヘクター・マロ表紙、『家なし』(ソンツォーニョ出版、ミラノ)

ジョルジョ・タベ表紙、アンソニー・モートン『海峡の男爵』(月刊小説、ミラノ、1938 年、著者所蔵)

ドメニコ・ナトリ表紙、ガストン・ルルー『ルールタビーユの犯罪』(ソンツォーニョ出版、ミラノ、1930 年)

168 頁図版　マルセル・アラン & ピエール・スーヴェストル『ファントマ』(サラーニ出版、フィレンツェ、1912 年)

169 頁左図版　ポンソン・デュ・テライユ表紙、『ロカンボレ』(ジュール・ルフ出版、パリ)

169 頁右図版　ジョルジョ・タベ表紙、アンソニー・モートン『男爵の生き写し』(月刊小説、1939 年)(© RCS)(著者所蔵)

170 頁図版　アッティリオ・ムッシノ表紙、カルロ・コッローディ『ピノッキオ』(ベンポラッド社、フィレンツェ、1911 年)

171 頁図版　ヤンボの表紙、『前髪少年の冒険』(ヴァッレッキ出版、フィレンツェ、1922 年、著者所蔵)

174 頁図版　『地上海上旅行冒険図解新聞』表紙(ソンツォーニョ出版、ミラノ、1917-20 年)(© RCS)(著者所蔵)

177 頁図版　『ぼくのサラーニ子ども図書館』表紙(サラーニ出版、フィレンツェ、著者所蔵)

179 頁図版　『屋根裏部屋の 8 日間』絵(サラーニ出版、フィレンツェ、著者所蔵)

181 頁図版　タンクレディ・スカルペッリ表紙、バッファロー・ビル『ダイヤの

283

引用・図版原典一覧

メダル』(ネルビーニ出版、フィレンツェ、著者所蔵)

183 頁図版　ピーナ・バッラリオ表紙、『世界の中のイタリア少年』(ラ・プロラ、ミラノ、1938 年、著者所蔵)

184 頁図版　ニューウェル・コンヴァース・ワイエス絵、ロバート・ルイス・スティーヴンソン『宝島』(チャールズ・スクリブナーズ・アンド・サンズ出版、ロンドン、1911 年)

187 頁図版(左上から横へ)

ジェンナーロ・アマート表紙、エミリオ・サルガーリ『サンドカン戦闘準備』(ベンポラッド社、フィレンツェ、1907 年)

アルベルト・デッラ・ヴァッレ表紙、エミリオ・サルガーリ『黒い密林の謎』(ドナット社、ジェノヴァ、1903 年)

『モンプラチェムの虎』(ドナット社、ジェノヴァ、1906 年)

『黒い海賊』(ドナット社、ジェノヴァ、1908 年)

190 頁図版　レデリック・ドール・スティール挿絵、『(首)輪』第 31 巻 26 号(1903 年 9 月 26 日)

191 頁図版　シドニー・パジェット絵、『ストランド・マガジン』(1901-05 年)

192 頁　　　アーサー・コナン・ドイル『緋色の研究』(ビートン・クリスマス年報、1887 年)

同頁　　　　アーサー・コナン・ドイル『4 つの署名』(リッピンコッツ・マガジン、1890 年 2 月)

193 頁　　　エミリオ・サルガーリ『モンプラチェムの虎』前掲

198 頁図版　ブルーノ・アンゴレッタ絵、『コッリエーレ・デイ・ピッコリ』(1936 年 12 月 27 日)(© RCS)(著者所蔵)

204 頁左図版　ヴァンバ挿絵、『ジャンブラスカの日記』(ベンポラッド - マルゾッコ、フィレンツェ、1920 年、著者所蔵)

204 頁右図版　ポンソン・デュ・テライユ表紙、「野蛮人の死」『ロカンボレ』(ビエッティ、ミラノ、著者所蔵)

208 頁　　　プラート・モルベッリ『ラジオのとき』、ヌオーヴァ・フォニット - チェトラ

212 頁図版　「フィオリン・フィオレッロ」のレコード・レーベル、オデオン EMI、1939 年

213 頁　　　カルロ・インノチェンツィ&アレッサンドロ・ソプラーニ詞「月に 1000 リラあったなら」、マルレッタ、ローマ、1938 年

216 頁左図版　ファシスト戦闘連盟ポスター「若さ」第 2 版／ブラン&ゴッタ詞

216 頁右図版　マリア・メンデス・グリーヴァー&ジャック・ローレンス&リッカルド・モルベッリ詞「チューリップ」、クルチ出版、ミラノ、1940 年

217 頁左図版　フィアット宣伝ポスター、1930 年代／ヴィットリオ・エマヌエーレ・ブラヴェッタ詞「石が鳴る」、ブラン社

284

引用・図版原典一覧

217 頁右図版　マリオ・コンシッリョ詞「マラマーオ、なぜ死んじゃったの？」メ
　　　　　　　ローディ社／スガール、1939 年

221 頁図版（左上から横へ）楽譜表紙
　　　　　　　「帰途のタンゴ」ジョリー出版、ミラノ
　　　　　　　「閉まった窓」クルチ出版、ミラノ
　　　　　　　「風への僕の歌」s.a.m. ピクシオ出版
　　　　　　　「マリア・ラ・オ」レオパルディ出版

227 頁上図版　エンリーコ・ピノーキ挿絵、マリア・ザネッティ編『小学校 1 年
　　　　　　　生教科書』(国家図書、ローマ、ファシスト暦 16 年、著者所蔵)

227 頁下　　　ルイジ・アストーレ＆リッカルド・モルベッリ詞「可愛い子ちゃん、
　　　　　　　ぼくにキスして」、フォノ・エニック、ミラノ

228 頁図版　　アンジェロ・デッラ・トッレ挿絵、ピエロ・バルジェッリーニ編
　　　　　　　『小学校 4 年生教科書』(国家図書、ローマ、ファシスト暦 18 年、
　　　　　　　著者所蔵)

231 頁左図版　ヴィットリオ・エマヌエーレ・ブラヴェッタ詞「若きファシストの
　　　　　　　賛歌」、ブラン社

231 頁右図版　「けれどピッポは知らない」表紙、マリオ・パンツェーリ＆ゴル
　　　　　　　ニ・クラメール＆ニーノ・ラステッリ詞、メローディ社、ミラノ、
　　　　　　　1940 年

232 頁図版　　ピエロ・バルジェッリーニ絵、『小学校 4 年生教科書』前掲

235 頁図版　　ジーノ・ボッカズィーレ作宣伝カード、1943, 44 年

236 頁図版　　『テンポ』表紙、1950 年 6 月 12 日、アノニマ・ペリオディチ・イ
　　　　　　　タリアーニ(定期刊行物株式会社)、ミラノ

237 頁左図版　ラッザーロ＆パンツェーリ「可愛い子ちゃん」楽譜、メローディ社、
　　　　　　　ミラノ、1939 年(著者所蔵)

237 頁右図版　マルチェッロ・ドゥドヴィッチ作、フィアット広告、1934 年／ジ
　　　　　　　ョヴァンニ・ダルツィ＆アルフレード・ブラッキ詞「とは言っても、
　　　　　　　脚は」、クルチ出版、ミラノ

239 頁図版　　エンリコ・デセータの宣伝カード、アルテ・ポエリ出版、ミラノ、
　　　　　　　1936 年

243 頁図版　　ジーノ・ボッカズィーレ作宣伝カード「ふたつの民族、ひとつの勝
　　　　　　　利」

244 頁　　　　ニーノ・ラステッリ(イタリア語歌詞)、シュルツェ＆ハンス・ライ
　　　　　　　プ(原作ドイツ語歌詞)、ラステッリ「リリ・マルレンヌ」(スヴィー
　　　　　　　ニ・ツェルボーニ)1943 年

245-246 頁　　ティート・マンリオ詞、フィリッピーニ「親愛なるパパ」、アッコ
　　　　　　　ルド、1941 年

247 頁左図版　ジーノ・ボッカズィーレ作宣伝カード「敵の耳がある、口をつぐ
　　　　　　　め！」、1943 年／ヴィットリオ・エマヌエーレ・ブラヴェッタ詞

引用・図版原典一覧

「いまに素晴らしいことが起こる」

247 頁右図版　ジーノ・ボッカズィ／ジーレ作宣伝カード「必ずや再び戻る！」、
1943 年／ルッチョーネ＆フェッランテ・アルヴァーレ・デ・トッ
レス＆アルベルト・シメオーニ「ジャラブブの祭り」

251 頁左図版　アキッレ・ベルトラーメ挿絵、『コッリエーレ日曜版』表紙、1943
年（© RCS）／ルッチョーネ＆ゾッロ詞「潜水艦乗組員の歌」、1941
年

251 頁右図版　マルフ＆ヴィットリオ・マスケローニ詞「お嬢さんたち、水兵さん
を見てはだめ」、ムズィカーリ・マスケローニ出版、ミラノ

254 頁左図版　アルベルト・ラバッリャーティ／ジョヴァンニ・ダンツィ＆アルフ
レード・ブラッキ詞「ぼくの言葉を忘れないで」／ジョヴァンニ・
ダンツィ＆ミケーレ・ガルディエーリ詞「でも恋はそんなんじゃな
い」／ジョヴァンニ・ダンツィ＆アルフレード・ブラッキ詞「恋す
る乙女」、クルチ出版、ミラノ

254 頁右図版　ピッポ・バルツィッツァ／ヴィットリオ・マスケローニ＆ペッピー
ノ・メンデス詞「フィオリン・フィオレッロ」

265-267 頁　　『ベルトルド』からの抜粋（1937 年 8 月 27 日）

ウンベルト・エーコ（Umberto Eco）
1932年、北イタリアのアレッサンドリアに生まれる。記号論や中世美学などにおける世界的知識人。評論・創作に幅広く活躍したほか、1980年に初めての小説『薔薇の名前』を発表、世界的ベストセラーになる。著書に『記号論』『永遠のファシズム』『完全言語の探求』『美の歴史』『もうすぐ絶滅するという紙の書物について』『ウンベルト・エーコの小説講座』ほか、小説に『フーコーの振り子』『前日島』『バウドリーノ』『プラハの墓地』。2016年死去。

和田忠彦
1952年生まれ。東京外国語大学名誉教授。専攻はイタリア近現代文学、文化芸術論。著書に『声、意味ではなく』『タブッキをめぐる九つの断章』『遠まわりして聴く』ほか。エーコ、タブッキ、カルヴィーノをはじめ、多数の翻訳書がある。

女王ロアーナ、神秘の炎　上　　　ウンベルト・エーコ

2018年1月18日　第1刷発行

訳　者　和田忠彦
　　　　（わだただひこ）

発行者　岡本　厚

発行所　株式会社　岩波書店
　　　　〒101-8002 東京都千代田区一ツ橋2-5-5
　　　　電話案内 03-5210-4000
　　　　http://www.iwanami.co.jp/

印刷・精興社　製本・牧製本

ISBN 978-4-00-025930-9　　Printed in Japan

バウドリーノ(上・下)	ウンベルト・エーコ 堤 康徳訳	岩波文庫 本体各 920 円
ウンベルト・エーコ 小 説 の 森 散 策	ウンベルト・エーコ 和 田 忠 彦訳	岩波文庫 本体 920 円
岩波人文書セレクション エーコの読みと深読み	U.エ ー コ R.ロ ー ティ J.カ ラ ー 著 C.ブルック=ローズ S.コリーニ編 柳 谷 啓 子訳 具 島 靖	四六判 260 頁 本体 2400 円
夢 の な か の 夢	タ ブ ッ キ作 和 田 忠 彦訳	岩 波 文 庫 本体 540 円
パ ロ マ ー	カルヴィーノ 和 田 忠 彦訳	岩 波 文 庫 本体 540 円

──── 岩波書店刊 ────

定価は表示価格に消費税が加算されます
2018 年 1 月現在